삼국지

삼국지 6

1판 1쇄 인쇄 2009년 1월 25일
1판 1쇄 발행 2009년 1월 30일

옮긴이 박종화 **펴낸이** 김영곤 **펴낸곳** 달궁
전략영업본부장 이양종 **영업** 최창규 이종률 서재필
출판등록 2000년 4월 10일 제16-1646호
주소 (우413-756) 경기도 파주시 교하읍 문발리 파주출판단지 518-3
대표전화 031-955-2100 **팩스** 031-955-2151
이메일 eclio@book21.co.kr **홈페이지** http://www.eclio.co.kr

값 10,000원
ISBN 978-89-5877-308-5 04820
(세트) 978-89-5877-302-3 04820

나관중 원작

월탄 박종화

6

조조를 막고 손권과 친하다

삼국지

달궁

三國志 차례 | ❻

마초와 허저의 결전   7

이간질에 떨어지는 한수   18

기사 장송   33

방통은 계교로 서촉을 취하다   53

조자룡은 강을 끊어 아두를 뺏다   71

조조는 군사를 일으켜 강동으로 내려가다   82

현덕은 양회, 고패를 죽이다   94

낙성을 공격하여 공을 이룬 황충, 위연   107

봉추, 떨어지는 낙봉파   120

제갈양은 방통의 죽음을 통곡하다   134

장익덕은 의롭게 엄안을 놓아주다   140

공명은 계교로 장임을 잡다   152

서량에 화염이 다시 터지다 163

마초는 가맹관에서 크게 싸우다 174

유비는 스스로 익주목이 되다 195

관운장은 단신으로 오회에 가다 204

조조는 복 황후를 죽이다 217

한중을 평정하다 231

합비 대전 248

백 명의 결사대 261

좌자가 조조를 놀려대다 276

관로의 신복 292

의거를 일으킨 한조 오신 302

마초와 허저의 결전

정비丁斐의 말을 들은 조조는 태연히 대답했다.

"나는 벌써 계획을 해 놓고 있소."

말을 마치자 조조는 곧 장수들을 불렀다.

"용도¹⁾를 만들어서 적병이 습격하거든 군사를 용도 밖에 배치하고, 안에는 기를 많이 꽂아서 군사가 있는 듯이 뵈게 하라. 그리고 따로 굴을 파서 함정을 만들어 적의 군사가 함정에 빠지도록 하라."

모든 장수들은 조조의 영을 받고 물러갔다.

한편 마초는 군사를 돌려 회군한 후에 한수를 찾았다.

마초는 한수를 본 후에 경과를 보고했다.

"조조를 꼭 잡게 되었는데 뜻밖에 한 장수가 나타나서 조조를 업고 배로 달아나서 하는 수 없이 놓쳐 버렸습니다."

"들으니 조조는 힘 많은 장사를 뽑아서 장전帳前에 시위케 하고 이름을 호위군虎衛軍이라 하여 전위, 허저로 두목을 삼았는데, 전위는 이제 죽었으니 이번에 조조를 구한 사람은 필경 허저일 것이 분명하이. 허저는 천하장사일세. 사람들은 호치虎痴라고 부르네. 가볍게 대할 인물이 아닐세."

"저도 그 이름을 들은 지 오랩니다."

---

1) 용도 : 사기진시황기史記秦始皇記에 「축용도築甬道」라 함. 담을 쌓아서, 거리같이 만들어 밖에서 보이지 않게 한 비밀 통로.

"지금 조조는 강을 건너서 우리의 후면을 엄습하기 십상팔구일세. 만약 용도甬道를 설치해서 영채를 짓는다면 격파하기 어려울 것일세."

"저의 어리석은 생각에는 북안北岸을 막아서 조조가 강을 건너지 못하도록 하는 것이 상책일까 합니다."

"자네가 본영을 지키고 있게. 내가 가서 한번 싸워 보겠네."

마초는 한수의 말을 거절하기 어려웠다. 장군 방덕龐德을 불렀다.

"그대는 전부前部가 되어 나의 숙부를 보호하라."

한수는 방덕과 함께 5만 장병을 거느리고 위남渭南으로 향하여 짓쳐 들어갔다.

한편 조조는 군중에 영을 내려 용도 안에서 마초의 군마를 유인하라 했다.

방덕이 먼저 철기 천여 기를 거느리고 호기롭게 나가다가 별안간 수천 병마는 일시에 함정에 빠졌다. 아우성 소리가 천지를 진동했다.

방덕은 천하장사였다. 몸을 솟구쳐 함정에서 뛰어나왔다. 몇 날 군사를 때려죽이고 한 걸음 한 걸음 에워싼 군사를 무찌르며 나왔다. 이때 한수는 한복판에 포위되어 목숨이 경각에 달렸다.

방덕은 급히 한수를 구원해 주러 나가다가 조인의 부장 조승과 마주쳤다.

한칼로 조승의 머리를 찍어 말 아래 떨어뜨리고 한수를 구한 후에 한 줄기 혈로를 뚫어 동남으로 달아났다.

그러나 등 뒤에서는 조조의 군사가 쫓아왔다.

마초는 급히 군사를 거느려 조조의 군사를 쫓아 버리고 많은 군사들을 구해 냈다.

어느덧 해는 저물었다. 마초는 인마를 점검해 보니 장수에 정은程銀, 장횡張橫 두 사람이 죽었고, 함정에 빠져서 죽은 군사가 2백 명이 넘었다.

마초는 진으로 돌아와 한수와 의논했다.

"이같이 싸움을 천연하다가는 조조가 하북에 터전을 잡는 시일을 주게 되고, 그리 된다면 더욱 공격하기 어려우니 아주 오늘 밤 안으로 야영을 습격하는 것이 좋겠네."

한수의 의견이었다.

마초는 한수의 의견을 따랐다.

스스로 전부前部가 되고 방덕, 마대로 후응하게 한 후에, 밤을 도와 싸우기로 결정했다.

한편 조조는 군사를 이끌고 위북渭北에 둔병屯兵하고, 장수들을 불러 영을 내렸다.

"우리가 아직 채책寨柵을 세우지 못한 것을 보고 서량병은 반드시 우리의 야영을 습격하러 올 것이다. 우리 중군中軍을 비워 놓고 사면으로 흩어져 복병하였다가 일성 포향을 군호로 하여 일시에 복병이 일어나면 한 번 북을 올려서 마초란 자를 사로잡고 말 것이다."

모든 장수들은 조조의 명령에 따라 사방으로 흩어져 군사를 매복시키고 동그랗게 중군을 비워 놓았다.

이때 마초는 먼저 장군 성의成宜에게 30기를 주어 조조의 진을 엿보라 했다.

성의는 조조의 군사가 중군에 없는 것을 보자 마음 놓고 들어갔다.

조조의 군사는 서량병이 온 것을 보자 화약을 터뜨려 화포를 놓았다.

일성 포향은 천지를 진동하면서 조조의 복병들은 일시에 쏟아져 나왔다.

성의成宜의 30기는 고스란히 조조의 군사한테 포위되고, 성의는 하후연의 칼에 맞아 쓰러져 죽었다.

마초는 성의가 죽었다는 소식을 듣자 방덕, 마대와 군사를 삼분하여 조조의 군사와 밤새도록 혼전하다가 날이 밝으니 각기 군사를 거두었다.

이튿날 마초는 위구渭口에 군사를 멈춘 후에 밤과 낮으로 군사를 나누어 공격했으나, 조조는 배와 뗏목을 엮어 부교浮橋 셋을 만들어 남안南岸에 연결하고, 조인에게 영을 내려 물가에 영채를 세운 후에 마량초馬糧草와 차량을 영접시켜서 울타리를 삼았다. 이때 마초는 군사들에게 영을 내렸다.

"조조의 진에 쌓아 둔 마량초에 불을 질러라."

마초의 군사들은 홰를 한 개씩 묶어 가지고 조조의 진으로 달려가 불을 질렀다. 화광이 하늘을 찔러 일어났다.

조조의 군사는 불을 지르고 쳐들어오는 마초의 서량병을 당해 낼 수 없었다. 영채를 버리고 달아났다.

서량병들은 부교浮橋까지 마저 불을 질러 버렸다.

마초의 군사들은 크게 승리를 거둔 후에 위하渭河를 가로막아 끊고 있었다.

조조는 영채를 세울 도리가 없게 되었다.

마음속에 근심이 태산 같았다.

순유가 나와서 의견을 말했다.

"위하의 모래와 흙을 파서 토성을 쌓는다면 견고할 것입니다."

조조는 순유의 말을 듣고 3만 명의 군사를 동원시켜서 흙을 파고 토성을 쌓게 했다.

마초는 조조의 토성 쌓는 것을 방해했다. 방덕과 마대에게 제각기 5백 군사를 주어 토성을 쌓기만 하면 왕래 충돌하면서 무너뜨려 버렸다.

조조는 다시 대책을 세우지 못하고 있을 때, 시절은 가을이 다 가고 철기가 한랭한 세월이 되었다. 찬 기운은 산골에 돌고 붉은 구름은 하늘에 가득해서 날마다 일기는 음산했다.

조조는 답답한 가슴을 안고 울적하게 있을 때 홀연 군사가 들어와 아뢰었다.

"한 노인이 승상께 뵙고 말씀을 아뢸 일이 있다 합니다."

조조는 곧 들어오라 했다.

조조가 바라보니 학의 모습이요, 푸른 솔 같은 자세인데 얼굴이 창고蒼古했다.

조조가 어디 사람이냐 물으니, 경조京兆 사람이었다. 종남산終南山 아래 숨어 사는 누자백婁子伯으로서 호를 몽매거사夢梅居士라 했다.

조조는 객客의 예로 공경하여 대접했다.

누자백은 조조한테 건의했다.

"승상께서는 왜 영채를 아니 세우십니까?"

"모래흙이 되어 아무리 쌓아도 굳지 아니하니 민망하기 짝이 없소."

"승상께서 용병用兵은 귀신같이 하시면서 성을 쌓는데 어찌 천시天時를 모르십니까? 음침한 구름이 연일 하늘에 가득하니, 만약에 삭풍朔風만 한 번 분다면 물이 꽁꽁 얼 것입니다. 바람이 일어난 후에 흙을 운반하고 물을 뿌린다면 하루아침에 토성土城이 완성될 것입니다."

조조는 비로소 황연하게 깨달았다.

"과연 자백의 말씀이 옳소이다."

칭찬한 후에 후하게 상급을 내리니 누자백은 껄껄 웃었다.

"내가 상을 받으려 하여 승상께 말씀을 올린 것이 아닙니다."

누자백은 상을 받지 아니하고 소매를 떨쳐 돌아갔다.

과연 이날 밤에 사나운 바람이 크게 일었다.

조조는 군사를 동원하여 흙을 나르고 물을 뿌렸다.

물 담는 그릇은 비단으로 포대를 만들었다.

한편으로 흙을 쌓고 한편으로 물을 뿌리니 토성은 쌓는 대로 얼어붙었다.

동이 환하게 트자 토성은 완전히 굳었다.

마초는 조조의 토성이 완성되었다는 소식을 듣고 군사를 이끌고 나가 보았다.

과연 거짓말이 아니었다.

마초는 깜짝 놀랐다.

마음속으로,

'신조神助로구나!'

생각했다.

마초는 이튿날 대군을 휘동하여 싸움을 청했다.

조조는 말 타고 나오는데, 뒤에는 허저 한 사람만이 따랐다.

조조는 채찍을 높이 들어 큰소리로 마초를 꾸짖었다.

"맹덕이 단기單騎로 왔으니 마초 너도 나오너라……."

마초는 조조가 나온 것을 보고 마상에 높이 앉아 창을 비껴들고 말을 달려 나왔다.

조조는 또 한 번 마초를 향하여 으스댔다.

"보아라, 마초야! 네 이놈. 내가 영채 못 이룩한 것을 업신여기더니 하룻밤 사이에 하늘이 도와서 이같이 성이 되었다. 너는 빨리 항복하렷다."

마초는 대로했다. 말을 달려 조조를 한 손으로 잡으려 할 때, 조조의 뒤에 퉁방울 같은 눈을 부릅뜨고 강철 칼을 잡고 섰는 흉악한 장수가 눈에 띄었다.

마초는 속으로 생각했다.

'저 자가 혹시 허저라는 장수가 아닌가?'

마초는 채찍을 번쩍 들어 물었다.

"너희 군중에 호후虎侯가 있다 하더니 어디 있느냐?"

허저가 칼을 번쩍 들고 큰소리로 대답했다.

"내가 바로 초군 땅에 사는 허저다."

말을 하는 허저의 눈에서는 불이 번쩍번쩍 일었다. 위풍이 당당했다.

담이 큰 소년 장군 마초건만 허저의 기운에 눌렸다. 슬며시 말 머리를 돌렸다.

조조도 허저와 함께 돌아왔다. 마초와 조조가 싸우지 아니하고 돌아오는 것을 보고 양편 군사는 제각기 눈을 크게 떠 놀랍게 생각했다.

조조는 웃으며 여러 사람들한테 말했다.

"마초도 허저가 호후虎侯인 것을 아는구나, 하하하."

이후로부터 군중에서는 허저를 모두 다 호후라고 불렀다.

허저가 조조한테 아뢰었다.

"내일은 제가 꼭 마초를 사로잡아 바치겠습니다."

"마초는 영용英勇한 장수다. 경적을 해서는 아니 된다."

조조는 허저를 타일렀다.

"아니올시다. 저는 죽도록 싸워서 기어코 마초를 잡겠습니다."

허저는 곧 사람을 마초한테 보내서 싸움을 돋우는 글을 보냈다.

호후虎侯는 내일 단기로 가서 마초하고 싸울 테다. 겁이 나지 않거든 한번 싸워 보기로 하자!

마초는 허저의 글을 받아 보자 크게 노했다.

"이놈이 하룻강아지 범 무서운 줄 모르고 까불어 대는 격이로구나."

마초는 곧 답장을 썼다.

맹세코 내일 싸워서 호치虎癡를 죽이고 말리라.

다음 날 두 편 군사는 영문에서 나와 진을 쳤다. 마초는 방덕으로 좌익을 삼고 마대로 우익을 삼고 한수로 중군을 삼은 후에 장창을 비껴들고 말을 달려 진 앞에 나와 큰소리로 싸움을 돋우었다.

"이놈 호치虎痴야, 빨리 나와 내 창을 받으라."

이 광경을 보자 조조는 문기門旗 아래서 여러 사람을 보고 말했다.

"마초는 여포에 비하여 손색없는 장수다!"

조조의 말소리가 채 떨어지기 전에 허저가 말을 박차 뛰어나왔다. 칼을 번쩍 들어 허공을 한번 후리쳐 갈기면서 마초한테로 달려들었다.

마초도 겁내지 아니했다. 창을 비껴들고 말굽을 놓아 허저한테로 뛰어들었다.

칼과 창을 맞부딪치면서 두 장수는 처절한 솜씨를 보였다.

싸운 지 백여 합에 승부는 나지 아니하고 두 장수는 아직도 기운이 씩씩하건만 말들이 피곤했다. 금방 쓰러질 듯했다.

허저가 큰소리로 외쳤다.

"말이 피곤하다. 말을 갈아타고 싸우기로 하자!"

"좋다, 나의 말도 피곤한 모양이다. 나도 말을 갈아타고 나오마!"

마초와 허저는 제각기 진으로 돌아가 말을 갈아타고 나왔다.

두 장수는 또다시 싸운 지 백여 합이 되었다.

그러나 여전히 승부는 끝나지 아니했다.

허저는 성미가 괄괄한 사람이었다. 투구와 갑옷을 벗어 내던지고 새빨간 알몸으로 칼을 들고 덤벼들었다.

두 편 군사는 깜짝 놀랐다.

허저와 마초는 또 싸운 지 30여 합에 허저는 칼을 번쩍 들어 마초를 찍었다.

마초는 잽싸게 몸을 피하면서 창을 비껴들어 허저의 가슴패기를 찔렀다.

허저는 슬쩍 몸을 피하면서 칼을 내던지고 마초의 들이대는 창끝을 꽉 잡았다.

두 장수는 마상에서 서로 창을 뺏으려 했다.

힘과 힘의 대결이었다. 비틀고 밀리고 끌렸다.

한동안 시각이 걸렸다. 허저가 큰소리를 지르며 버썩 힘을 줬다.

창대가 딱 소리를 내며 부러졌다.

마초와 허저는 손에 잡힌 반 동강이 난 창대로 서로들 등판을 치고 두들겨 댔다.

조조는 허저가 혹여나 실수가 있을까 두려웠다.

하후연과 조홍한테 영을 내렸다.

"나가서 허저를 도와주라."

조홍, 하후연이 급히 말 타고 뛰어나가니, 마초 진에서는 방덕과 마대가 철기를 몰고 쫓아 나왔다. 옆을 치고 앞을 지르니 조조의 군사는 크게 어지러워지고 허저는 팔뚝에 화살을 두 개나 맞았다. 조조의 군사는 낭패해 달아나고 마초는 기승 부려 뒤를 쫓았다.

조조는 급히 군사를 돌려 영채로 들어가 문을 굳게 닫고 나오지 아니했다.

마초는 위구渭口로 돌아와 한수더러 말했다.

"내 전쟁터에 많이 나가 보았소이다마는 허저처럼 더럽게 싸우는 놈은 생전 처음 보았소이다. 싸움이 아니라 벌거벗고 덤벼드는 더러운 육탄입니다. 참말 무식한 호치虎癡입디다."

두 사람은 서로 껄껄 웃었다.

한편 조조는 대패해서 진으로 돌아온 후에 마초를 도저히 힘과 무예로는 당해 낼 도리가 없다고 생각했다. 계교로 파할 것을 궁리했다.

서황, 주령 두 장수를 불러서 강을 건너 하수 서편에 진을 치고 앞뒤에서 협공할 계획을 차리라 일렀다.

하루는 조조가 성 위에 올라 보니 마초가 수백 기병을 거느리고 자기가 진을 치고 있는 바로 앞에 와서 말을 달려 훈련하는데, 마초는 마치 하늘에서 소년 신장이 하계로 내려와 말을 달리는 듯했다.

조조는 부아가 버썩 났다. 자기 머리에 쓰고 있는 황금 투구를 홀떡 벗어 땅에 던지면서 큰소리로 울부짖었다.

"마馬가 아이가 죽지 않는 한 나는 죽어도 장사 지낼 땅이 없으리라!"

옆에 있던 하후연이 조조의 말을 듣고 분통이 터져서 배겨 날 도리가 없었다.

"제가 오늘 이곳에서 죽을지언정 기어코 마초 도둑놈을 죽이고 말겠소이다."

말이 채 떨어지기 무섭게 하후연은 본부 군마 천여 명을 거느리고 성문을 크게 열고 돌격해 나갔다.

조조는 이 모양을 보자 황겁했다.

"어디를 가느냐? 아니 된다."

큰소리로 만류했으나 하후연은 벌써 성문 밖으로 뛰어나갔다.

조조는 하후연이 실수하면 큰일이라 생각했다.

자기 자신 급히 말 위에 올라 하후연의 뒤를 쫓았다.

진 밖에서 마초가 보니 조조의 군마가 돌연 성문을 크게 열고 달려 나왔다.

마초는 앞에 있던 전군前軍으로 후대後隊를 삼고 뒤에 있던 후대로 선봉을 삼아 '한 일' 자로 진을 치고 나니 하후연의 군대가 당도했다.

마초는 하후연과 어우러져서 싸우다가 문득 앞을 바라보니 활 한 바탕 밖에 조조의 얼굴이 나타났다.

마초는 하후연을 버리고 말을 달려 조조한테로 덤벼들었다.

조조는 달려오는 마초의 씩씩한 기상을 보자 혼비백산이 되었다. 말을 채쳐 달아났다.

조조가 달아나니 조조의 군사들은 일제히 구슬픈 비명을 지르며 난장판이 되어 산지사방으로 흩어져 달아났다.

마초는 달아나는 조조의 뒤를 쉬지 않고 쫓았다.

거진거진 조조를 사로잡으려 할 때 후군에서 부장이 와서 고했다.

"조조의 부하 서황과 주령이 강 건너 서편 하서河西에 영채를 세웠습니다."

이간질에 떨어지는 한수

　조조의 일지 군마가 하서河西에 진을 쳤다는 말을 부장한테 들은 마초는 깜짝 놀랐다.

　조조를 쫓을 마음이 사라졌다. 급히 군사를 수습하여 영채로 돌아와 한수 이하 모든 사람과 의논했다.

　"조조의 일지 군마가 나의 출전한 틈을 타서 강을 건너 하서로 들어왔다 하니 우리는 등과 배로 적을 맞이하게 되었소. 장차 이 일을 어찌하면 좋겠소."

　부장 이감李堪이 출반하여 말했다.

　"땅을 갈라서 화친하고 양가兩家의 군병을 거두었다가 겨울이 지나고 봄이 되어 일기가 따뜻하거든 다시 계책을 마련하는 것이 좋을 듯합니다."

　이감의 말을 듣자 한수도 찬성했다.

　"이감의 말이 가장 좋은 의견이니 그대로 실행하는 것이 좋겠네."

　마초는 얼른 단을 내리지 못했다.

　모사 양추楊秋와 후선侯選도 마초한테 권했다.

　"그렇게 하십시오. 명년 봄에 따뜻하거든 다시 계획을 차리시는 일이 상책인가 합니다."

　한수는 마초한테 권하여 결정을 지었다. 곧 양추를 사자로 조조의 진에 보내서 땅을 나누어 화친할 것을 제의했다.

조조는 의외라 생각했다.

"그대는 먼저 돌아가라. 내일 사람을 보내서 회보하리라."

양추한테 일러 돌려보냈다.

밖에 있던 모사 가후가 조조한테 들어와 뵈었다.

"승상의 주견은 어떠하십니까?"

"당신의 주견은 어떠하오?"

조조는 가후한테 반문했다.

"병불염사兵不厭詐라 합니다. 짐짓 허락한 후에 반간계反間計를 써서 한수와 마초가 서로 의심하도록 만들어 놓는다면 북 한 번 울려서 적을 토멸할 수 있습니다."

조조는 손바닥을 어루만지면서 만족한 웃음을 지었다.

"그대의 꾀는 정히 나의 심중에 먹은 일과 부합이 되오."

조조는 다음 날 마초한테 사람을 보냈다.

내가 서서히 군사를 물린 후에 하서 땅은 당신한테 돌려주리다.

조조는 이같이 회답한 후에 한편으로 부교浮橋를 떼어 회군하는 체했다.

마초는 조조의 답전갈을 받았으나 그래도 마음이 놓이지 아니했다. 한수를 청하여 의논하였다.

"조조가 비록 화친하기를 허락했으나 원래 간특한 영웅이올시다. 참뜻을 알 수 없소이다. 앞으로 준비가 없다면 도리어 화를 당할지 모릅니다. 아저씨와 저는 돌려가면서 저들의 동정을 살피는 일이 좋을 듯합니다. 오늘은 숙부께서 조조의 군세를 살피십시오. 저는 서황의 진세를 살피겠습니다. 내일은 제가 조조의 진으로 향할 테니 숙부께서는 서황의 진세를 돌보아 주십시오. 이같이 해서 그들의 협사를 막는 것이 좋겠습니다."

"그도 그럴듯한 일이지."

한수는 마초의 의견에 찬성했다.

마초와 한수가 의논한 일은 간첩을 통하여 벌써 조조의 귀로 들어갔다.

조조는 옆에 있는 가후를 돌아보며,

"내 일이 폐게 되었소."

하고 기뻐했다.

다음 날 한수는 약속대로 조조의 영채에 당도했다.

조조는 여러 장수들을 거느리고 영채 앞에 나타나 한수를 맞이했다.

모든 장수들은 조조를 휩싸서 옹위해 나오고 조조는 한가운데 금안金鞍 백마白馬 위에 높이 앉아 있었다.

한수의 부하들이 조조를 보려고 서로 앞을 다투어 기웃거렸다.

조조는 소리를 높여 큰소리로 한수의 부하를 꾸짖었다.

"너희들은 조조를 보려고 그러느냐. 내가 조조다. 조조도 별것이 아니다. 사람인 바에 너희들의 눈과 코와 입과 매일반이다. 눈이 넷이 달리고 입이 둘이 있는 것은 아니다. 단지 지모智謀가 너희들보다 많은 것뿐이니라."

한수의 군사들은 조조의 위풍에 눌렸다. 고개를 움찔하고 얼굴에 두려워하는 빛을 띠었다.

조조는 아장을 시켜서 한수한테 전갈을 보냈다.

"승상께서 한 장군과 말씀을 하시겠다 합니다."

한수는 전갈을 받고 곧 진에서 나와 보니 조조는 갑주 투구의 군복을 차리지 아니하고 평상시의 문관 옷을 입었다.

한수도 갑옷을 벗고 평복으로 바꾼 후에 필마단기匹馬單騎로 조조의 앞으로 나갔다.

두 사람은 말 머리를 가지런히 하여 대화를 주고받았다.

"나는 장군의 춘부장과 함께 과거를 보아서 효렴孝廉으로 뽑혔던 것입니다. 이리하여 항상 춘부장을 숙부叔父같이 섬겼던 것입니다. 그 후에 나는 공과 함께 벼슬길에 올라서 오늘날 함께 만나게 되니 기쁘기 한량없소이다. 장군은 금년에 연치가 몇이나 되셨소?"

조조는 얼굴빛을 화하게 하여 한수에게 물었다.

"마흔 살입니다."

한수가 대답했다.

"지난날 우리가 서울 있을 때는 공이나 나나 모두 다 청춘이었는데, 어느덧 우리는 벌써 중년이 되었구려. 참말 세월이 흐르는 듯하구려. 어서 천하가 평정되어서 함께 태평세월을 즐겨야겠소이다. 하하하."

조조는 지나간 옛일만 이야기하고 군정軍情에 대해서는 한마디 말도 아니하고 청을 높여 호협하게 껄껄 웃었다.

한수도 따라 웃었다.

한식경이나 뼈 없는 말을 환담한 후에 조조는 한수와 또다시 만나자고 작별 인사를 하고 각각 진으로 돌아갔다.

마초는 한수가 돌아온 후에 찾아가 경과를 물었다.

"오늘 조조는 무슨 말을 했습니까?"

"옛날 서울서 서로 지내던 일을 이야기했을 뿐 아무 소리도 없었네."

"그럴 리가 있습니까? 어째 군무軍務에 대해서 한마디 말이 없었을 리가 있습니까?"

"과연 없었네."

마초는 의심이 덜컥 났다. 더 묻지 않고 돌아갔다.

한편 조조는 영채로 돌아가 가후한테 물었다.

"그대는 내가 한수와 진전陣前에서 말한 의취를 짐작하겠소?"

"알았습니다. 군무에 대해서는 한마디도 말씀을 아니하시고 옛적에 지나던 일만 이야기하셨을 것입니다."

"과연 가 선생은 용하구려!"

조조는 가후의 지혜를 찬양했다.

"그러나 그것만 가지고는 마초와 한수를 이간질 치기에는 부족합니다. 제가 한 계책이 있는데, 이 계교를 쓰신다면 마초와 한수는 구수간이 되어 서로 죽이고 말 것입니다."

가후가 말을 꺼냈다.

"어떤 묘계가 있소?"

조조는 무릎을 내밀었다.

"마초는 한 사람의 용부勇夫일 뿐 기밀을 잘 판단치 못하는 사람입니다. 승상께서 친필로 한 장 편지를 쓰시어 한수한테 보내시는데, 중간에 글자를 흐리게 쓰기도 하고 먹으로 글자를 뭉개 놓기도 하여 남이 보면 의심이 더럭 나도록 하여 보내십시오. 그리한 연후에 슬며시 간첩을 마초한테 보내서 승상께서 무슨 비밀한 편지를 한수한테 보냈다고 뚱겨 준다면 마초는 한수한테 승상의 편지를 보자고 할 것입니다. 이리한다면 마초는 더한층 한수를 의심하게 될 것이요, 의심이 생기면 난이 일어날 것입니다. 이 계교가 어떻습니까?"

가후는 말을 마치자 깔깔 웃었다.

"참 좋은 계교요!"

조조는 곧 찬성하고 편지를 쓰고 중요한 곳에는 먹으로 뭉갠 후에 한수한테 보내고, 한편으로 간첩을 마초에게 보내서 조조가 한수한테 글월 보낸 일을 뚱겨 주었다.

마초는 시각을 지체하지 아니하고 한수한테로 쫓아갔다.

"조조가 숙부께 편지를 보냈다 하는데 무슨 편지입니까? 좀 보여 주십시오?"

한수는 무심하고 조조의 편지를 마초한테 내주었다.

마초는 뭉갠 필적을 보자 의심이 더럭 났다.

"왜 편지 사연을 이같이 뭉개 버렸습니까?"

"원래 가져온 편지가 그같이 뭉개져 있었네."

"그럴 리가 있습니까? 남에게 초抄 잡은 편지를 그대로 보일 리가 있습니까? 숙부께서 내가 볼까 해서 뭉개 버린 것이 아닙니까?"

"천만에 그럴 리가 있나. 필시 조조가 잘못 초 잡은 편지를 보낸 것이지."

"조조가 얼마나 정밀한 사람이라구 초 잡은 편지를 보낼 리가 있습니까. 이것은 꼭 저를 속이려고 아저씨가 뭉개신 것입니다. 나는 아저씨와 함께 역적 조조를 토멸하려 했는데, 아저씨께서는 오늘날 딴마음을 품으셨으니 이런 원통한 일이 어디 있습니까?"

마초는 분함을 못 이겨 주먹으로 책상을 쳤다.

"자네가 만약 나를 믿지 못하거든 내일 내가 조조와 진 앞에서 만나서 이야기를 할 테니, 그때 만약 내 자네를 배반한 증거가 드러난다면 자네는 나를 찔러 죽이게."

"그렇게 합시다."

마초는 선선히 대답하고 자리를 박차 일어섰다.

다음 날 한수는 아장 후선侯選, 이감李堪, 양흥梁興, 마완馬玩, 양추楊秋 다섯 장수를 거느리고 출진하니 마초는 진문 속에 몸을 감추고 동정을 살피고 있었다.

한수는 조조의 진 앞에 나가 사람을 시켜서 큰소리로 외쳤다.

"한 장군께서 승상과 만나 말씀하려 하십니다."

조조는 곧 조홍 등 수십 기를 거느리고 진 앞으로 말 타고 나와 한수와 서로 대면했다.

말과 말의 거리는 두어 걸음 격해 있었다.

조홍이 마상에서 몸을 굽혀 절하고 말했다.

"밤사이 안녕하십니까. 장군께서는 어제 승상과 비밀히 의논하신 말씀을 잊으셔서는 아니 됩니다."

조홍은 말을 마치자 곧 말 머리를 돌려 진 속으로 들어갔다. 조조도 뒤따랐다.

한수의 진문 앞에 귀를 기울여 듣고 있던 마초는 분심이 탱중했다.

말을 달려 뛰어나와 손에 잡은 장창으로 한수의 명치를 겨누어 찌르려 했다.

후선, 이감 등 다섯 장수들은 깜짝 놀라 마초를 떼어 놓았다.

진으로 돌아간 후에 한수는 마초한테 참 마음을 헤쳐 말했다.

"현질賢姪은 나를 의심치 마오. 내가 조카님을 배반할 리가 있소. 나는 아무 반심反心도 없소."

마초는 한수의 말을 믿을 리 없었다.

"에이 더럽소!"

큰소리로 떠들고 한수를 흘겨보며 자기 처소로 돌아갔다.

한수는 기가 막혔다. 직계 부하인 다섯 장수를 불러 의논했다.

"이 일을 장차 어쩌면 좋겠나. 내 안을 뒤집어 보일 수도 없고……. 어떻게 하면 마초의 의심이 얼음 녹듯 석연하게 풀리겠나?"

다섯 장수 중에 양추가 대답했다.

"마초는 저의 무용만 믿고 주공을 항상 업신여기는 일이 많습니다. 앞으로 비록 조조를 이긴다 해도 마초의 교만 방자한 마음은 매일반일 것입니다. 제 생각에는 조조한테로 돌아가 후일 봉후封侯하는 자리에 나가시는 것이 상책일까 합니다."

한수는 양추의 말을 듣자 초연히 탄식했다.

"내가 저의 아버지 마등과 결의형제를 한 몸으로 어찌 차마 저를 배반한단 말인가!"

"사이지차事已至此했으니 그같이 아니할 수 없습니다."

"그렇다면 누가 조조한테 소식을 통하겠나?"

"제가 가겠습니다."

양추가 대답했다.

한수는 곧 붓을 들어 조조한테 항복하겠다는 편지를 써서 양추한테 전했다.

양추가 조조의 진에 당도하여 한수의 글월을 바치니 조조는 크게 기뻐했다.

한수로 서량후西凉侯를 봉하고 양추한테는 서량西凉 태수太守의 직함을 내리고 나머지 네 장수에게 상당한 관직을 준 후에 밤에 불을 놓는 것을 군호로 하여 마초를 공격할 것을 비밀히 약속했다.

양추楊秋는 조조와 작별한 후에 한수한테 돌아와 조조가 벼슬 준 것을 보했다. 한수와 모든 장수들은 크게 기뻐했다. 곧 중군에 영을 내려 영문 뒤에 마른 섶을 산더미같이 쌓아 놓고 다섯 장수들이 칼을 짚어 무장을 차린 후에 상의할 일이 있다 하고 마초를 청하기로 했다. 그러나 다섯 부장들은 얼른 의견이 맞지 아니하고 결정을 짓지 못하고 있을 때, 이 소식은 어느 틈에 새어 마초의 귀로 들어갔다.

마초는 크게 노했다. 방덕과 마대에게 명하여 후응後應이 되라 하고 친히 몇 사람 장수를 거느리고 가만히 한수의 장중帳中으로 들어섰다.

이때 한수는 수하 다섯 장수와 함께 마초 죽일 밀의密議를 하고 있다가 양추楊秋의 입에서,

"일이 탄로되기 쉬우니, 지체 말고 속히 거사擧事합시다."

하는 말이 떨어졌다.

마초는 대로했다.

칼을 빼어 들고 한수가 있는 곳으로 쓱 들어가 대갈일성 꾸짖었다.

"도둑놈들아, 언감생심 나를 해치려 하느냐?"

벽력같은 소리를 치니 한수 이하 다섯 장수는 얼굴이 흙빛으로 변하여 어찌할 바를 몰랐다.

마초는 칼을 번쩍 들어 한수의 머리를 내리 찍었다.

한수는 황망히 손으로 막다가 서리 같은 마초 칼에 왼편 손이 잘려 뚝 떨어졌다.

혼이 난 다섯 장수는 정신을 수습했다. 일어나 일제히 마초한테 칼을 들이댔다.

마초는 칼을 들고 다섯 장수를 막아 대며 뒷걸음을 쳐서 넓은 뜰로 나왔다. 좁은 방에서는 다섯 장수를 대항할 수 없기 때문이었다.

여러 장수는 칼을 들어 마초를 노리면서 육박해 들어갔다.

마초의 칼은 일 대 오였다. 칼 한 자루로 다섯 장수의 살기 띤 싸늘한 칼을 막아 냈다.

마초의 칼이 번뜻 하면서 무지개를 그렸다. 붉은 피가 댓줄기같이 허공으로 뻗쳤다. 마완과 양흥이 비명을 지르며 한꺼번에 쓰러졌다.

찰나의 일이었다. 이 모양을 보자 칼을 잡고 마초를 노리던 후선, 이감,

양추 세 장수는 어마뜨거라 하고 목숨을 구하여 달아났다.

　마초는 칼을 잡고 다시 장막 속으로 뛰어 들어갔다. 손 떨어진 한수를 죽이려는 것이었다.

　이때 한수는 시자의 구원을 받아 조조의 진으로 달아났다.

　마초는 계속 한수를 찾으려 할 때, 돌연 화광이 후면에 충천하면서 한수의 군사와 조조의 군사는 사면으로 포위해 들어왔다.

　마초는 황망히 말 위에 올랐다. 이때 방덕, 마대의 군사도 당도했다.

　조조의 군사를 거느린 대장은 앞에는 허저요, 뒤에는 서황이요, 왼편에는 하후연이요, 바른편에는 조홍이었다.

　양편 군사는 정신을 차릴 수 없이 아우성을 치며 마초를 잡으려 했다.

　마초는 방덕, 마대가 온 지도 모르고 급히 백여 기를 거느려 위교渭橋로 달아났다.

　이때 하늘은 훤하게 동이 트기 시작했다.

　마초가 눈을 들어 보니 멀리 안개 속에 한수의 부장 이감李堪이 다리 아래로 군사를 이끌고 달아났다.

　마초는 반장, 이감을 보자 화가 꼭두까지 치밀었다.

　창을 비껴 잡고 말을 달려 쫓아가니 이감은 혼비백산이 되어 달아났다.

　때마침 우금이 마초의 등 뒤에 나타났다.

　활을 번쩍 들어 마초를 겨누어 쏘았다.

　시위 소리가 '윙' 하고 일어났다. 마초는 급히 고개를 돌려보니 우금이 자기를 향하여 활을 쏘는 것이었다.

　마초는 얼른 몸을 피했다. 우금이 쏜 화살은 뜻밖에 이감의 얼굴을 맞히어 이감은 말에 떨어져 죽어 버렸다.

　마초는 말 머리를 돌려 우금한테로 덤벼들었다. 우금은 겁이 나서 말을 채쳐 달아났다.

마초는 다리 위에 우뚝 서서 앞을 바라보니 조조의 호위군虎衛軍을 선두로 하여 큰 군사가 물밀듯 몰려들면서 마초를 향하여 불비 내리듯 화살을 쏘았다.

마초는 들어오는 화살을 창대로 막아 냈다. 살은 낙화처럼 어지럽게 땅에 떨어져 버렸다. 마초는 창 들고 말 달려 좌충우돌 짓쳐 나갔다.

그러나 원체 조조의 군사 수가 많으니 뚫고 나갈 도리가 없었다.

마초는 다리 위에서 큰소리로 용을 쓰면서 하수 북편으로 뛰어들었다. 뒤따르던 마초의 군사들은 뿔뿔이 흩어지고 오직 마초만 혼자 조조의 진을 무찔렀다.

비 오듯 쏟아지는 화살은 마침내 마초가 타고 있는 말을 맞히어 버렸다.

비호같은 마초도 할 수 없었다. 쓰러지는 말과 함께 땅에 떨어져 버렸다.

조조의 군사들은 땅에 떨어지는 마초를 보자 용기가 백배나 솟구쳤다.

와, 하는 환성과 함께 물밀듯 마초한테로 덤벼들었다. 마초의 생명은 마치 풀잎에 맺힌 이슬과 같았다.

곧 마초가 잡히려는 순간, 홀연 서북편에서 한 떼 군마가 쏟아져 나와 급히 마초를 구해 냈다. 다른 장수가 아니라 방덕과 마대였다.

두 장수는 적군의 말 한 필을 빼앗아 마초를 태운 후에 사지를 뚫고 서북편을 바라보고 달아났다.

조조는 마초가 탈출했다는 소식을 듣고 모든 장수에게 전령을 내렸다.

"마초의 목을 베어 오는 자에게는 천금상千金賞에 만호후萬戶侯를 봉할 것이요, 산 채로 잡아오는 자에게는 대장군을 봉하리라."

장수들은 영을 받고 다투어 추격했다.

마초는 피곤한 군사를 재촉하여 달아났다. 쫓는 군사한테 잡힌 군사도 많았다. 마초는 겨우 30기를 거느리고 방덕, 마대와 함께 농서隴西 임조臨洮를 향하여 달아났다.

조조는 친히 대군을 휘동하여 안정安定까지 쫓았다.

그러나 마초는 벌써 멀리 농서隴西로 들어갔다.

조조는 하는 수 없었다. 군사를 회군하여 장안長安으로 돌아왔다.

장수들도 함빡 장안으로 모여들었다.

한수는 지난번에 마초한테 팔이 떨어져서 왼손이 없는 병신이 되었다. 장안에서 쉬라 하고 서량후西涼侯의 벼슬을 주고, 양추楊秋와 후선侯選에게는 각각 열후列侯를 봉한 후에 위구渭口를 지키라 명하고 영을 내려 군사를 거두어 허도로 돌아가려 했다.

때마침 양추에 있는 참군參軍 양부楊阜가 장안에 왔다가 조조를 보고 간하였다.

"마초는 여포 같은 명장인데, 여기다가 강인羌人들이 깊이 숭배해서 심복하는 인물이올시다. 지금 승상께서 이긴 끝에 무찔러 버리지 아니하신다면 후일 양기가 되어 농상의 모든 고을은 다시는 국가의 소유가 되지 아니할 것입니다. 승상께서는 아직 군사를 돌리지 마시고 다시 마초를 치십시오."

양부의 말을 듣자 조조가 대답했다.

"나도 생각이 없는 것이 아니오. 그러나 중원에 일이 많고 남방이 아직도 안정되지 못했으니 오래 머무를 수가 없소. 그대가 나를 위하여 잘 지켜 주시오."

"힘을 써 보겠습니다."

양부는 허락한 후에 위강韋康을 천거하여 양주凉州 자사刺使를 삼게 한 후에 함께 기성冀城에 둔병屯兵하여 마초를 막게 하기로 했다.

위강이 떠날 때 다시 조조한테 청했다.

"장안에는 반드시 큰 군사를 두시어 후원後援이 되게 해 주십시오."

"나는 이미 모든 계획을 세웠으니 그대는 안심하라."

위강은 사례하고 물러갔다.

여러 장수가 조조한테 물었다.

"처음에 마초가 동관潼關을 침범했을 때 위북渭北은 길이 끊어졌던 것입니다. 승상께서는 하동河東에서 풍익馮翊을 공격하지 아니하시고 도리어 동관을 지켜서 한갓 날짜를 천연하시고 뒤에 하북河北을 건너서 진을 친후에 움직이지 아니하신 것은 무슨 까닭입니까?"

"마초가 연관을 침범했을 때 내가 만약 하동河東으로 향했다면 마초는 곧 모든 하구河口를 수직했을 것이다. 이리 된다면 나는 하수 서편을 건널 도리가 없었을 것이다. 이런 까닭에 나는 모든 군사를 거느려 동관潼關을 공격하는 체하여 마초로 힘을 다하여 남편만 지키게 한 것이다. 이런 까닭에 마초는 하서河西는 생각지도 못했던 것이요, 아무런 방비도 없었던 것이다. 이리해서 나는 서황, 주령을 용이하게 도하시켜서 적의 후면을 끊어 버렸던 것이다. 나는 그 뒤에 하북으로 건너가 용도를 만들어 적이 나를 업신여겨서 교만한 마음을 기른 후에 한편으로 간첩의 계교를 쓰고, 한편 저축해 논 군사의 힘을 다하여 일시에 적을 깨 두들겨 부쉈으니, 이것은 병법에 질뢰불급엄이疾雷不及掩耳[2]라는 계책이다."

조조는 말을 마치자 껄껄 웃었다.

모든 장수들은 조조의 말을 듣고 감탄하지 않을 수 없었다.

순욱이 여러 사람을 대표해서 말했다.

"승상의 용병用兵하시는 수단은 과연 입신入神 지경이올시다."

---

2) 질뢰불급엄이 : 빠른 우레는 귀 가릴 틈도 없이 벼락을 친다는 뜻.

조조는 빙긋 웃으며 대답했다.

"병법의 변화란 실로 외길이 아니거든……."

장수들이 또 물었다.

"승상께서는 매양 적이 군사를 더했다는 소리를 들으시면 얼굴에 기쁜 빛을 띠셨으니 무슨 까닭이오니까?"

조조가 대답했다.

"서량은 지방이 멀고 지세가 험하여 왕화王化가 미치지 못하는 곳이다. 이런 까닭에 정벌하려 하나 요해처要害處가 견고해서 한두 해로는 평정하기 어려운 곳이다. 이번에 마초의 대군이 오면 올수록 대장의 수가 많게 되니, 대장이 많으면 명령 계통이 통일되지 못하고 인심이 한데 합해지기 어려운 법이다. 그러므로 나는 마초와 한수를 이간시켜서 한 번 싸워 패하게 만든 것이다. 그래서 나는 기뻐했느니라."

모든 장수들은 절하여 말했다.

"승상의 신모神謀는 저희들이 미칠 바가 아닙니다."

"어찌 나의 힘뿐이랴. 너희들 문무文武의 공이 크니라."

조조는 말을 마치자 모든 장수와 군사를 불러 후한 상금을 내리고, 하후연을 장안에 머물러 둔병시키고, 항복한 서량병들은 각처로 분배시켜서 부대마다 배치했다. 하후연이 한 사람을 보증하여 천거하니 풍익馮翊 고릉高陵 사람 장기張旣였다.

경조윤京兆尹[3]을 시킨 후에 하후연과 함께 장안을 지키라 했다.

조조는 군사를 정돈하여 허도로 돌아가니 승전고 소리는 천지를 진동했다.

---

3) 경조윤 : 경성부윤京城府尹, 서울 시장市長과 같은 지위地位.

헌제는 친히 만조백관을 거느려 연을 타고 성 밖까지 나가서 조조를 영접하여 그의 수고를 치사한 후에 조칙을 내려 조회할 때 이름을 대지 않게 하고, 천각에 들어올 때 꼿꼿이 서서 추창하지 아니하고, 칼 차고 신신은 채 그대로 오르게 하니, 마치 승상丞相 소하蕭何의 옛일을 본뜨게 한 것이었다. 이로부터 조조의 명성은 위엄이 천하에 떨치게 되었다.

이러한 소식은 한중漢中까지 들어가서 한녕漢寧 태수太守 장로張魯를 놀라게 했다.

원래 장로는 패국沛國 풍인豊人으로 그의 할아버지 장릉張陵은 서천西川 혹명산鵠鳴山 속에서 도서道書를 저술하여 사람을 고혹시키니 모두들 공경하였다. 능陵이 죽은 후에 그의 아들 장형張衡은 사람들에게 도학을 배우려면 쌀 닷 말을 가지고 와서 배우라 하니 사람들은 그의 별명을 '쌀 도둑놈' 이라 불렀던 것이다.

기사 장송

　장형張衡이 죽은 후에 장로張魯는 부조의 업적을 계승했다. 스스로 사군師君이라 이름 하니, 도를 배우려는 사람들이 구름같이 모여들었다. 그는 제자들을 이름 하여 귀졸鬼卒이라 하고, 제자 중에 제일가는 수제자를 치두대제주治頭大祭酒라 부르고, 다음 꼭지를 제주祭酒라 일컬어 성誠과 신信으로 도의 근본을 삼아서 속이는 일을 단연코 용서치 아니했다.

　혹시 병자가 생기면 단壇을 모아 기도하고 병자를 조용한 방에 거처케 하여 모든 잘못을 뉘우치면서 스승을 따라 기도하게 했다.

　기도를 받은 사람은 간령奸令 제주祭酒라 불렀다.

　기도하는 법은 먼저 병자의 성명을 쓰고 자기의 죄상罪狀을 참회하는 뜻을 글로 세 벌을 써서 올리게 하니 이 글 이름은 「삼관수서三官手書」라는 것이었다.

　한 벌은 깊은 산에 올라 불에 태워 소지燒紙하여 하늘에 고하고, 한 벌은 땅에 묻어 지신地神한테 고하고, 한 벌은 강물에 던져서 수신水神한테 고한 후에 병이 차도가 있으면 닷 말 쌀을 가져와서 감사한 뜻을 표하게 했다.

　도를 닦는 도장道場의 이름을 개의사蓋義舍라 하고, 이곳에는 쌀과 나무며 산과 바다와 육지에 나는 나물이며 고기며 생선, 자반 등 마른 찬수를 푸짐하게 저장해 둔 후에 오고 가는 행인들에게 마음대로 먹으라 했다.

다만 욕심을 많이 내어 먹는 자는 천주天誅를 받는다 선언하니 지나가는 길손들은 과식하는 사람이 없었다.

다시 그는 법을 세웠다. 지경 안에 죄를 범한 사람이 있으면 세 번까지는 용서했다. 그러나 세 번을 넘어서 또다시 법을 범한 자에게는 추상같은 엄한 형벌을 거행하니 사람들은 두려워하지 아니할 수 없었다.

이러한 일은 따로 관장官長이 있어서 행하는 것이 아니고 장로의 제자 제주들이 했다.

장로는 이같이 한중漢中에 자리 잡은 지 30여 년에 한중 땅은 한 개의 별유천지別有天地인 독립된 국가를 이루었던 것이다.

국가에서는 땅이 먼저 변지邊地가 되고 보니 힘이 자라지 못했다.

장로에게 진남鎭南 중랑장中郎將에 한녕漢寧 태수太守의 직함을 주고 조정에 공貢을 바치게 할 뿐이었다.

장로는 조조가 서량 마초를 대패시켜서 위엄이 천하에 떨친 소식을 듣고 깜짝 놀랐다. 제자들을 모아 상의했다.

"서량에 범 같은 장수 마등이 조조의 꾀에 넘어가 죽고, 그의 아들 마초가 또 패했으니 조조는 반드시 우리 한중을 노리기 십상팔구다. 나는 한녕왕漢寧王이 되어 군사를 훈련시켜서 조조를 막으려 하니 여러 사람들의 뜻은 어떠한가?"

사군師君 장로張魯의 말을 듣자 염포閻圃란 사람이 나와서 말했다.

"한중 백성들은 십만여 호戶나 되는데 재물은 넉넉하고 양식은 풍부한 데다가 사면이 험고險固합니다. 마초가 새로 패한 후에 서량 백성들은 자오곡子午谷을 넘어서 한중으로 들어오는 인민들의 수가 적게 보아도 수만 명은 되리라 생각합니다. 저의 어리석은 생각에는 익주益州 유장劉璋이 혼약昏弱하니 먼저 서천西川 사십일 주四十一州를 취해서 근거를 삼은 후에 칭왕칭왕稱王을 하시는 것이 좋을 듯합니다."

장로는 염포의 말을 듣고 크게 기뻤다. 곧 그의 아우 장위張衛와 함께 군사 일으킬 것을 결정했다.

염탐꾼은 나는 듯이 익주 유장한테 장로의 일을 고했다.

원래 유장은 자를 계옥季玉이라 하는 사람으로 한노漢魯 공왕恭王의 후예인 유언劉焉의 아들이었다.

장제章帝 원화元和 연간年間에 경릉竟陵이 이룩되니 이곳으로 이사하여 지손과 서손이 살았던 것이다.

그 후에 유언은 익주목益州牧이 되었다가 흥평興平 원년元年에 등창을 앓아 죽었고 아들 유장이 익주목이 되었던 것이다.

유장이 태수가 된 후에 장로張魯의 어머니와 아우를 죽인 일이 있었다.

이로 인하여 장로는 유장을 원수로 알았다.

유장은 항상 장로를 꺼렸다. 방의龐義로 파서巴西 태수太守를 삼아서 장로를 막게 했던 것이었다.

이때 방의도 장로가 군사를 일으켜 서천을 친다는 소문을 듣고 곧 유장한테 알렸다.

유장은 평생 나약한 사람이었다. 마음이 불안하고 손발이 떨려서 어찌할지 몰랐다. 곧 모든 벼슬아치들을 모아 놓고 물었다.

"장로가 우리 서천을 범한다 하니 장차 이를 어찌하면 좋겠소?"

홀연 한 사람이 어깨를 으쓱거리면서 호기 있게 말했다.

"주공께서는 방심하십시오. 제가 비록 재주 없으나 세 치 썩지 아니한 혀(舌)를 놀려서 장로로 하여금 눈을 바로 떠서 서천을 취하지 못하도록 만들어 놓으리다."

유장이 바라보니 익주益州 별가別駕 장송張松이란 자였다. 이마는 툭 튀

어나오고 머리는 뾰족한데 코는 삐뚤어지고 이는 드러났는데 키는 5척밖에 못되나 목소리는 홍종 같았다.

"별가는 무슨 훌륭한 의사가 계십니까, 빨리 장로의 위기를 풀어 주시오."

유장이 간곡하게 물었다.

"제가 들으니 허도의 조조는 중원을 소탕하여 여포와 원소, 원술 형제를 멸하고 또다시 근래에는 마초를 깨쳐서 천하무적天下無敵이 되었습니다. 주공께서 조조에게 진헌進獻할 물건을 준비해서 주신다면 이 몸은 친히 허도로 조조를 찾아보고 한중漢中을 취하라 하겠습니다. 이쯤 된다면 장로가 어느 하가에 우리 촉중蜀中을 엿볼 수 있겠습니까?"

장송張松의 건의建議를 듣고 유장은 크게 기뻐했다.

곧 장송에게 금은보화, 천하의 값진 물건을 가득히 수레에 실어 허도로 가서 조조를 찾으라 했다.

장송은 비밀히 서천西川 지도地圖를 그려 품 안에 품고 금은보화를 실은 수레와 종자 두어 사람을 거느려 허도로 향했다.

이 소식은 벌써 나는 듯이 형주로 전해졌다.

공명孔明은 지체치 아니하고 비밀히 사람을 허도로 보내서 장송의 일을 탐지하라 했다.

한편 장송은 허도 관역에 짐을 푼 후에 날마다 승상부에 나가서 조조를 만나려 했다.

원래 조조는 마초를 격파한 후에 마음이 방자하고 교만해졌다. 이제는 천하에 자기를 대적할 사람이 없다고 생각했다. 날마다 연회를 베풀어 질탕하게 날을 보내면서 밖에도 나가지 아니하고 나랏일을 승상부 안에서 처결하고 있었다.

장송은 교섭한 지 3일 만에야 겨우 조조한테 명함을 들여보낼 수 있었고 급기야 만나 볼 때는 비서들한테 뇌물을 보낸 후에야 겨우 조조를 만나 보게 되었다.

장송은 조조한테 들어가 절하고 나니 조조는 위엄기 있게 물었다.

"네 주인 유장이 근년에 조공朝貢을 내리 바치지 아니하니 어찌 된 일이냐?"

장송은 태연히 대답했다.

"길이 험하고 먼 데다가 도둑들이 많습니다. 이리하와 자주 조공을 못 바쳤습니다."

조조는 언성을 높여 장송을 꾸짖었다.

"듣거라, 내 중원을 평정해서 천하가 태평한데 도둑이 많다니 무슨 놈의 소리냐?"

장송은 씽끗 웃으며 대답했다.

"승상께서는 너무나 자부하십니다. 지금 남에는 손권이 있고 북에는 장로가 있고 서에는 유비가 있어서, 그중 세력이 약한 곳도 소불하 십만여 명의 군대를 지니고 있습니다. 어찌 태평세월입니까?"

조조는 불쾌했다. 장송의 얼굴과 모습이 괴상야릇해서 말하고 싶지 아니한 데다가 말씨조차 부드럽지 아니하니 조조는 참을 수 없었다. 벌떡 자리에서 일어나 소매를 떨쳐 후당으로 들어갔다.

좌우의 시자들이 장송을 꾸짖었다.

"당신은 사신의 몸으로 어째 그리 예의를 차리지 못하고 함부로 떠들어 대오? 우리 승상께서 멀리 온 당신의 낯을 보아 특별히 용서하신 것이니 당신은 빨리 돌아가시오."

시자들의 말을 듣자 장송은 뱉듯이 대답했다.

"우리 서천에는 윗사람한테 아양을 떨어 아첨하는 사람이 없소."

장송의 말이 채 떨어지기 무섭게 뜰아래서 한 사람이 큰소리로 장송을 꾸짖었다.

"그래, 너희 서천에는 아첨하는 사람이 없고, 우리 중원에는 아첨하는 사람이 많더란 말이냐?"

"장송張松이 눈을 들어 꾸짖는 사람을 보니 눈썹은 얇고 눈은 가늘고 얼굴은 희고 신기는 맑아서 제법 출중하고 준수한 인물이었다.

"노형의 성명은 누구시오?"

장송이 물었다.

"나는 양수楊修란 사람인데 자는 덕조德祖라 하오. 현재 승상 문하에 장고掌庫 주부主簿로 있는 사람이외다."

"그렇다면 태위太尉 양표楊彪의 자제분이 아니시오?"

"그렇소."

젊은 사람이 대답했다. 장송은 양수를 대해 보니 구변도 좋고 학식도 제법 많은 것같이 생각되었다. 마음으로 공대하고 싶은 생각이 났다.

양수 역시 자기 재주를 믿고 천하의 선비를 우습게보던 차에 장송을 대해 보니 말속에 풍자諷刺가 가득했다. 보통 사람이 아니라 생각했다.

양수는 장송을 서원書院으로 청했다.

"우리 조용히 서원에 나가서 이야기해 봅시다."

장송은 자리에서 일어나 홀연히 양수를 따랐다.

서원에 나가 손과 주인이 인사를 나눈 후에 양수가 먼저 말을 꺼냈다.

"서촉西蜀 길이 기구하고 험한데 멀리 오시느라고 수고하셨소."

"주공의 명을 받들어 왔소이다. 그러하니 비록 끓는 물이나 뜨거운 불더미 속이라도 사양할 도리가 없소이다."

"촉중蜀中의 풍토가 어떠합니까?"

"촉이라는 곳은 중원 서편에 있는 곳으로 옛 이름은 익주라 했습니다. 길은 금강錦江이 가로막혀 험하고, 땅은 검각劍閣 연봉連峰이 웅장하게 둘러 있습니다. 주위가 이백팔 정程이나 되고 종횡이 삼만여 리나 됩니다. 닭 울음소리와 개 짖는 소리는 천리에 연했고 시정市井과 여염閭閻은 즐비하게 맞닿았소이다. 밭은 기름지고 논은 푸르러 해마다 풍년이 들어서 홍수와 한재의 근심이 없고 국부國富 민풍民豊하니 때로는 풍악 소리 화한 바람을 일으켜서 문명의 기상이 높은 데다가 물산物産이 적여구산積如丘山으로 있으니 진실로 천하제일인 좋은 고장이라 하겠소이다."

장송은 입에 침이 마르도록 자기 고향 서천을 찬양했다.

"촉중의 인물은 어떠합니까?"

"하하, 기막히지요. 글 잘하기로는 탁문군卓文君을 놀아나게 했던 사마상여司馬相如가 있고, 호반으로는 복파伏波 장군將軍 마원馬援이 있소이다. 의사로는 병리학病理學의 제일인자인 중경仲景이 있고, 점 잘 치기로는 숨은 선비 군평君平이 있으니, 구류九流 삼교三敎에 뛰어나고 출중한 일을 이루 다 말로 표현할 수 없소이다."

장송은 말을 마치자 어깨를 한 번 으쓱거렸다.

양수는 장송한테 또 물었다.

"방금 서촉西蜀에는 공 같은 인재가 몇이나 됩니까?"

"문무겸전文武兼全한 재주와 슬기와 용맹이 아울러 있는 사람과 충성되고 의롭고 강개慷慨한 선비들을 따져 본다면 백 명이 넘을 것입니다. 나같은 무재한 사람은 산더미같이 많을 것입니다."

"공은 지금 무슨 벼슬을 하고 계십니까?"

"외람되게 별가別駕라는 직책을 맡고 있습니다. 너무 과분하지요. 그런데 당신은 조정에서는 어떤 직위를 가지고 계십니까?"

"아까 말씀 드린 대로 승상부丞相府의 주부主簿입니다."

"공은 누대를 내려오는 잠영거족簪纓巨族이신데 어찌해서 조정에 서서 천자를 보좌하지 아니하고 구구하게 승상 문하에 한개 아전으로 세월을 보내십니까?"

양수는 장송의 묻는 말을 듣고 얼굴이 당홍 물감을 끼얹은 듯 붉어졌다. 얼마 후에 겨우 대답했다.

"비록 지체 얕은 하료下僚 자리에 있습니다마는 승상께서 끔찍이 나를 믿으시어 군정軍政과 군량미와 재정을 함빡 나에게 위임하였습니다. 뿐만 아니라 많은 가르침을 승상께서 주시니 앞으로 개발될 일이 많을 것 같습니다. 그래서 아직 이 직책을 맡고 있습니다."

장송은 양수의 말을 듣자 소리를 높여 껄껄 웃으며 말했다.

"내가 들으니 조 승상은 글이 짧아서 공맹孔孟의 도학에 밝지 못하고 무예도 신통치 아니하여 『손오병법孫吳兵法』의 오묘한 이치도 터득을 못하면서 강한 탄압 한 가지로 오늘날 승상의 대위大位에 올랐다 합니다. 이런 위인이 어떻게 당신을 가르쳐 준다 말씀입니까?"

"그것은 공이 멀리 변지에 계셔서 승상을 잘 모르시는 말씀입니다. 공에게 보여 드릴 것이 있습니다."

양수는 말을 마치자 좌우를 시켜서 책 한 권을 가져오게 해서 장송한테 보였다.

장송이 책을 받아 들고 제목을 보니 『맹덕신서孟德新書』라 씌어 있었다.

장송은 서두에서부터 끝까지 단숨에 죽 내리읽었다. 모두 열세 편으로 되어 있는데 용병用兵하는 요긴한 방법이었다.

장송은 보기를 다한 후에 양수를 향해 물었다.

"그래 이 책이 어떻단 말씀이오?"

양수가 대답했다.

"이 책은 조 승상께서 옛일과 현대 일을 참작해서 『손자병법』 십삼 편을 모방해서 저술하신 것입니다. 공은 조 승상이 무재하다고 하시나 이 책 한 권만 해도 넉넉히 후세에 전할 만한 큰 저술입니다."

양수의 말을 듣는 장송은 소리를 드높여 깔깔 웃었다.

장송의 웃는 것을 보자 양수는 얼굴을 정색하며 물었다.

"왜 웃으십니까?"

"웃지 아니하고 어찌하겠소. 이 책은 우리 서촉西蜀에서는 삼척三尺 소동小童이라도 다들 외고 있는 터인데 새로 저술한 책이라니 말이 되오? 이 책은 전국戰國 시대 때 무명씨가 저술한 것인데, 조 승상이 자기가 지었다 하니 뻔뻔하기 짝이 없는 노릇이오. 조조는 당신까지 속였구려."

양수도 지지 않고 대거리했다.

"딴소리 마시오. 이 책은 우리 조 승상이 저술한 후에 아직 세상에 발표하지 아니한 책인데 촉중의 어린이들이 다 왼다 하니 말이 되지 아니하오."

"당신은 만약 내 말을 곧이듣지 아니하면 내 한번 외어 볼 테니 들어 보시오."

장송은 말을 마치자 『맹덕신서』를 머리서부터 끝까지 줄줄 외웠다. 한 글자의 차착도 없었다.

양수는 깜짝 놀랐다.

"공은 과연 천하의 기재奇才올시다. 한 번 보고 이같이 줄줄 물 흐르듯 외니 이럴 수가 있습니까?"

감탄하기를 마지아니했다.

이때 장송은 작별 인사를 고하니 양수는 장송을 만류했다.

"공은 잠깐 객관에 나가 계십시오. 내 다시 승상께 품하여 만나시도록 해 보겠소이다."

"감사하오."

장송은 사례하고 사관으로 돌아갔다.

양수는 곧 조조한테로 들어갔다.

"승상께서는 어찌해서 장송을 오만하게 대접하셨습니까?"

"그 자의 말이 하도 불손하므로 일부러 업신여겨 대접했던 것일세."

"승상께서는 미형은 용납하시면서 장송은 왜 용납하지 못하십니까?"

"미형이는 그의 글 잘하는 문장 명성이 일세를 진동하므로 차마 죽이지 못했지만 장송이야 무슨 능한 것이 있단 말인가?"

"아니올시다. 그의 말은 현하懸河 변재辯才인 데다가 총기는 일람첩기一覽輒記올시다. 마침 승상께서 저술하신 『맹덕신서』를 보여 주었더니 그는 한 번 보고 그대로 외워 버립니다. 박람강기博覽強記라 하더니 이런 재주는 처음 보았습니다. 장송은 일부러 승상이 저술하신 『맹덕신서』를 전국 시대 때 무명씨가 저술한 것이라 평한 후에 서촉에서는 삼척동자도 다 알고 왼다 하면서 당장 줄줄 외웠습니다."

"그렇다면 옛사람의 글이 나의 저술과 우연히 암합暗合된 것이 아닌가?"

조조는 불쾌했다. 화중이 났다.

좌우한테 영을 내렸다.

"『맹덕신서』를 불살라 버려라!"

좌우는 조조의 명을 받들어 양수의 방에 있는 『맹덕신서』를 불살라 버렸다.

양수는 다시 조조한테 간곡한게 권했다.

"이 사람을 천자께 뵙게 해서 천조天朝의 엄숙한 기상을 알도록 하시는 것이 어떻겠습니까?"

"내일 나는 서교장西教場에서 군대를 사열할 걸세. 자네는 그때 장송을 데리고 와서 우리들의 군용軍容이 얼마나 정제한가를 보여 주는 것이 좋겠네. 그리고 고국으로 돌아가서 내가 강남을 깨뜨리고 서촉西蜀을 취한다고 여러 사람들한테 말해 두라 이르게."

이튿날 양수는 장송과 함께 서교장으로 나왔다.

조조는 5만 명이나 되는 호위병虎衛兵 큰 부대를 사열하고 있었다.

장수들의 갑옷투구는 햇빛에 반사되어 선명하고, 금포 옥대는 화려하고 찬란했다.

금고金鼓 소리는 하늘을 흔들어 우렁차게 일어나고 서리 같은 창검은 백일白日 아래 흰 무지개를 뿜었다. 사면팔방에서 대오를 지어 열을 나누니 오색 깃발은 바람에 펄럭이고 말 탄 군사들은 공중으로 나는 듯했다.

장송은 거만하게 실눈을 떠서 조조의 사열하는 의식을 바라보았다.

얼마 후에 조조는 장송을 불렀다. 손을 들어 군사들을 가리키며 물었다.

"너희들 서천에서도 이러한 영웅의 기상을 본 일이 있는가?"

장송은 고개를 가로흔들며 대답했다.

"우리 촉중蜀中에는 이 같은 무력은 자랑하지 아니합니다. 다만 인仁과 의義로 사람을 다스릴 뿐입니다."

장송의 말을 듣는 조조의 얼굴빛은 누르락푸르락 변했다. 그러나 장송은 조금도 두려워하는 빛이 없었다.

양수는 장송을 향하여 말조심하라고 자주 눈짓을 했다.

조조는 다시 장송한테 말했다.

"나는 천하의 인물이란 것들을 쥐새끼가 아니면 초개草芥로 볼 뿐이다.

나의 군대가 가는 곳이면 싸워서 이기지 않는 곳이 없고 쳐서 취하지 않는 일이 없다. 나의 명령에 순응하는 자는 살고 나를 거역하는 자는 죽으리라. 네가 능히 조조란 사람을 알겠느냐?"

장송이 대답했다.

"승상께서 군대를 거느려 나가시는 곳마다 전필승戰必勝 공필취攻必取하시는 것은 이 사람도 잘 알고 있습니다. 옛날 복양에서 여포를 치실 때와 완성에서 장수와 싸우실 때라든지, 적벽에서 주유와 대결하시고 화용도華容道에서 관우와 만나시던 일이며, 수염과 홍포 자락을 동관潼關에서 벗어 내던지시던 일이며, 위수渭水에서 화살을 피하여 배를 타고 달아나시던 일도 다 잘 알고 있습니다. 참말 승상께서는 천하무적天下無敵이라 하겠지요."

장송은 조조의 패한 일까지 들추어 야유했다. 조조는 왈칵 성이 났다. 얼굴빛이 주툿빛으로 변했다. 큰소리로 꾸짖었다.

"더벅머리 선비 놈아, 네 어찌 감히 나의 단처短處를 쳐들어 조롱하느냐? 저놈을 끌어내어 목을 베어라!"

좌우는 장송을 끌어내어 목을 베려 했다.

양수가 급히 간하였다.

"장송은 죽어 마땅하오나 먼 서촉에서 사신으로 온 사람이니, 잠시 용서하시는 것이 좋을 듯합니다. 서촉 사람들의 인망人望을 잃을까 두렵습니다."

조조의 노기는 아직도 풀리지 않았다.

순욱도 간하였다.

"승상께서는 크게 생각하시어 저만 무리의 버릇없는 일을 용서해 주십시오."

조조는 마지못해 죽음을 면하게 하고 몽둥이로 두들겨 내쫓았다.

장송은 매를 맞고 관사로 돌아와 당일로 떠날 것을 결정했다.

성 밖으로 나와 서천을 향하고 가다가 가만히 생각해 보았다.

'본시 나는 서천 지도까지 그려 가지고 조조한테 넘겨주려 하였는데, 이 자가 이같이 거만할 줄 누가 뜻했으랴. 그러나 내가 서천에서 나올 때 주인한테 큰소리를 탕탕하고 나왔는데 이제 그대로 돌아간다면 사람들의 조소를 면치 못할 것이다. 내 들으니 형주의 유현덕은 어진 사람이란 소문이 멀리 퍼졌으니 한번 들러서 인물을 시험해 본 후에 태도를 결정하리라.'

장송은 여기까지 생각하자 말 머리를 돌려 형주 지경을 바라보고 나갔다.

얼마를 가니 앞에서 한 떼 군마가 나오는데 5백 명가량이나 되었다. 일원 대장은 경장輕裝을 차려 말 타고 나오다가 장송을 보자 말을 멈추고 물었다.

"오시는 분은 장張 별가別駕가 아니십니까?"

장송은 의아하게 생각했다.

"그렇습니다. 나는 장송이란 사람입니다."

묻던 장수는 황망히 말에서 내려 공손히 말했다.

"저는 조운이란 사람이올시다. 이곳에서 선생을 기다린 지 오래올시다."

장송도 말에서 내려 답례하고 물었다.

"그렇다면 상산 땅의 조자룡이 아니십니까?"

"그러합니다. 저는 주인어른 유현덕의 영을 받들어 선생의 멀리 내왕하시는 수고를 위로해 드리려 왔습니다. 달게 받아 주시기 바랍니다."

조운의 말이 채 떨어지기 전에 군사는 술과 밥을 받들어 내왔다.

조운은 장송한테 은근히 권했다.

장송은 혼자 마음속으로 생각해 보았다.

'사람들이 유현덕은 관후장자요, 선비를 대접할 줄 안다 하더니 과연 그렇구나!'

장송은 조운과 함께 서너 잔 술을 마신 후에 말을 꺼냈다.

"기실은 내가 유현덕을 찾으러 가는 길이오."

조운은 크게 기뻐했다.

"그렇다면 모시고 가겠습니다."

조운은 장송과 함께 저물게 형주성 안으로 들어갔다.

역관에 당도하니 문 밖에는 군사 백여 명이 북을 쳐서 환영하고 한 사람의 장군이 장송의 앞으로 나와 공손히 예를 하며 말했다.

"형장兄長의 장령將令을 받들어 멀리 오시는 대부大夫를 위하여 관우로 하여금 문전을 깨끗이 청소하여 편안히 쉬도록 했습니다."

관우란 말을 듣고 장송은 황망히 말에서 내려 공경하는 뜻을 표하고 조운과 함께 세 사람이 관사로 들어가 서로 예를 베푼 후에 정담하고 있을 때 주안상이 나왔다.

세 사람은 은근히 서로 술을 권커니 잣거니 마시면서 자정 때나 되어서 술상을 물리치고 하룻밤을 지냈다. 다음 날 일행은 날이 밝으니 아침밥을 마치고 길을 떠나 5리를 채 가지 못하여 한 떼 인마가 나타났다.

장송은 바라보니 유현덕이 복룡伏龍, 봉추鳳雛와 함께 친히 나와 영접하다가 장송이 오는 것을 보고 말에서 내려 인사했다.

장송도 황망히 말에서 내려 현덕한테 답례했다.

현덕은 천천히 입을 열어 말했다.

"오랫동안 대부의 높은 이름을 우레같이 들었으나 구름과 산이 멀고 막혀서 밝은 가르침을 받지 못했더니, 이제 허도로 오시어 가시는 길에 서로 만나게 되니 이런 기쁠 데가 없습니다. 다행히 버리지 아니하신다면 나의 고을에 잠깐 들러서 쉬어 가시도록 하십시오. 잠시라도 우러러 바라던 마음을 펴 볼 수 있다면 실로 만행이라 하겠습니다."

장송은 현덕의 말을 듣고 감격하고 기뻤다.

"말씀대로 하겠소이다."

장송은 곧 말에 올라 현덕과 함께 고삐를 가지런히 하여 성으로 들어갔다.

부당府堂에 올라 예를 마친 후에 손과 주인이 차례로 앉아 술을 내어 대접했다.

현덕은 술을 마시면서 한가로운 이야기만 하고 서천에 대해서는 한 마디도 묻지 아니했다.

장송은 입을 열어 현덕의 마음을 더듬어 보았다.

"황숙께서는 지금 형주를 지키고 계신데 형주에 예속된 고을은 몇 고을이나 됩니까?"

제갈공명이 옆에 있다가 유현덕을 대신해서 대답했다.

"형주는 본시 동오 손권의 땅입니다. 동오에서는 매양 사람을 보내서 내노라고 재촉이 대단합니다. 그러나 우리 주공께서는 동오의 여서女婿가 되시므로 아직 잠깐 이곳에 계실 뿐입니다."

장송이 공명의 말에 대답했다.

"그게 무슨 말이오니까? 동오는 여섯 고을 팔십일 주를 차지해서 민강국부民强國富한 터인데, 그래도 족한 줄을 모른단 말씀입니까?"

옆에 있던 봉추, 방통이 대답했다.

"우리 주인께서는 한조漢朝의 황숙이건만 주군州郡을 점거하지 못하고 계신데 한조를 배반한 역적들은 도리어 많은 땅을 점령하고 있으니 뜻 있는 사람들은 불행하게 생각합니다."

방통의 말이 떨어지니 현덕은 비로소 입을 열었다.

"두 분은 더 말씀하지 마시오. 내가 무슨 덕으로 감히 많은 땅을 바라겠소."

장송이 대답했다.

"그렇지 아니합니다. 공은 한실의 종친으로서 어질고 의롭다는 명성이 사해四海를 진동하신 분입니다. 고을을 점거하는 것을 사양해서는 아니 됩니다. 한 말로 정통을 받들어 황제 위에 나가신다 해도 분수 밖의 일이 아니라 생각합니다."

현덕은 장송의 말을 듣자 손을 모아 대답했다.

"공의 말씀은 너무나 과분한 말씀입니다. 내가 어찌 감당하겠습니까?"

현덕은 사흘 동안 장송을 호화롭게 대접했다.

그러나 현덕은 여전히 서천 일을 일체 꺼내지 아니했다.

사흘이 지난 후에 장송이 서천으로 돌아간다고 현덕한테 작별 인사를 고했다.

현덕은 십리장정十里長亭으로 나가서 잔에 가득 술을 부어 장송한테 권하며 이별 인사를 했다.

"대부께서 나 같은 사람을 버리지 아니하시고 사흘 동안이나 유해 주시니 무한 고맙습니다. 그러나 오늘 서로 작별한다면 다시 어느 때 만나게 될지 기약이 아득합니다. 알지 못하겠소이다. 언제 다시 좋은 가르침을 받겠습니까?"

현덕은 말을 마치자 눈물이 눈에 글썽거렸다.

장송은 현덕의 간곡하고 친절한 태도를 보자 마음이 크게 움직였다. 가만히 생각해 보았다.

'현덕같이 너그럽고 어질고 선비 존경할 줄 아는 사람을 차마 어찌 버릴 수 있으랴. 나는 그를 달래서 서천을 취하도록 하는 일이 옳은 일이다.'

장송은 이같이 생각하고 현덕을 향하여 말했다.

"송松도 역시 조석으로 공을 모시고 싶은 생각이 간절합니다마는 그렇게 못하니 한스럽습니다. 제가 보기에는 형주는 동편으로 손권이 있어서 항상 범같이 걸터앉아 있고 북편에는 조조가 있어서 매양 고래같이 공을 삼킬 뜻을 가졌습니다. 형주는 연연戀戀하게 생각해서 오래 있을 땅이 아닌가 합니다."

"그런 줄은 압니다마는 올데갈데없는 몸이니 어찌합니까?"

현덕의 대답은 구슬펐다.

"익주益州 서천西川은 산천이 험한 요새 지대일 뿐더러 옥야천리沃野千里에 백성은 많고 나라는 부한데다가 선비들은 모두 다 유 황숙을 오래 전부터 사모하고 있습니다. 현덕께서 만약 형주와 양주 땅의 군사를 일으켜 서천으로 몰아오신다면 패업霸業을 성취하고 한실을 다시 일으키시리라 생각합니다."

장송의 말을 듣자 유비는 추연히 한숨을 쉬고 대답했다.

"천만의 말씀, 유비가 어찌 이 일을 감당하겠습니까? 유劉 익주益州로 말한다면 나와 함께 제실帝室의 종친일 뿐 아니라, 서촉西蜀에서 은덕을 편 지 오랜 사람입니다. 다른 사람이 어찌 그의 지반地盤을 흔들 수 있습니까?"

현덕은 손을 저어 사양했다.

장송이 다시 말했다.

"저는 주인을 팔아서 영화를 구하려는 사람이 아니외다. 이제 명공明公을 만났으니 간담肝膽을 헤쳐서 말씀하지 아니할 수 없습니다. 유계옥劉季玉은 비록 익주를 가졌다 하나 품성이 암약해서 어진 사람과 능한 선비를 기용해서 쓰지 못할 뿐 아니라 장로張魯가 항상 북편에 있어서 익주를 먹으려 하니, 인심은 흩어져서 밝은 주인이 나타나기를 기다리고 있습니다. 저의 이번 걸음은 조조를 찾아보고 익주를 구해 달라고 청하러 왔던 길인데 조조는 간특하고 오만한 위인이라 사람대접을 아니하므로 특별히 명

공명公明을 찾아 뵈러 왔던 것입니다. 명공께서는 먼저 서천을 취하시어 터전을 만드신 후에 북으로 한중漢中을 도모하시고 다음에 중원中原을 취하시어 천조天朝를 광정匡正하시어, 이름을 청사靑史에 올리신다면 기막힌 큰 사업이 되실 것입니다. 만약 명공께서 서천을 거두실 뜻이 계시다면 장송은 원컨대, 견마犬馬의 힘을 다하여 내응이 되겠습니다. 높으신 뜻이 어떠하신지 모르겠습니다."

현덕은 청산에 물 흐르듯 말하는 장송의 말을 듣자 고개를 숙여 대답했다.

"선생의 후하신 뜻은 감사하오이다마는 유계옥과 나는 동종 동본인데, 그를 쳐서 없이한다면 천하의 타매唾罵를 받을까 두렵소이다."

현덕의 말을 듣자 장송은 껄껄 웃으며 말했다.

"사내대장부가 한번 세상에 나와서 힘을 다하여 공을 세우고 업을 이루려면 채찍을 먼저 드는 사람이 성공을 하는 법입니다. 이제 서천을 취하는데 다른 사람한테 뒤떨어진다면 뉘우쳐도 소용이 없을 것입니다."

"내가 들으니 촉이란 곳은 산이 험하고 길이 기구崎嶇하여 산은 첩첩 둘러싸고 물은 겹겹이 흘러서 차가 굴러가기 어렵고 말은 고삐를 가지런히 해서 나갈 수 없는 곳이라 합니다. 취하고 싶다 해도 좋은 방책이 없으면 어려우리라 생각합니다."

장송은 현덕의 말을 듣자, 소매 속에서 한 장 지도를 꺼내서 현덕을 주며 말했다.

"장송은 명공의 성덕에 감동되어 감히 이 지도를 바칩니다. 이 그림을 보신다면 일목요연하게 촉중의 도로를 환하게 아실 것입니다."

현덕은 손을 내밀어 장송이 바치는 지도를 받았다.

현덕이 지도를 펼쳐 보니 지도 위에는 길이 멀고 가까운 것과 넓고 좁은 곳이며 부고府庫의 돈과 양식이 얼마나 있는 것을 일일이 적어 놓았는데, 자세하게 손살을 편 듯 환하게 기록되어 있었다. 현덕의 입이 벙긋 벌어졌다.

장송이 다시 말했다.

"명공께서는 속히 도모하십시오. 저의 심복이 두 사람 있는데 법정法正과 맹달孟達이라 합니다. 이 두 사람이 반드시 도울 것입니다. 이 사람들이 만약 형주로 오거든 마음을 터놓고 서로 의논하십시오."

현덕은 덥석 장송의 손을 잡았다.

"청산青山은 늙지 않고 있고, 녹수綠水는 길게 흐르고 있습니다. 다음날 일이 성사가 된다면 반드시 후하게 갚으오리다."

장송도 벙글벙글 웃으며 대답했다.

"장송은 이제 밝은 주인을 만났소이다. 이러하므로 정을 다하여 알려드린 것인데, 어찌 갚아 주시기를 바라오리까?"

두 사람은 손을 굳게 잡아 작별하고 헤어졌다.

공명은 관운장한테 영을 내렸다.

"장 선생을 수십 리 밖까지 모시어 전송해 드리시오."

관운장은 한 떼 군마를 거느리고 장송을 50리 밖까지 나가서 전송해 보냈다.

장송이 익주로 돌아가 먼저 친구인 법정을 찾았다.

법정은 원래 우부풍군右扶風郡 사람으로 자는 효직孝直이라 하는데, 어진 선비로 이름 높은 법진法眞의 아들이었다.

장송이 법정을 만나 조조가 선비를 박하게 대접하던 말과 유 황숙을 만나 익주를 넘겨 줄 생각을 했다고 이르고, 법정과 함께 유비를 도와주자고 말했다.

법정은 흔연히 대답했다.

"나는 벌써 유장이 무능하여 익주를 감당하지 못할 줄 알고 유 황숙한 테 마음을 두었던 것일세. 자네 말에 찬성하네."

법정이 쾌하게 허락했을 때 마침 맹달이 들어왔다.

맹달의 자는 자경子慶이라 하는데 법정과 동 고향 사람이었다.

맹달이 들어오자 장송과 법정이 이마를 맞대고 소곤거리는 것을 보자 큰소리로 외쳤다.

"내 자네들 뜻을 벌써 알았네. 익주 땅을 누구한테 넘겨주려고 쑥덕공론을 하는 것이 아닌가? 도둑놈들."

그러나 맹달의 눈과 입가에는 웃음빛이 가득했다.

장송이 웃으면서 대답했다.

"누구한테 넘겨주려고 하는지 맞혀 보게나."

"유현덕이 아니냐?"

맹달은 또 한 번 큰소리로 외쳤다.

방통은 계교로 서촉을 취하다

이윽고 법정이 장송한테 물었다.

"내일 장형은 조조한테 갔다 왔다고 유장劉璋을 만나 보러 들어갈 텐데 무어라 말을 하겠소?"

"나는 두 분을 형주로 보내라고 천거하겠소."

두 사람은 일시에 고개를 끄덕였다.

"좋소이다."

다음 날 장송은 유장을 찾았다.

"조조를 보러 갔던 일은 어찌 되었소?"

유장이 물었다.

"조조는 순 역적 놈이외다. 천하를 제 손아귀에 넣어 역적질을 하려 합니다. 그리고 우리 서천을 집어삼키려 합니다."

"그러면 어찌하면 좋단 말이오?"

"저한테 한 가지 꾀가 있습니다. 장로와 조조 두 사람이 가볍게 서천을 범하지 못하도록 만들어 놓겠습니다."

"어떤 계책으로?"

유장이 물었다.

"형주의 유 황숙은 주인어른과 동종 동본입니다. 사람됨이 인자하고 관후해서 장자도 풍도가 있는 분입니다. 적벽 대전 이후로 조조의 담보는 유현덕으로 인하여 찢어졌습니다. 이러하니 장로쯤은 문제도 아니 될 것입니다. 주공께서는 왜 유현덕한테 구원을 청하지 아니하십니까? 이렇게 하신다면 조조와 장로를 일시에 막을 수 있습니다."

유장의 얼굴엔 가만한 웃음이 떠올랐다.

"나 역시 이 생각이 있은 지 오래오. 누구를 사신으로 보내면 좋겠소?"

"법정과 맹달이 아니면 임무를 다하지 못할 것입니다."

유장은 곧 두 사람을 불렀다.

편지를 쓴 후에 법정으로 사신을 삼아서 먼저 통정通情을 하게 하고 맹달에게는 정병 5천 명을 주어 현덕을 서천으로 맞아들여서 구원을 청하기로 했다.

의논이 채 끝나기 전에 밖에서 한 사람이 얼굴과 이마에 땀을 뻘뻘 흘리면서 급히 뛰어 들어와 큰소리로 외쳤다.

"주공께서 만일 장송의 말을 들으신다면 서천의 사십일 주四十一州는 하루아침에 남의 땅이 될 것입니다. 절대로 장송의 말을 들어서는 아니 되십니다."

장송의 얼굴빛은 노랗게 질렸다.

얼른 고개를 들어 바라보니 서랑중西閬中 파巴 땅 사람 황권黃權으로 주부主簿 벼슬을 하고 있는 사람이었다.

유장은 황권한테 물었다.

"유현덕은 나와 동종이다. 이런 까닭에 의를 맺어 구원을 청하려 하는 것인데 너는 어찌 이런 말을 내느냐?"

"저도 유비란 사람의 명성을 짐작합니다. 너그럽게 사람을 대접하고 부드럽게 해서 강한 것을 이기는 사람이올시다. 과연 당해 낼 수 없는 영웅이올시다. 그래서 멀리 인심을 얻었고 가깝게는 민망民望이 두텁습니다. 여기다가 제갈양과 방통 같은 모사를 가졌고 관우, 장비, 조운, 황충, 위연 같은 일세 명장들이 모두 그의 날개가 되었습니다."

황권은 숨이 차서 잠깐 말을 끊었다.

황권은 다시 말을 계속했다.

"만약 유현덕을 이곳 서촉으로 불러들인다면 낮게 대접하면 유비가 굴복해서 받을 리 없고, 객례客禮로 대접한다면 한 나라에 두 주인이 있을 수 없는 법입니다. 절대로 유비를 불러들여서는 아니 됩니다. 이제 저의 말을 들으신다면 서촉은 태산같이 편안할 것이요, 저의 말을 아니 들으신다면 이 땅은 위태롭기 누란累卵 같을 것입니다. 장송은 어제 형주 땅을 지나왔습니다. 반드시 유비와 공모하고 온 것이 분명합니다. 먼저 장송의 목을 벤 후에 유비와 끊어야 합니다. 이리해야 서촉의 만 번 다행한 일이 될 것입니다."

유장은 대답했다.

"그렇다면 조조와 장로가 쳐들어온다면 장차 어찌할 테냐?"

황권이 대답했다.

"성문을 굳게 닫고 개천을 깊이 판 후에, 보루堡壘를 높이 쌓아서 적병이 저절로 물러가도록 때를 기다리는 것이 좋겠습니다."

유장은 화를 벌컥 냈다.

"그게 무슨 당치 않은 말이냐? 적병이 쳐들어와서 초미焦眉의 급한 일이 벌어졌는데 때를 기다린다니 말이 되는 소리냐? 너무나 느린 수작이다."

유장은 황권의 말을 듣지 아니하고 법정을 형주로 보내기로 결정했다.

또 한 사람이 뛰어들어 큰소리로 간하였다.

"불가不可합니다. 불가합니다."

유장이 보니 장전帳前 종사관從事官 왕루王累였다.

왕루는 머리를 두드리며 말했다.

"주공께서 지금 장송의 말씀을 들으신다면 그것은 스스로 앉아서 화를 취하시는 길입니다."

유장이 대답했다.

"그렇지 아니하다. 내가 유현덕과 친하려 하는 것은 장로를 막으려는 것이다."

왕루는 소리치며 말했다.

"장로가 지경을 범하는 것쯤 옴딱지 같은 부스럼 병이고, 현덕이 들어온다면 이것은 심복 속으로 들어오는 불치의 큰 병입니다. 더구나 유비는 금세의 효웅이올시다. 먼저 조조를 섬기다가 나중에는 손권과 좋아 지내고, 또다시 속임수로 형주 땅을 뺏지 아니했습니까? 심술이 이 같은 사람인데 어찌 함께 지내려고 하십니까? 이제 만약 유비를 청해 오신다면 서천은 만사가 다 그르게 됩니다."

유장은 왕루를 꾸짖었다.

"다시 어지러운 말을 하지 말아라. 현덕은 나의 동종이다. 어찌 나의 기업基業을 뺏겠느냐. 네 저 두 사람을 등 밀어 내쳐라!"

황권과 왕루는 시자한테 등을 밀려 문 밖으로 쫓겨 나갔다.

황권과 왕루는 목을 놓아 통곡했다.

유장은 다시 법정에게 영을 내렸다.

"그대는 빨리 나의 편지를 가지고 형주로 가서 유현덕을 찾으라."

장송은 비로소 안도의 한숨을 돌렸다.

법정은 익주에서 형주에 당도했다.

현덕을 찾아뵙고 일봉 서찰을 올렸다.

현덕은 반갑게 유장의 서신을 뜯어보았다.

족제族弟 유장은 두 번 절하고 글월을 현덕玄德 장군將軍 휘하麾下에 올리나이다. 오랫동안 군후를 올리지 못하고 엎드려 있는 것은 촉도蜀道가 너무나 멀고 험하여 공물貢物을 바치지 못한 탓이오니 황송하고 부끄럽기 짝이 없소이다. 장璋은 듣자오니 흉한 일에 서로 구해 주고 환란이 있을 때 붙잡아 주는 일은 친구간에도 하는 일이온데, 황차 종족간이오리까. 지금 장로란 자는 항상 저의 북편에 있어서 아침저녁으로 군사를 일으켜 침범하니 저 고장이 매우 불안합니다. 전인하여 삼가 글월을 바치오니 동종의 정의를 생각하시어 글을 보신 당일로 군사를 일으켜 미친 도적놈을 소탕해 주시어 입술과 이(脣齒)가 서로 보전된다면 천만 다행이겠습니다. 이루 다 말씀을 사릴 수 없습니다. 기체 안녕하옵소서.

현덕은 유장의 글월을 보고 크게 기뻐했다.

법정을 청하여 잔치를 열어 관대했다. 술이 두어 순 돌았을 때 현덕은 옆에 있는 사람들을 물리치고 조용히 법정한테 말했다.

"효직孝直의 높으신 명성을 사모한 지 오래일 뿐 아니라, 장張 별가別駕한테 성덕盛德을 많이 들었소이다. 이제 만나 뵙게 되니 평생에 잊을 수 없는 즐거움이오이다."

법정은 옷깃을 여미고 대답했다.

"촉중蜀中에 있는 작은 벼슬아치를 이같이 과분하게 대접하시니 감격하옵니다. 백락伯樂[4]을 만나야만 말은 소리쳐 울고, 사람은 지기知己를 만나야만 죽기까지 일을 한다 합니다. 장 별가가 여쭌 말씀을 장군께서는 유의하셨습니까?"

---

4) 백락 : 말을 잘 기르는 사람.

현덕은 슬며시 한숨을 짓며 말했다.

"유비는 땅이 없어 남의 곳에 붙여 지내는 몸이 되고 보니 미상불 감창한 일이 많소이다. 어느 때는 탄식이 저절로 나오지요. 생각하면 나는 새도 깃들일 가지가 있고, 토끼도 몸 담을 굴이 있다 합니다. 하물며 사람으로 태어나서 몸 담을 곳이 없으니 딱한 일입니다. 그러나 유계옥은 나하고 동종이 되고 보니 차마 도모할 수가 없습니다그려."

법정은 손을 흔들며 현덕의 말에 대답했다.

"익주는 하늘이 주신 좋은 땅이올시다. 나라를 다스릴 만한 사람이 아니면 주인이 될 수 없습니다. 지금 유계옥은 어진 사람을 대접할 줄 모르니 그 사업이 오래 가지 못하고 반드시 남의 손으로 돌아갈 것입니다. 오늘 자기 손으로 장군께 드리는 것을 거절할 필요는 없습니다. 토끼도 먼저 쫓는 사람이 잡는 법이올시다. 장군께서 뜻만 계시다면 저는 죽을힘을 다하여 노력하오리다."

법정의 말을 듣자 현덕은 손을 모아 사례했다.

"더 두고 생각해 봅시다."

두 사람은 자리에 일어나 헤어졌다.

공명은 법정을 사관까지 데려다 주고 현덕은 혼자 앉아서 골똘하게 궁리 속에 빠져 있었다.

이때 방통이 현덕 앞으로 나와 말했다.

"일을 결단할 때 빨리 정하지 못하는 것은 어리석은 사람의 짓이올시다. 주공께서는 생각이 깊고 밝으신 분인데 어찌해서 의심이 그리 많으십니까?"

"선생의 의향은 어떠하오?"

현덕은 방통을 향하여 반문했다.

"형주는 동에 손권이 있고 북에 조조가 있으니 맘대로 뜻을 펴기 어려운 곳입니다. 그러나 익주는 호구戶口가 백만이요, 토지는 넓고 재물은 풍부하니 가히 큰 사업을 할 만한 곳입니다. 지금 다행히 장송과 법정이 내응이 되려 하니 이것은 하늘이 주시는 복이올시다. 무엇을 의심하십니까?"

방통의 말에 현덕이 대답했다.

"지금 나의 적은 조조인데, 조조가 급하게 서두르면 나는 유유하게 처해야 하고 조조가 사납게 행동하면 나는 어진 사람이 되어서 부드럽게 처사해야 하고, 조조가 속이는 행동을 한다면 나는 정직한 태세를 취해서 조조와 반대되는 일을 해야만 성공이 되리라 생각하오. 작은 일로 천하의 신의信義를 잃는다면 부끄러운 일이오. 나는 차마 못하겠소이다."

방통이 빙긋 웃으며 대답했다.

"주공의 말씀은 하늘 이치에 부합되는 좋은 말씀입니다. 그러나 그것은 태평세월에 할 말이고 어지러운 난세, 더구나 강한 것을 다투는 전쟁 통에는 합당치 않은 말씀입니다. 주공께서는 한 가지 일에만 고집하지 마시고 잠시 권도權道를 써서, 약한 것으로 암매暗昧한 자를 제거시키고, 역逆으로 순順을 취하여 탕무湯武가 취하던 길을 지키십시오. 일이 성공된 후에 의로써 갚고 후한 벼슬을 준다면 무엇이 신信을 저버리는 일이라 하겠습니까? 만약 이번에 익주를 취하지 아니하신다면 마침내 타인의 손으로 돌아가고 말 것입니다. 주공께서는 깊이 생각하십시오."

현덕은 비로소 황연히 깨달았다.

"금석 같은 말씀을 깊이 폐부肺腑에 새기오리다."

현덕은 공명을 청하여 상의하고 군사를 일으켜 서행西行할 것을 결정했다.

공명이 현덕한테 말했다.

"형주는 중요한 땅이올시다. 군사를 나누어 지키셔야 합니다."

"그렇다면 나는 방사원과 황충, 위연을 데리고 서천으로 갈 테니 군사軍師는 관운장, 장익덕, 조자룡과 함께 형주를 지키게 하시오."

"좋습니다."

제갈공명은 쾌하게 응낙했다.

공명은 현덕한테 형주 방위할 것을 승낙 받은 후에 곧 군령을 내려 장군들을 배치시켰다.

"관운장은 군사를 거느리고 양양 땅, 요긴한 곳을 막아서 청니青泥 좁은 목에 진을 치고 있으라."

관운장은 군사 제갈공명의 분부를 듣고 군례를 드려 물러갔다.

"장비는 사군四郡을 거느려 다스리고 연강 일대를 순무巡撫하라."

장비가 청령하고 물러났다.

공명은 다시 영을 내렸다.

"조운은 강릉에 둔병하여 공안公安을 지키게 하라."

조자룡은 공명의 지휘를 받아 물러갔다.

현덕은 공명의 지휘가 끝난 후에 갑옷 입고 투구 쓰고, 스스로 서천 정벌의 총지휘가 되어 장대에 올랐다.

"장군 황충은 선봉대장이 되어 앞에 나가고 장군 위연은 후군이 되어 전군全軍을 호위하라."

두 장수가 영을 받들어 군례를 드렸다.

"나는 중군中軍 대장이 되어 유봉, 관평과 함께 친히 출전하리라. 그리고 이번 출전에 봉추 선생 방통을 군사軍師로 모시기로 했다. 모든 장수들은 다 함께 봉추 선생의 명령에 복종하라."

말을 마치자 현덕은 봉추를 장대에 오르게 했다.

장수와 군사들은 일제히 봉추 방통한테 군례를 드렸다. 손뼉을 쳐서 환호하는 소리가 삼군三軍에 진동했다.

유현덕은 즉시 보병 5만을 거느려 서천으로 향했다.

때마침 관공과 인연 있던 요화廖化가 일지 군마를 거느리고 와서 항복하기를 청했다.

유현덕은 관운장을 불렀다.

"이 사람은 운장이 맡아서 부리게 하라."

운장은 요화를 부하로 삼았다.

현덕의 5만 대병이 서천으로 향하여 기세 좋게 나갈 때, 10길을 채 못가서 서천 대장 맹달孟達이 5천 병마를 거느려 현덕을 맞이하러 나왔다.

"유 익주께서 저로 하여금 유 형주를 맞이하라 하셨습니다."

현덕은 곧 답례사答禮使를 익주에 보냈다.

"말씀에 의하여 장로를 치러 익주로 들어갑니다."

유장은 서천에서 유현덕의 전갈을 받자 연도에 있는 원들한테 공문을 띄웠다.

"지금 유 황숙은 군사를 거느려 서천을 구하러 오신다. 연도의 주군州郡들은 유 황숙의 군대를 환영하여 돈과 곡식을 지공支供케 하라. 나는 친히 부성涪城까지 나가서 영접하리라."

유장은 영을 내린 후에 기치창검을 선명하고 깨끗하게 하여 멀리 오는 유현덕의 군대를 맞이하려 했다.

이때 주부主簿 황권黃權이 유장을 찾아 간하였다.

"주공께서 이번에 친히 마중을 나가시면 반드시 유비한테 해를 당하실 것입니다. 저는 여러 해 동안 국록을 먹은 자올시다. 차마 주공께서 유현덕의 간계에 빠지시는 것을 앉아서 볼 수 없습니다. 바라옵건대 주공께서는 세 번 생각해 보옵소서."

장송이 옆에 있다가 반박했다.

"황권의 말씀은 종친을 이간시키고 도둑 장로를 유리하게 만드는 일입니다. 주공께 유익한 일은 한 푼어치도 없을 것입니다."

유장은 큰소리로 황권을 꾸짖었다.

"나의 뜻이 이미 결정되었으니 다시는 내 일을 방해하지 마라!"

황권은 그래도 유장에게 간했다. 머리를 두드려 피가 흘렀다. 마침내 유장의 옷자락을 이로 물고 가지 말라고 간하였다.

유장은 노했다. 옷을 뿌리쳐 일어섰다.

황권은 그래도 물러나지 아니했다. 다시 유장의 옷자락을 이로 물고 나가지 못하게 했다. 북새통에 황권의 앞니가 두 개나 쑥 빠져 버렸다.

유장은 좌우에 영을 내려 황권을 내치라 했다.

황권은 문 밖으로 쫓겨나 통곡하며 돌아갔다.

유장은 위의威儀를 갖추어 나가려 할 때, 한 사람이 큰소리로 울부짖으며 쫓아와 간하였다.

"주공께서는 황권의 충성된 말씀을 듣지 아니하시고 그래 사지死地로 어정어정 자진해서 걸어가신단 말씀입니까?"

유장이 바라보니 건녕建寧 유원愈元 사람 이회李恢였다.

"인군한테는 간하는 신하가 있어야 하고, 아버지한테는 바른말 하는 자식이 있어야 합니다. 황권의 충성되고 의로운 말씀을 들으십시오. 만약 유비를 서천으로 데려온다면 이것은 대문으로 범을 맞아들이는 격이나 매일반이올시다."

유장은 불같이 화를 냈다.

"현덕은 나의 일가 형이다. 어찌 나를 해할 수 있으랴. 다시 두말하는 자는 참하리라."

유장은 이내 이회의 등을 밀어 내치라 했다.

장송이 앞에서 말했다.

"지금 촉중蜀中에서 벼슬하고 있는 문관들은 처자한테 연연해서 주인 어른을 생각하지 아니하고 호반인 장수들은 공을 믿고 교만 방자해서 제 각기 딴 생각을 품고 있으니, 도적은 밖에서 쳐들어오고 백성들은 안에서 내란을 일으키려 합니다. 백방으로 생각해 보아도 유 황숙 같은 분이 아니고서는 익주를 보전할 길이 없을 것입니다."

"공의 말은 진정 나를 도와주는 좋은 말이오."

유장은 곧 유비를 맞이하러 유교문楡橋門으로 나갔다.

한 사람이 숨이 턱에 차서 뛰어와 유장한테 보했다.

"종사從事 왕루王累가 자기 몸을 결박 지어 성문에 매달려 있습니다. 한 손으로 칼을 잡고 한 손엔 간하는 글월을 들었습니다. 만약 간하는 말씀을 아니 듣는다면 칼로 밧줄을 끊어서 땅에 떨어져 죽는다고 합니다."

유장은 왕루의 전하는 글월을 가져오라 했다.

보고하던 사람은 급히 성으로 나가 왕루王累의 글을 갖다 바쳤다.

유장은 글월을 펴서 보았다.

익주 종사 신 왕루는 피눈물을 뿌려 간곡하게 주공께 고합니다. 좋은 약은 입에 쓰지만 병에는 이롭고, 충성된 말은 귀에는 거슬리나 일에는 도움이 된다 합니다. 옛적에 초楚 회왕懷王은 굴원屈原의 말을 듣지 아니하고 무관武關에 회맹會盟했다가 진秦나라한테 크나큰 곤욕을 당했습니다. 이제 주공께서 경솔하게 수도를 떠나 유비를 부성에 맞이하시니 두렵건대, 한번 가시면 돌아오시지 못할 것 같습니다. 바라옵건대 주공께서는 장송의 목을 저

자에 베시고, 유비를 끊으신다면 촉중蜀中 노유老幼의 다행이옵고 주공의 기업基業도 다행이겠습니다.

유장은 왕루의 글을 보자 크게 노했다.

"내가 어진 사람과 만나는 것은 마치 지초芝草와 난초를 대하는 거나 매일반인데, 네 어찌 자주 나를 업신여기느냐?"

유장은 큰소리로 꾸짖고 왕루의 글을 찢어 버렸다.

이 말은 곧 성에 매달려 있는 왕루한테로 전해졌다.

왕루는 큰소리로,

"어허! 다 틀렸구나!"

한마디를 부르짖은 후에 칼을 번쩍 들어 동아줄을 힘껏 쳤다. 왕루의 몸은 허공에서 땅에 떨어져 죽어 버렸다.

유장은 3만 군사를 거느리고 부성으로 나가 현덕을 맞이하니 뒤에 따르는 후군의 양식과 돈 바리며 비단을 가득히 싣고 나갔다. 어마어마한 큰 행차였다. 수레 수가 1천 량이나 되었다.

이때 현덕의 전군前軍은 벌써 숙저塾沮에 당도했다.

현덕의 군마는 이르는 곳마다 서천의 환영하는 지공支供을 받았으나 그러나 군기는 더욱 엄숙했다.

현덕은 영을 내렸다.

"만약 망령되이 백성의 물건을 취하는 자가 있다면 비록 작은 물건이라 하나 참하리라!"

현덕의 호령이 한번 떨어지니 장수와 군사들은 백성의 재물을 털끝만큼도 범하지 아니했다.

늙은이와 어린이들은 거리를 메워 나와서 유현덕의 군사를 맞이하며 분향하여 절을 했다.

현덕은 좋은 말로 백성들을 위로해 주었다.

한편 현덕의 진중에서 법정은 가만히 방통한테 말했다.

"장송한테서 비밀한 편지가 왔습니다. 부성에서 유장을 만나시거든 빨리 조처하라 했습니다. 기회를 절대로 놓치지 마시라 했습니다."

"입을 봉해서 말조심을 해야 합니다. 유장과 유 황숙이 만나기만 하면 꼭 일을 거사해야 합니다. 만약 이 말이 새어 나가면 큰일이올시다."

법정은 입을 다물고 다시는 더 말을 아니했다.

부성이란 곳은 도성에서 3백60리나 되는 곳이었다.

유장은 부성에 당도하자 사람을 현덕한테 보내서 예로써 맞이했다.

현덕과 유장의 군대는 제각기 부강涪江 상류에 진을 치고 있었다. 현덕은 부성으로 들어가 유장과 서로 대면하여 형제의 정을 편 후에 눈물을 머금어 회포를 풀었다. 다시 현덕을 대접하는 술상이 나오고 연회가 끝난 후에 각기 자기의 영문으로 돌아와 쉬었다. 유장은 모든 관원들을 모아 놓고 말했다.

"오늘 내가 현덕을 대해 보니 과연 어질고 의로운 사람이다. 황권과 왕루는 종형宗兄의 마음을 알지 못하고 쓸데없는 시기와 의심을 했으니 가소로운 일이다. 이제 나는 현덕으로 외원外援을 삼았다. 조조와 장로는 걱정할 것이 없다. 장송이 아니었다면 기회를 잃을 뻔했구나."

유장은 말을 마치자 몸에 입은 녹포綠袍를 벗어 황금 5백 량과 함께 성도城都에 있는 장송에게 주라 했다.

유장의 부하 유괴劉瓚, 냉포冷苞, 장임張任, 등현鄧賢 등 일반 문무관이 아뢰었다.

"유비는 부드러운 속에 강한 것을 품은 사람이니 그의 진심을 측량하기 어렵습니다. 미리 조심하셔야 합니다."

유장은 빙그레 웃으며 말했다.

"자네들은 너무나 다심하이. 우리 형님이 이심二心이 어찌 있겠나?"

모든 사람들은,

"허허, 큰일이로다."

탄식하고 물러갔다.

한편 현덕이 자기 영문으로 돌아가니 봉추 방통이 들어와 뵙고 물었다.

"주공께서는 오늘 유장을 만나신 자리에서 그의 동정을 살펴보셨습니까?"

현덕이 방통의 묻는 말에 대답했다.

"유계옥(劉季玉 : 劉璋의 字)은 참 성실한 사람입니다."

"계옥은 비록 착하지만 그 신하 유괴, 장임의 무리는 다 불평한 기색이 있으니, 앞으로 이곳에 유하시는 동안 길흉을 판단치 못하겠습니다. 통의 생각에는 내일 유계옥을 청해서 잔치를 할 때, 미리 도부수 백 명을 매복시켰다가 주공께서 술잔 던지시는 것으로 군호로 삼아서 연회 석상에서 없이해 버리고 그대로 성안으로 물밀듯이 들어간다면 화살 한 대 허비하지 아니하고 앉아서 서촉을 차지할 것입니다."

현덕은 얼굴빛을 고치며 대답했다.

"계옥은 나의 동종일 뿐 아니라 성심으로 나를 대하는 중이고, 또 내가 처음 이곳에 와서 은신恩信이 아직 서지 못한 이때 이 같은 일을 행한다면 하늘이 용납하지 아니하고 사람들이 원망할 것이오. 이 계책으로 비록 패자霸者가 된다 해도 차마 할 수 없소이다."

방통은 현덕을 향하여 다시 간곡하게 권했다.

"그것은 저의 계책이 아니오라 법정이 장송의 밀서를 보고 저에게 말한 것입니다."

방통의 말이 채 떨어지기 전에 법정이 들어왔다.

"저희들은 일신의 영달을 위하여 하는 것이 아닙니다. 천명을 순하게 하려는 것입니다."

현덕은 고개를 가로흔들었다.

"유계옥은 나의 동종입니다. 차마 죽이지 못하겠소."

"틀린 말씀입니다. 명공께서 이같이 아니하시면 장로는 그의 어미 죽인 원수를 갚기 위하여 반드시 유장을 죽이고 말 것입니다. 명공께서는 멀리 험한 길에 군사를 거느려 이곳까지 오셨습니다. 왜 고생을 하시고 오셨습니까? 이왕 오신 바에 나가면 성공하실 것이고, 물러가면 유익한 일이 없을 것입니다. 만약 주저하시어 날짜를 허송하신다면, 실기失機가 될 뿐 아니라 혹시 누설이 되면 오히려 큰 해를 입을 것입니다. 하늘이 주시는 이 좋은 기회를 놓치지 마시고 출기불의出其不意로 빨리 기업基業을 세우시는 일이 상책이올시다."

옆에서 방통이 또 권했다.

"법정의 말씀이 옳습니다. 주공께서는 속히 허락을 내리십시오."

"아니 되오. 내가 처음 이곳에 와서 은혜와 신의가 아직 서지 않은 이때 그런 불의의 짓을 해서 쓰겠소. 아니 되오."

현덕은 최후까지 두 사람의 권고를 듣지 아니했다.

다음 날 현덕은 유장과 함께 성중에서 다시 연회를 열었다. 서로들 마음을 털어놓고 정담을 하고 있었다. 두 사람의 술기운이 얼근하게 돌았을 때였다.

방통이 가만히 법정과 의논했다.

"사이지차事已至此했으니 주공의 허락을 받지 않고 일을 결단하는 수밖에 도리가 없소이다. 위연을 시켜서 검무劍舞를 추게 하다가 요정을 내리는 수밖에 없소이다."

"그렇게 하십시다."

법정이 찬성했다.

방통은 위연을 눈짓해 불러서 검무를 추라 했다.

위연은 응낙하고 칼을 집고 연회 석상으로 나갔다.

"연회 끝에 여흥이 없으면 심심합니다. 소장이 검무를 추어 즐겁게 해 드리겠습니다."

방통은 모든 무사들을 넌지시 불러서 당 아래 대기해 있게 하고 위연의 하수下手만 기다렸다.

유장의 부하 종사縱事 장임張任이 위연이 칼춤을 추겠다는 말을 듣고 당 아래를 굽어보니 현덕의 무장들이 칼을 집고 늘어섰다.

수상쩍다고 생각했다. 그대로 바라보고 가만히 앉아 있을 수 없었다.

칼을 집고 벌떡 일어섰다.

"검무 춤에는 반드시 상대가 있어야 합니다. 불민하오나 소장이 위 장 군과 함께 칼춤을 추어 보겠소이다."

위연과 장임은 어우러져 칼춤을 추었다.

위연은 검무를 추면서 옆에 있는 유봉한테 자주 눈짓을 했다.

유봉이 눈치를 챘다.

"나도 한 번 칼춤을 추어 봅시다."

칼을 빼어 들고 덩실덩실 춤을 추어 나갔다.

유괴, 냉포, 동현 들, 유장의 장수들은 가만히 보고 있을 수 없었다.

"우리들도 검무를 추어서 흥을 돋우겠소이다."

제각기 칼을 둘러 춤추어 나왔다.

이 모양을 보자 현덕은 크게 놀랐다. 위연과 유봉을 꾸짖었다.

"검무를 그치고 빨리 칼을 한 귀퉁이에 세워 두라. 우리 형제가 서로 만나 즐겁게 마실 뿐 아니라 이곳이 홍문연鴻門宴 잔치가 아닌 바에야 검무가 무슨 필요 있느냐? 칼을 놓지 않는 자는 군령을 내려 참하리라."

현덕의 말이 떨어지니 유장도 부하 장수들을 꾸짖었다.

"형제가 서로 모여 있는 이 자리에 하필 칼을 차고 있을 까닭이 없다. 허리에 찬 칼들을 모조리 끌러라."

모든 장수들은 당 아래로 내려가 분분히 칼을 끌렀다.

현덕은 장수들을 불러 술 한 잔씩 권하고 부드럽게 말을 꺼냈다.

"우리 형제는 동종인 골육입니다. 함께 큰일을 의논하여 두 마음이 없으니 그대들은 절대로 의심해서는 아니 되오."

모든 장수들은 절을 하며 사례하여 물러났다.

현덕의 말씀을 듣자 유장은 현덕의 손을 잡고 울면서 말했다.

"우리 형님의 은혜로운 맹세를 한평생 잊지 못하겠습니다."

두 사람은 날이 저물도록 마시고 헤어졌다.

현덕은 자기 영문으로 돌아오자 방통을 책망했다.

"공 등은 어찌해서 유비를 의 아닌 사람이 되게 하시오? 이후부터는 단연코 이런 일을 하지 않도록 하시오."

방통은 탄식하며 물러 나갔다.

한편 유장이 자기 처소로 돌아가니 유괴 들이 모여 있다가 말했다.

"주공께서는 오늘 연회 석상의 벌어진 광경을 보지 못하였습니까? 주공께서는 일찍이 후환을 면하도록 생각하십시오."

"우리 형님 유현덕은 그런 사람이 아닐세."

여러 사람들이 다시 말했다.

"현덕은 비록 이 마음이 없다 해도 그의 수하들은 서천을 병탄倂呑해서 부귀를 누릴 생각을 가졌습니다."

"자네들은 다시 더 우리 형제지간의 의리를 상하게 하지 말게."

유장은 여러 사람들의 말을 듣지 아니하고 날마다 현덕과 즐겁게 정을 나누고 있었다.

홀연 장로가 군마를 정돈하여 가맹관葭萌關으로 침범해 들어온다는 급한 소식이 들렸다.

유장은 현덕을 청하여 막아 달라 했다.

조자룡은 강을 끊어 아두를 뺏다

현덕은 개연慨然히 허락하고 곧 본부 군사를 거느려 가맹관을 바라보고 나갔다.

유장의 부하들은 유장한테 간하였다.

"모든 대장한테 영을 내리시어 각처의 성문들을 긴하게 지켜서 불우不虞의 변이 일어나는 현덕의 병변兵變을 막게 하십시오."

"별소리가 다 많으이. 그리할 필요가 없네."

유장은 듣지 아니했다.

모든 장수들은 계속해서 우겨댔다.

유장은 하는 수 없어 여러 사람들의 말을 들었다. 백수白水 도독都督 양회楊懷와 고패高沛 두 사람으로 부수관涪水關을 지키라 하고 성도成都로 돌아갔다.

일변 현덕은 가맹관에 당도하여 군사를 엄하게 단속하고 은혜로이 백성을 대하여 인심을 수습하고 있었다.

염탐하는 군사가 이 사실을 동오 손권한테 보했다.

손권은 문무백관을 모아 놓고 상의했다.

"유비가 익주를 정복하러 가서 장로와 대결한다 하니 형세가 어찌 되겠소?"

고옹顧雍이 나와 말했다.

"유비가 군사를 나누어 험산 준령을 넘어갔으니 용이하게 돌아오지 못할 것입니다. 먼저 한 떼 군마로 강을 끊어 그의 돌아갈 길을 막아 놓고 동오東吳의 군사를 일으켜 공격한다면 한번 북을 쳐서 유비의 항복을 받을 것이고, 형주와 양주 땅도 잃지 않게 되는 기회인가 합니다."

"그 계교가 매우 묘하오."

손권이 창설할 때 병풍 뒤에서 큰소리로 꾸짖는 음성이 들려오면서 한 부인이 병풍을 제치고 나타났다.

"이 계획을 내는 자는 누구냐. 목을 베어라! 그 자가 도대체 누구냐? 내 딸을 죽이려 하는구나!"

모두들 놀라 바라보니 오국태 부인이었다.

"내가 일생에 다만 한 딸을 두어서 유비한테 시집보냈는데, 지금 만약 유비를 친다면 내 딸의 목숨이 어찌 되겠느냐?"

국태 부인은 계속해서 손권을 꾸짖었다.

"너는 부형의 기업을 받아서 팔십일 주의 큰 고을을 거느리고 있으면서 그래도 부족해서 골육의 정리를 돌아보지 아니하고 작은 이를 취하려 드느냐!"

손권은 쩔쩔맸다.

"그저 잘못 생각을 했습니다. 어머님 말씀을 어찌 어기오리까? 여러 사람들은 다들 물러가오."

모든 사람들은 쭈그려 물러갔다.

국태는 아직도 노기가 풀리지 아니하여 들어갔다.

손권은 국태 부인이 들어간 후에 청마루 끝에 혼자 서서 생각했다.

"이 기회에 형주와 양주를 회복하지 못한다면 어느 때 다시 찾아볼 수 있으랴."

정히 번민하고 있을 때 장소가 들어왔다.

장소는 손권의 얼굴빛이 좋지 아니한 것을 보고 은근히 물었다.

"주공께서 신색이 좋지 아니하십니다. 무슨 걱정이 계십니까?"

손권은 고옹顧雍이 형주를 치라고 하던 말이며, 국태께서 딸을 죽이려고 한다고 펄펄 뛰시고 꾸지람하시던 일을 일장 설파했다.

"자아, 일이 이쯤 되었으니 어찌하면 좋겠소?"

"과히 근심하실 것 없습니다. 쉽고 좋은 도리가 있습니다."

"무슨 도리가?"

손권이 물었다.

"심복 장수 한 사람에게 오백 군사쯤 거느리고 가만히 형주로 들어가서 한봉 밀서를 군주郡主5)께 바쳐서 국태태 병환이 위중하시어 따님을 보겠다는 사연을 말하고 군주를 모시어 동으로 돌아온다면 그만이 아닙니까? 그리고 현덕이 다만 한 아들이 있는데, 군주가 오실 때 함께 데려온다면 일은 더욱 묘하게 됩니다. 현덕은 형주와 양주 땅을 바치고 아들을 바꾸어 갈지도 모릅니다. 그리고 군주가 돌아오신 후엔 동병動兵을 한다 해도 아무 걸릴 것이 없을 것입니다."

손권은 가만히 손뼉을 쳤다.

"그 계교가 참 묘하구려! 그렇다면 주선周善을 보내기로 합시다. 이 사람은 어려서부터 담이 커서 행동이 민첩하니 이 사람을 보내도록 합시다."

"절대로 비밀에 부치시고 누설해서는 아니 됩니다."

장소는 곧 주선을 불러 5백 명의 날랜 군사로 객상客商 맨드리를 차리고

---

5) 군주 : 공주公主와 옹주翁主의 다음가는 여자女子의 칭호稱號. 우리나라에도 공주公主, 옹주翁主, 군주郡主의 칭호가 있다. 공주公主는 정궁正宮인 왕후王后의 딸, 군주郡主는 대군大君의 딸, 왕세자王世子의 딸.

다섯 척 배에 나누어 타게 한 후에 군주한테 가는 편지를 쓰고 따로 가짜 국서國書를 써서 검문 받을 때 쓰게 한 후에 병기를 배 안에 감추고 일로 형주로 향하여 떠났다.

주선은 형주 지경에 당도하자, 배를 강변에 정박시킨 후에 성안으로 들어가 문 지키는 장수를 만나 보고 손 부인을 뵙겠다고 했다.

손 부인은 친정에서 사람이 왔다는 말을 듣고 곧 주선을 불러들였다.

주선이 절하고 나서 한 통 편지를 바치니 손 부인은 국태태의 병환이 침중한 것을 비로소 알았다.

눈물을 떨어뜨리며 주선에게 물었다.

"그래, 병환이 그토록 위중하시단 말이냐?"

"국태태께서는 병환이 너무나 침중하십니다. 그리하옵고 아침저녁으로 군주만 생각하시어 보고 싶어 하십니다. 만약 더디시면 살아생전에 한번 만나 보지도 못하고 세상을 떠나실 것입니다. 그리고 태태께서는 한번 외손자 되시는 아두阿斗 아기를 보시기 소원이올시다."

"어찌하면 좋단 말이냐? 지금 황숙께서는 멀리 군사를 거느리고 나가서 아니 계시고, 좌우간 군사軍師께 알린 후라야 내가 행동을 취하겠다."

주선은 가만히 생각해 보았다. 제갈양한테 알리면 탄로가 날까 겁이 났다.

주선은 슬며시 손 부인한테 물었다.

"제갈공명의 대답이 황숙께 알린 후에 회답을 받아서 가시라면 어찌합니까?"

"말을 하지 아니하고 갔다가는 막을 사람이 있을 것이다."

"강변에 이미 배를 준비해 놓았습니다. 군주께서는 한시바삐 수레에 올라 성 밖으로 나가십시다."

손 부인은 어머님의 병세가 위독하다는 말을 듣자 마음이 초조했다. 여기다가 주선이 어서 가자고 수선을 떨어 대니 더욱 경황이 없었다.

7살이 겨우 된 아두阿斗를 품에 안고 수레를 탔다.

부인의 명령에 의하여 30기의 말 탄 군사가 창과 칼을 들고 부인의 수레를 호위해 나갔다.

부중 사람이 이 사실을 알리려 했을 때, 손 부인의 일행은 형주성을 나와 강변에 당도하여 배에 올랐다.

주선은 허둥지둥 사공을 지휘하여 막 배를 강심江心에 띄우려 할 때였다.

강 언덕에서 한 장수가 급히 말을 달려오며 큰소리로 외쳤다.

"잠깐 배를 멈추라. 부인께 전송하리라."

주선이 바라보니 명장 조자룡이었다.

원래 조자룡은 성안에서 순찰하고 돌아오는 길에 손 부인이 친정에서 온 사람과 수레를 같이 타고 강변으로 나갔다는 말을 듣고 깜짝 놀랐다. 급히 말 탄 군사 4~5명을 거느리고 바람같이 강변으로 쫓았다.

주선은 손에 장창을 짚고 배 안에서 벌떡 일어섰다. 대갈일성 조자룡을 꾸짖었다.

"너는 어떠한 사람이기로 감히 주모主母께서 타신 배를 막느냐?"

주선은 꾸짖기를 마치자 한편으로 군사를 재촉하여 배를 저어 떠나게 하고 한편으로 감추어 두었던 칼과 창을 꺼내서 배 위에 나열한 후에 순풍에 돛을 올려 강중으로 흘러갔다.

조운은 급했다. 강변으로 말을 달려 10여 리를 쫓았다.

홀연 강물이 여울져 흐르는 곳에 한 척 고기잡이배가 매여 있었다.

조자룡은 급히 말에서 내려 고기잡이배로 뛰어올랐다.

쏜살같이 배를 저어 부인이 타고 앉은 배를 쫓았다.

주선은 군사한테 명령을 내렸다.

"일제히 활을 쏘아라!"

살은 비 오듯 쏟아졌다.

조자룡은 창을 들어 날아드는 화살을 막아 냈다. 살은 어지럽게 물속으로 떨어졌다.

조자룡의 배는 점점 가깝게 쫓아 들었다. 손 부인의 탄 배와 거리가 두 칸 남짓하게 떨어졌다.

강동 손권의 군사들은 창을 들어 쫓아 드는 조자룡을 찌르려 했다.

조자룡은 허리에 차고 있던 청홍검靑紅劒을 빼어 들어 왼편 손에 잡고, 바른손으론 창을 집어 용을 썼다.

자룡의 몸은 비호飛虎같이 손 부인의 배로 뛰어올랐다.

손권의 군사들은 기절초풍이 되었다. 깜짝 놀라 쓰러지고 자빠지는 자가 부지기수였다.

손 부인은 아들을 바싹 품 안에 껴안고 조자룡을 꾸짖었다.

"어찌 이리 무례하냐!"

조자룡은 칼을 꽂고 대답했다.

"주모께서는 어디로 가시는 길입니까? 어찌해서 군사軍師한테 알리지 아니하셨습니까?"

"나의 어머님 병환이 위중하시다 하여 황황 중 급히 오느라고 군사께 알리지 못하였소."

조자룡은 다시 손 부인께 물었다.

"황송하오나 아룁니다. 문병을 가시는 길에 아두 아기씨는 왜 데리고 가십니까?"

"아두는 내 아들이 아닌가? 어린아이를 형주에 두고 간다면 황숙도 아니 계신 터에 누가 보호해 주겠소. 이런 까닭에 내가 데리고 가는 것이오.”

“아두 아기씨는 소장이 일찍 적병을 헤치고 구해 낸 분입니다. 아니 됩니다. 소장이 보호하겠소이다. 주공 어른의 금싸라기보다도 더 귀한 단 하나 일점혈육一點血肉이올시다.”

조자룡의 말을 듣자 부인은 크게 노했다.

“너는 장하帳下에 있는 한 사람 호반에 불과하다. 네 어찌 감히 나의 집 가간사家間事를 참견하느냐!”

“제 어찌 가간사에 참여하겠습니까? 부인께서는 자유롭게 행동을 취하십시오. 그러나 작은 주인 아두 아기씨만은 가시지 못하십니다.”

“너의 행동이 너무나 무례하구나. 너는 반심을 먹는 자가 아니냐?”

손 부인의 목소리는 쨍쨍, 뱃전을 울렸다.

조자룡도 굽히지 않고 쾌하게 대답했다.

“만약 부인께서 작은 주인을 머물러 두지 않고 가신다면, 조자룡은 비록 만 번 죽사와도 부인까지 못 가시게 하겠습니다.”

손 부인은 품에 안은 아두를 뺏길까 겁이 났다.

무장武裝한 여비女婢를 불렀다.

“아기를 받들어 모시어라…….”

여비는 부인한테서 아두를 받아 안았다.

순간 조자룡은 여비를 떠밀고 아두를 뺏어 품에 안고 뱃머리로 우뚝 나섰다.

배 앞을 굽어보니 푸른 물결이 허옇게 부서지는 아득한 망망 대강이었다.

강동 손권의 장수와 군사들을 모조리 죽여 버리고 싶었다. 그러나 도리상 차마 할 수 없었다.

손 부인은 소리쳐 시비를 꾸짖었다.

"아기씨를 빨리 뺏어라……."

시비는 조자룡한테로 달려들었다.

조자룡은 한 손에 아두를 안고 한 손에 칼을 집어 눈을 딱 부릅떴다.

시비와 군사들은 감히 앞으로 나가지 못했다.

손권의 사자 주선周善은 가만히 계교를 생각했다.

조자룡을 배에 실은 채 강동으로 가려 했다.

주선은 급히 배 뒤로 돌아 키를 잡았다.

"돛을 올려라!"

바람은 높고, 물살은 빨랐다.

"빨리 강동으로 향해라!"

주선의 명령이 잼쳐 떨어졌다.

순풍에 돛을 단 다섯 척 배는 강동으로 향하여 쏜살같이 내려갔다.

조자룡은 다행히 작은 주인 아두를 빼앗아 품에 품었으나 배에서 뛰어내릴 도리는 없었다.

배는 자꾸 흘러갔다. 외손뼉은 두드릴 수가 없었다.

'이번엔 강동 손권의 꾀에 떨어지고 마는구나!'

혼자 한탄하고 있을 때 홀연 10여 척의 배가 하류下流에서 쏜살같이 올라오는데 북소리는 요란하고 청, 홍, 적, 백 무수한 깃발은 바람에 펄럭였다.

조자룡은 더한층 초조했다. 옴치고 뛸 수 없었다. 손권의 수군한테 포위를 당하는 것이라 생각했다.

한 손으로 아두를 꽉 껴안고 한 손으로 장창을 비껴들어 적을 막을 태세를 취하고 있을 때, 홀연 일원 대장이 뱃머리에 나타나 손에 장창을 비껴들고 큰소리로 부르짖었다.

"아주머니께서는 조카를 두고 가십시오!"

조자룡은 비로소 하류에서 쫓아온 10여 척의 배가 장비의 배인 것을 알았다. 한숨이 저절로 나왔다.

원래 장비는 강 위에서 순력을 돌다가 손 부인이 아들을 데리고 배에 올랐다는 소식을 듣고 급히 유강油江 어귀로 쫓아와서 강동 손권의 배를 잡은 것이었다.

장비는 소리치면서 손 부인의 배로 뛰어올랐다.

오장吳將 주선周善이 급히 칼을 빼어 들고 장비를 막았다. 장비는 긴 칼을 번쩍 들어 주선의 목을 후려쳤다.

번개보다 빨랐다. 장비의 서리 같은 긴 칼이 흰 무지개를 허공에 뿜었을 때, 주선의 목은 손 부인의 앞으로 굴러 떨어졌다.

손 부인은 얼굴빛이 새파랗게 질렸다.

"아주버니께서는 어찌 이리 무례하십니까!"

장비는 눈을 부릅뜨며 소리쳤다.

"아주머님께서는 형님 생각은 아니하시고 맘대로 친정으로 가려 하시니 이것은 무례가 아니라, 예법에 있는 짓이오니까?"

"나는 어머님 병환이 위중하시다 하여 급히 가는 길입니다. 아주버니께서 나를 못 가게 한다면 나는 이 자리에서 강물로 뛰어들겠습니다."

장비는 조자룡과 잠시 의논한 후에 손 부인께 향하여 말했다.

"우리 형님은 대한의 황숙이십니다. 결코 아주머님을 욕뵈려 한 것이 아닙니다. 아주머님께서 만약 형님을 생각하시는 은의恩義가 계신다면 빨리 돌아오십시오."

장비는 말을 마치자 아두를 품에 품은 조자룡과 함께 형주 배로 옮아갔다.

장비와 조자룡이 아두를 보호하여 형주 배로 옮기니, 손 부인은 하는 수 없이 주선의 시체를 거두어 강동으로 향했다.

이 소문은 형주 땅 강동에 자자하게 퍼졌다. 시인은 글을 지어 조자룡을 칭찬했다.

昔年救主在當陽
今日飛身向大江
船上吳兵皆膽裂
子龍英勇世無雙

지난해는 당양에서 주인을 구해 내고,
오늘은 몸을 날려 대강으로 향했네.
배 위에 오병들 모두 다 간담이 떨어졌네.
자룡의 영걸한 용맹이 세상에 짝이 없구나.

시인은 다시 장비를 찬양했다.

長坂橋邊怒氣騰
一聲虎嘯退曹兵
今朝江上扶危主
靑史應戰萬載名

장판교 다리 위에 노한 기운 치솟으니,
범의 호통 한 소리에 조조 군사 쫓겨 갔네.

오늘, 강 위에서 어린 주인 구해 내는

푸른 역사 그 이름을, 만대 전하리라.

장비와 조자룡은 넘치는 기쁨을 막을 길 없었다. 아두를 보호하여 뱃길로 내려갈 때, 공명이 갈건야복으로 수십 척 배를 몰고 오다가 조운, 장비 두 장수가 아두를 앗아 돌아오는 것을 보고 크게 기뻤다.

"과연 자룡과 익덕은 주인을 구해 내신 국가의 쌍벽이십니다. 주공께서 이 소식을 들으시면 오죽 기뻐하시겠습니까."

세 사람은 웃으며 이야기하고 형주로 돌아왔다.

공명이 글월을 써서 서촉 가맹관葭萌關에 유하는 현덕한테 보고한 일은 말할 나위도 없었다.

한편 손 부인이 강동으로 돌아가니 손권은 주선의 행방을 물었다.

손 부인은 조자룡과 장비가 강상에서 아두를 앗아간 일이며, 장비와 주선이 승강이 하다가 장비가 주선 죽인 일을 일장 설파하니 손권은 크게 노했다.

"이제는 내 누이가 돌아왔으니 아무 꺼릴 것이 없다. 주선이 원통하게 죽은 원수를 갚아 주리라."

손권은 말을 마치자 모든 문무백관을 불러서 상의했다.

"제갈양과 장비와 조자룡이 너무나 나의 누이를 우습게보아서 무례한 행동을 했을 뿐 아니라 나의 장수 주선을 죽였으니, 분한 마음 금할 길 없다. 나는 대군을 휘동하여 형주를 공격하려 하니 그대들의 의향은 어떠한가?"

조조는 군사를 일으켜 강동으로 내려가다

형주 공격을 주장하는 손권의 말을 듣고 그의 문무백관들이 채 대답을 올리기 전에 장군 한 사람이 급히 달려와 고했다.

"조조가 사십만 대군을 동원하여 적벽강 싸움의 원수를 갚으러 호호탕탕 강동으로 내려오고 있습니다."

손권은 크게 놀랐다.

형주의 유비 칠 일을 제쳐놓고 조조의 대병 막을 것을 의논하고 있을 때 문서 맡은 관원이 들어와 아뢰었다.

"장사長史 장현長絃이 병으로 벼슬을 버리고 집으로 돌아가 죽었사온데 슬픈 유서를 올렸습니다."

손권이 뜯어보니 도읍을 말릉으로 옮기라고 권하는 글이었다. 말릉의 산천은 제왕이 거처할 만한 기상이 있는 좋은 곳이니 이곳으로 옮겨서 만세대업萬世大業을 정하라는 뜻이었다.

손권은 장현의 글을 읽고 울면서 말했다.

"장현이 나한테 유서를 보내서 말릉으로 옮기라 했으니 내 어찌 그의 말을 아니 들을 수 있으랴. 건업建業에 도읍을 옮기고 석두성石頭城을 쌓게 하라."

손권의 분부가 떨어지니 여몽이 나와 아뢰었다.

"석두성을 쌓는 것도 좋습니다마는 유수濡水 수구에 둑을 쌓아서 조조의 군사를 막는 것이 좋습니다."

손권은 곧 여몽의 말을 좇아 유수 수구에도 둑을 쌓으라 했다.

모든 장수들이 반대했다.

"강가에서 적병을 맞아 싸우고 맨발로 적의 배로 뛰어들 텐데 둑과 성을 쌓아서 무엇하겠소. 공연히 노력과 재물만 허비하는 것입니다."

여몽이 일어나 대답했다.

"싸움은 반드시 이길 수만 있는 것이 아니라 질 수도 있는 것이요, 병기는 이로울 때도 있고 둔한 때도 있는 법입니다. 별안간 적을 만나서 보병과 기병이 함께 어우러져 싸울 때 어느 하가에 물가에서만 싸우고 배 속으로만 뛰어들겠소."

여몽은 말을 마치자 모든 사람의 얼굴을 둘러보았다.

손권이 결정을 내렸다.

"사람은 먼일을 생각하지 아니하면 반드시 가까운 조심이 있는 법이오. 여몽의 말이 옳소."

손권은 곧 군사 수만 명을 풀어서 유수오濡須塢를 쌓아 밤과 낮으로 역사를 끝맺게 했다.

한편 조조는 허도에서 위세가 점점 높았다.

장사長史 동소董昭가 아뢰었다.

자고이래로 인신人臣의 공이 승상 같으신 분은 드뭅니다. 비록 주공과 여망이 있다 하나, 미치지 못할 것입니다. 즐풍목우櫛風沐雨하신 지 삼십여 년에 군흉群凶을 소탕하여 백성의 해를 제거시켜서 한실漢室이 다시 있게 했으니, 보통 재상과 함께 열을 같이하실 수 없습니다. 위공魏公의 칭호를 받으시고 구석九錫을 더해서 공덕을 표창해야 합니다.

조조보고 받으라는 구석九錫의 위位란 어떠한 것인가 독자에게 잠깐 알리기로 한다.

첫째, 타는 수레와 말(車馬).

대로大輅와 소로小輅 각 한 채. 대로는 황금으로 아로새긴 큰 수레요, 소로는 무장한 병거兵車다. 검은 소 두 필과 누런 말 여덟 필이 끈다.

둘째, 의복.

곤룡포에 면류관을 쓰고 붉은 신을 신는다. 왕의 예복이다.

셋째, 악현樂縣.

오르고 내릴 때마다 아름다운 음악 소리가 나도록 옥을 다듬어 의복에 다는 것. 일무佾舞를 '악현'이라고도 한다. 천자天子 앞에서는 8일무八佾舞를 추고 왕후의 앞에서는 6일무六佾舞를 춘다.

넷째, 붉은 집(朱戶).

거처하는 집 대문은 홍문紅門으로 꾸미고 집에는 붉은 칠을 한다.

다섯째, 납계納階.

천자가 거처하는 궁중에 신을 신고 댓돌에 오르내릴 수 있는 특전을 주는 것.

여섯째, 호분虎賁.

호위하는 군대의 명칭. 호분 3백 명이 수문군守門軍이 된다.

일곱째, 부월斧鉞.

금부金斧 은월銀鉞이라 하는 왕의 의장에 쓰는 무기武器.

여덟째, 활과 살(弓矢).

붉은 활(彤弓) 한 벌, 살(箭) 백 개, 검은 활(黑弓) 열 벌, 살 천 개.

아홉째, 거창秬鬯 규찬圭瓚.

거창은 제사에 쓰는 술이니 거서秬黍, 곧 검은 수수로 빚은 술이다. 창鬯

은 향기로운 술이다. 특히 신神에게 올리는 술이다. 규찬圭瓚은 옥으로 만든 제기祭器다. 종묘 제례 때 사용하는 제기 이름이다.

장사 동소가 조조에게 구석九錫의 위를 더해야 한다는 말을 듣자, 시중侍中 순욱荀彧은 얼굴빛을 바로잡고 천천히 말했다.

"아니 됩니다. 승상께서는 한평생 의로운 군사를 일으키시어 한실을 광부匡扶하셨습니다. 더욱 충성되고, 곧은 일을 하시면서 항상 겸손하고 사양하는 마음을 가지시어 덕으로 백성을 사랑하셔야 합니다. 구석九錫을 받는다는 일은 당치 않은 짓이올시다."

조조는 순욱의 바른말을 듣자 돌연 얼굴빛이 푸르락누르락 변하였다.

동소가 다시 떠들어 댔다.

"순욱 한 사람의 의견만으로 중망衆望을 막을 수 없을 것입니다."

동소는 곧 황제께 상소를 올려 조조한테 위국공을 봉하고 구석을 더할 것을 청했다.

순욱은 여태껏 조조를 도와 많은 공을 세운 모사였으나 조조로 하여금 참람한 짓을 하게 하는 것을 보자 애석하지 아니할 수 없었다.

"허허, 오늘날 조조가 이런 짓까지 할 줄은 내가 몰랐구나!"

순욱의 탄식하는 말은 당장 조조의 귀로 들어갔다.

"그래 순욱이 나를 도와주지 아니하고 딴맘을 먹는단 말이냐."

조조는 독기를 품었다.

건안 17년 겨울 10월이 되었다. 조조는 40만 대병을 동원시켜서 호호탕탕 손권을 무찌르려 강남으로 내려갔다.

"순욱한테 함께 가자고 일러라!"

조조는 시자한테 명을 내렸다.

순욱은 조조가 강남으로 함께 가자는 전달을 받자 가만히 생각해 보았다. 확실히 자기를 죽일 것이 분명했다.

"몸이 아파서 가지 못하겠다고 말씀해 주오."

조조의 사신한테 말을 전하고 병을 칭탁한 후에 수춘壽春에 머물러 있었다.

홀연 조조는 사람 편에 한 그릇 합盒을 보냈다.

"편치 않다는 말씀을 승상께서 들으시고 잡수시라고 보내셨습니다."

순욱이 받아 보니 합 위에는 조조가 친필로 봉함을 쓴 후에,

승상 조조는 순욱 대인께 보냅니다.

간단하게 써 있었다.

순욱이 합 뚜껑을 열고 보니 합 속은 텅 비어 있고 아무것도 없었다.

순욱은 가만히 생각해 보았다. 밥그릇이 비어 있으니 먹지 말라는 뜻이었다.

사람은 먹지 아니하면 죽는 법이다.

이것은 조조가 자기더러 죽으라 하는 뜻이 분명했다.

순욱은 주인 잘못 만난 것을 뼈저리게 느끼고 아프도록 한탄했다. 곧 독약을 타서 마시고 죽으니, 이때 순욱의 나이는 겨우 50세였다.

시인은 글을 지어 탄식했다.

文若才華天下聞
可憐失足在權門
後人漫把留侯

臨沒無顔見漢君

순문약의 재화는 천하에 들렸는데
가엾다 발길 잘못 권문에 두었구나.
뒷사람들 재주를 장량한테 비하나
죽을 때 한 왕한테 무안하구나.

그의 아들 순혼苟琿이 발상發喪 거애擧哀한 후에 조조한테 부고를 보내니,
조조는 후하게 장사 지내라 하고 많은 부의를 보낸 후에 황제께 아뢰어 경
후敬侯라는 시호를 내렸다. 조조의 잔인한 성격이 약여하게 드러났다.
　조조의 40만 대군은 물밀듯 강남으로 내려가 유수濡須에 당도했다.
　조홍은 철갑鐵甲 마군馬軍 3만을 이끌고 선봉이 되어 강변으로 나가 손
권의 동정을 살폈다.
　보초 맡은 군사들이 회보를 올렸다.
　"연강沿江 일대는 무수한 깃발이 바람에 펄럭이는데, 군마들은 어느 곳
에 매복시켰는지 모르겠습니다."
　조홍은 이 사실을 조조한테 보했다.
　조조는 조홍한테 보고를 받자 마음이 놓이지 아니했다.
　친히 군사를 거느리고 유수 어귀로 나가 진을 친 후에 백여 명 친위군親
衛軍을 거느리고 산상에 올라 멀리 손권의 진터를 바라보았다.
　크고 작은 전선들은 대오가 분명하게 좌우 옆으로 늘어섰다. 오색 깃발
은 허공을 덮어 바람에 나부끼는데 창과 칼은 햇빛 아래 눈이 부시도록
선명했다.
　그중에 제일 큰 전함 한 척이 앞을 막아 떠 있는데, 청라산青羅傘이 높직

이 솟은 곳에 강동 손권은 호피 교의를 타고 앉았고, 좌우로는 문무백관들이 모시어 서 있는 모습, 근감하기 짝이 없어 보였다.

조조는 번쩍 채찍을 들어 강상을 가리키며 탄식했다.

"좋다! 제법이로구나. 자식을 둔다면 손권 같은 자식을 두어야 한단 말이야."

조조의 말이 채 떨어지기 전에 돌연 한소리 포성이 천지를 진동하면서 강상에서는 전함들이 일제히 움직여 나오면서 일지 군마는 육지로 상륙하자 유수성을 무찔러 들어왔다.

조조의 군사는 별안간 어찌할지를 몰랐다. 앞을 다투어 달아났다.

조조는 당황했다. 어찌해야 좋을지 몰랐다.

갈피를 잡지 못하여 발을 동동 구르고 있을 때 이번에는 천백 기마대가 산허리를 돌아 쏟아져 나오는데 앞을 서서 말을 달리는 일원 대장은 푸른 눈에 붉은 수염을 바람에 흩날리는 귀골 장군이었다.

모든 장수들이 바라보고 깜짝 놀랐다.

"손권이가 아니냐?"

"정말 손권이다. 눈이 푸르고 수염이 붉은 손권이다!"

손권은 손수 채찍을 들어 조조를 가리키며 호통을 쳤다.

"저기 조조란 자가 있다. 조조를 산 채로 잡아 묶어라!"

조조는 혼비백산이 되어 말을 달려 달아났다.

조조가 한참 정신없이 달아날 때 앞에서는 동오의 대장 한당, 주태가 소리 높이 꾸짖었다.

"이놈, 조조야. 네 어디로 가려 하느냐. 승천입지昇天入地를 하려 하느냐. 빨리 내 칼을 받아라!"

조조는 정신이 아뜩했다. 말 머리를 돌려 급히 피하려 할 때 뒤에서 허저가 나타나 조조를 구해서 달아나게 하고 한당, 주태를 가로맡았다.

허저는 한당, 주태와 30여 합이나 싸우다가 승부가 나지 아니한 채 말을 채쳐 돌아갔다.

조조는 진중으로 돌아와 허저에게 중한 상을 주고 싸우다가 달아난 여러 장수들한테는 크나큰 꾸지람을 내렸다.

"만약 차후에 또다시 이따위 짓을 해서 군사의 날랜 기운을 꺾는 자에게는 목을 베리라."

엄한 명령을 내렸다.

이날 밤 이경二更 때쯤 되어서 홀연 진 밖에서 함성이 크게 진동했다.

조조는 급히 말을 타고 바라보니 사면에 화광이 충천하면서 오병吳兵이 물밀듯 쏟아져 들어와서 진중이 쑥밭이 되어 버렸다.

조조는 날이 밝아 훤하게 동이 터지자 50여 리나 후퇴해서 다시 진을 치고 있었다.

그는 마음이 우울했다. 흔들리는 마음을 가라앉히려 하여 병서를 읽고 있을 때 정욱이 들어왔다.

"승상께서는 병법을 아시면서 어찌해서 병귀신속兵貴迅速이라는 방법을 쓰지 아니하십니까? 승상께서 군사를 일으키신 지 여러 날이 되었건만 행동은 천연하신 까닭에 손권은 모든 준비를 다 해서, 유수 수구水口에 둑을 쌓아서 공격하기 어렵게 되었습니다. 군사를 물려서 허도로 돌아갔다가 다시 기회를 보아 도모하는 것이 상책일 듯합니다."

조조는 정욱의 의견을 마땅치 않게 생각했다.

아무 대답도 아니했다. 정욱은 무료하여 밖으로 나가 버렸다.

정욱이 나간 후에 조조는 책상에 의지하여 있을 때 홀연 강상江上에서 조수潮水 물이 파도 소리를 치며 일어나 흡사 천군만마千軍萬馬의 뛰닫는 말굽 소리 같았다.

조조는 깜짝 놀라 강물을 바라보니 일륜홍일一輪紅日이 이글이글 강물 속에서 끓어오르면서 눈이 부시도록 찬란했다.

다시 눈을 들어 천상天上을 바라보니 하늘에는 두 바퀴 태양이 서로 빛을 뿜어 마주 떠 있었다.

조조는 어린 듯 취한 듯 황홀하게 바라보고 있을 때 홀연 강물 속에서 이글거리고 떠오르던 일륜홍일이 퍼뜩 허공으로 솟아오르면서 자기가 진치고 있는 영문 산속으로 떨어지는데 와지끈 뇌성벽력 치는 소리가 일어났다.

조조는 깜짝 놀라 정신을 차려 보니 사실이 아니라 한바탕 꿈을 꾼 것이었다.

장전帳前에서 순력을 도는 군사는 오시午時를 보했다.

조조는 군마를 준비하라 이른 후에 50여 기 말 탄 군사를 거느리고 진문 밖으로 나가서 꿈속에서 본, 해 떨어진 산을 찾아 올랐다.

두루 산중을 살피고 있을 때 홀연 한 떼 군마가 쏟아져 나오는데 앞을 바라보니 위수爲首 대장大將은 황금 투구를 쓰고 황금 갑옷을 입은 강동의 수령 손권이었다.

손권은 조조를 만나자 조금도 황망하지 아니했다.

마상馬上에서 채찍을 들어 조조를 가리키며 말했다.

"승상은 중원에 좌정해서 부귀가 이미 극진했는데 무엇이 부족해서 탐심을 내어 우리 강남을 또다시 침범하오."

젊은 손권이었으나 목소리는 우렁차고 푸른 눈 붉은 수염이 비상했다.

조조는 아니 대답할 수 없었다.

"그대는 신하의 몸으로 왕실을 존봉尊奉치 아니하니 나는 천자의 조서를 받들어 특별히 그대를 치러 왔노라."

조조의 대답하는 말을 듣자 손권은 소리를 드높여 껄껄 웃었다.

"하하하하. 당신의 입이 부끄럽지도 아니하오? 과연 철면피로구려! 당신이 실권 없는 천자를 끼고 제후한테 영을 내려 갖은 못된 짓을 다하는 것은 천하가 다 아는 노릇 아닌가! 나는 한조漢朝를 존봉하려 하지 않는 것이 아닙니다. 당신을 토멸해서 국가를 바로잡자는 것이오."

손권의 말을 듣자 조조는 대로했다. 채를 들어 장수들한테 호령을 내렸다.

"네, 저 손권이 놈을 잡아라!"

조조의 수하 장병들은 말을 달려 앞으로 나가려 할 때, 홀연 산 뒤에서 큰소리로 북이 두리둥둥 울리면서 두 떼 군마가 쏟아져 나왔다.

우편에는 한당, 주태가 나오고 좌편에는 진무, 반장이 앞을 섰다.

네 장수는 칼을 들어 3천 궁노수를 지휘하여 어지럽게 쏘기 시작하니 살과 쇠뇌는 비 오듯 쏟아졌다.

조조의 군사는 크게 어지러웠다. 쓰러져 죽은 자가 부지기수였다.

조조는 황급했다. 급히 쟁을 쳐 군사를 거두어 달아났다. 한당, 주태, 진무, 반장 네 장수는 급히 조조의 뒤를 쫓았다.

"조조를 잡아라!"

"수염 까만 놈이 조조다. 빨리 잡아라!"

조조는 간담이 서늘했다. 고개를 푹 숙이고 말을 채쳐 달아났다.

강동 오병들은 수염 까만 조조를 잡으려고 말을 달려 풍우같이 쫓았다.

위기일발危機一髮의 찰나였다. 조조의 수하 맹장 허저가 창을 휘두르며 호위군虎衛軍을 거느려 쫓아 들었다.

급히 조조를 구하여 달아났다. 강동 손권의 군마들은 일제히 개선가를 높이 부르며 유수 영문으로 돌아갔다.

조조는 일진을 크게 꺾인 후에 영문으로 돌아가 가만히 생각해 보았다.

'손권은 등한等閒한 인물이 아니다. 그리고 또 홍일紅日이 벽력같은 소리를 내면서 산중으로 떨어진 것은 필시 이 사람이 제왕이 될 것을 하늘이 알음장을 나한테 내린 것이 아닌가?'

조조는 퇴병退兵할 생각이 간절했으나 얼른 결정을 내리지 못했다.

조조는 군사를 거두어 허도로 돌아가고 싶었으나 한편으로 생각해 보니, 동오한테 치소恥笑받을 것이 두려웠다.

진퇴양난進退兩難이 되어 얼른 결정을 내리지 못했다.

두 편 군사들은 또다시 달포나 두고 상지하면서 여러 차례 다투었으나 승부가 나지 아니했다.

해가 바뀌고 정월이 되었다. 봄비가 부슬부슬 내리기 시작했다. 슬며시 봄장마가 들었다. 강물마다 창일하고 항구는 흙탕물로 화해 버렸다.

군사들은 진흙물 속에서 고생이 이만저만이 아니었다.

조조는 무한한 번민을 느꼈다. 모든 모사들을 불러 의논했다.

어떤 사람은 빨리 군사를 거두어 돌아가자 하고, 어떤 모사는 봄도 되어 날이 차차 따뜻하니 상지하고 있다가 한번 크게 싸워 보자 했다.

조조는 또다시 결정을 짓지 못하고 있을 때 수문장이 보했다.

"동오에서 사신을 보내서 글월을 바칩니다."

조조는 사신을 불러들여 글월을 보니 사연은 아래와 같았다

고孤는 승상과 함께 피차 다 한조漢朝의 재신宰臣이다. 승상은 나라를 위하여 백성들을 편안케 할 생각은 아니하고 망령되이 병기를 움직여 생령生靈을 잔학하니 이것이 어찌 어진 사람의 행위겠는가? 봄물이 바야흐로 창일

하니, 그대는 빨리 허도로 돌아가라! 만약 그렇지 않는다면 다시 적벽의 화가 있으리라. 공은 깊이 생각하라.

편지 등 뒤에는 또다시 두 줄 글을 크게 썼다.

足下不死孤不得安
그대가 죽지 않는다면 내가 편안치 못하다.

조조는 읽어 보자 크게 소리를 높여 웃었다.

"하하하, 손권은 과연 큰 인물이로구나!"

조조는 말을 마치자 글월을 가지고 온 동오 사신에게 중한 상을 주고 곧 군령을 삼군三軍에 내렸다.

"대군을 휘동하여 허도로 돌아가게 하라."

조조는 다시 여강 태수 주광朱光을 불렀다.

"그대에게 완성을 지키는 중대한 책임을 맡기노라."

조조는 모든 분별을 내린 후에 허창으로 돌아갔다.

조조가 회군하니 손권도 말릉으로 군사를 거두어 돌아갔다. 손권은 모든 모사를 불러 상의했다.

"조조가 비록 북으로 갔다 하나 유비가 아직도 나의 곁에 있어 걱정거리다. 조조의 군사를 이용해서 형주를 취하게 하면 어떠한가? 유비가 아직 서촉에서 돌아오지 아니한 이 틈을 타서 형주를 빼앗는다면 얼마나 좋겠는가?"

현덕은 양회, 고패를 죽이다

손권의 말이 떨어지니 모사 장소가 말했다.

"아직 동병動兵을 해서는 아니 됩니다. 저한테 한 계교가 있습니다. 이 계교만 쓴다면 유비는 다시 형주로 돌아오지 못할 것입니다."

"어떤 계교오니까?"

손권은 장소한테 물었다.

"조조로 유비를 치게 한다면 조조는 또다시 강남으로 올 것입니다. 그리하지 마시고 편지 두 통을 써서 한 통은 유장에게 보내고 한 통은 장로한테 전하면 일이 될 것입니다."

"유장과 장로한테 무어라고?"

"유장한테는 유비가 동오와 연결해서 서천을 취한다고 하여 유장의 의심을 일으키면 됩니다. 장로한테는 유비가 없는 틈을 타서 형주를 취하라 하면 됩니다. 이리 된다면 유비는 서천을 버릴 수도 없고 형주로 올 수도 없게 됩니다. 이때 가서 우리는 군사를 움직여서 형주를 취한다면 손을 뒤집기보다 더 쉬울 것입니다."

"과연 묘한 계책입니다."

손권은 장소의 말을 듣기로 했다.

곧 두 통 글을 써서 두 곳으로 보냈다.

한편 현덕은 가맹관에서 민심을 얻고 있었다.

하루는 공명의 편지가 왔다. 아내 손 부인이 친정어머니의 병으로 강동으로 간 것과 이것은 동오의 정략으로 손 부인을 속여서 데려간 일이며 조자룡과 장비가 아두를 뺏던 소식도 자세히 전했다. 다음에는 조조가 군사를 일으켜 강남으로 내려온 일까지 상세하게 기별해 보냈다. 현덕은 방통을 청하여 의논했다.

"조조가 손권을 공격하여 승리를 거둔다 해도 형주 땅은 조조한테로 돌아갈 것이고 손권이 이긴다 해도 역시 형주를 뺏을 테니 어찌하면 좋겠소!"

방통은 태연히 대답했다.

"주공께서는 과히 근심하지 마십시오. 공명이 저곳에 있으니 동오에서 감히 형주를 범치 못할 것이올시다. 다만 주공께서는 유장한테 글월을 보내시면 됩니다."

"어떤 내용으로?"

"조조가 손권을 공격하러 강남으로 내려왔는데, 손권은 형주에 구원을 청했으니 손권과 나는 입술과 이와 같은 관계라 아니 구할 도리가 없다. 장로는 제 땅만 침범치 아니하면 아무 염려도 없을 위인이니, 손권과 합세하여 조조를 막으러 형주로 가겠다 하십시오. 그리하신 후에 정병 사만 명과 행량行糧 십만 휘斛를 꾸어 달라 하십시오. 이리해서 만약 유장이 말을 들어 빌려 준다면 따로 다시 의논을 여쭙기로 하겠습니다."

현덕은 방통의 말을 들었다.

글월을 써서 인편에 부쳐 성도成都로 보냈다.

현덕의 사자가 성도로 향하여 부수관涪水關에 당도하니 서촉 대장 양회와 고패가 길을 막았다.

현덕의 사자는 유장한테 군사와 전량을 청하는 편지를 가지고 간다는 말을 전했다.

양회는 고패더러 관문을 수직하라 이르고 사자와 함께 성도로 들어가 유장한테 글월을 바쳤다.

유장은 현덕의 글월을 읽어 본 후에 양회한테 물었다.

"양 장군께서 어찌해서 함께 왔는가?"

양회가 대답했다.

"현덕의 편지 일로 전위해서 왔습니다. 유현덕은 서천으로 들어온 이후 널리 은덕을 펴서 크게 민심을 수습하고 있습니다. 그 의도가 심히 불온합니다. 지금 그는 군마와 전곡을 꾸어 달라 합니다마는 절대 빌려 주시면 아니 됩니다. 이것은 마치 섶에 불을 질러 주는 격입니다."

유장은 고개를 가로흔들었다.

"나는 현덕과 형제의 정이 있는 사람인데 어찌 도와주지 아니하겠소?"

이때 곁에 있던 한 사람이 유장한테 아뢰었다.

"유현덕은 대단한 영웅입니다. 오래 이 땅에 머물러 두고 보내지 않는다면, 이것은 범을 집안으로 청해 들이는 격입니다. 그런데 더구나 군마와 양곡을 그에게 준다는 일은 범한테 날개를 붙여 주는 것이나 매일반입니다."

여러 사람이 말하는 사람을 바라보니 그는 영릉승양零陵丞陽 사람 유파劉巴인데 자를 자초子初라고 부르는 사람이었다.

유장은 유파의 말을 듣고 얼른 결단을 내리지 못했다.

뿐만이 아니었다. 또다시 황권이란 사람이 괴롭게 간하였다.

"양회와 유파의 의견이 옳습니다. 현덕한테 군사와 쌀을 준다면 반드시 후환이 있을 것입니다."

유장은 한동안 생각한 후에 현덕에게 늙고 약한 군사 4천 명과 쌀 1만 휘를 내주기로 결정한 후에 사신을 보내서 현덕에게 알리고 다시 양회와 고패한테 영을 내려서 부수관을 일층 긴하게 단속하라 했다.

현덕의 사신이 유장의 사자와 함께 돌아와 보하니 현덕은 크게 노했다.

"나는 저를 위하여 적을 막느라고 노심초사하는데, 저는 쌀과 곡식을 인색하게 아껴서 내 군사를 굶어 죽게 한단 말이냐!"

말을 마치자 앉은자리에서 유장의 편지를 찢어 버리고 벌떡 자리에서 일어났다.

유장의 사신은 머리를 싸매고 도망쳐서 성도로 달아났다.

방통이 현덕한테 아뢰었다.

"주공께서 다만 인仁과 의義로 사람을 대하셨는데, 오늘은 공문을 찢어 버리시고 역정까지 내셨으니 전의 하시던 일이 모두 다 수포로 돌아가 버리고 말았습니다."

현덕은 방통의 말을 듣자 여전히 웃으며 대답했다.

"내가 좀 과했구려. 어찌하면 좋겠소. 무슨 계책이 있겠소?"

방통은 현덕한테 계교를 말했다.

"저한테 세 가지 계책이 있습니다. 이 세 가지 계책 중에서 주공께서는 한 가지를 택해서 쓰십시오."

"말씀해 주시오."

"지금 정병을 가려 뽑아서 주야배도晝夜倍道하여 급히 성도를 친다면 이것은 상책이 될 것입니다. 다음에는 양회와 고패는 촉중의 맹장이올시다. 그들은 제각기 강한 군사를 거느리고 부수관을 지키고 있습니다. 주공께서 거짓 형주로 가신다는 말씀을 퍼뜨리시면 두 사람은 반드시 전송하러 올 것입니다. 이때 가서 잡아 죽인 후에 관문을 뺏어 부수관을 취한 후에 성도로 향한다면 이것은 중책이 됩니다."

"다음에 또 한 가지 계교는?"

현덕이 물었다.

"백제성으로 군사를 물려서 밤을 도와 형주로 돌아갔다가 서서히 앞일을 도모한다면, 이것은 하책下策이 될 것입니다. 그러나 이 세 가지 일을 다 아니하시고 가지 아니하신다면 앞으로 장차 크나큰 곤란이 와서 구할래야 구할 길이 없을 것입니다."

현덕은 한동안 생각하다가 대답했다.

"상계上計는 너무나 촉박하고 하계下計는 너무나 완만하고 중계는 더디지도 아니하고 빠르지도 아니하니 중계를 쓰기로 합시다."

현덕은 말을 마친 후에 유장한테 편지를 썼다.

조조는 부장 악진으로 청니진靑泥鎭을 습격하니 장수들은 당해 내지 못하고 있소이다. 나는 친히 군사를 거느려 막으러 가는 길인데 틈이 없어 만나 뵙지 못하고 글로 작별 인사를 하니, 창연한 마음 금할 수 없소이다.

현덕의 글월이 성도에 당도하니 가장 놀란 사람은 장송이었다.

장송은 현덕이 진정으로 형주로 돌아가는 줄 알았다.

장송은 급히 글을 써서 현덕한테 보내려 할 때, 마침 그의 친형인 광한 태수 장숙張肅이 찾아왔다.

장송은 편지를 쓰다가 황망히 소매 속에 감추고 형을 맞아 수작했다.

그러나 얼굴빛과 행동은 자연 당황했다.

장숙은 마음속으로 의심하고 있을 때 송은 형을 대접하느라고 술을 내어 권했다.

따르고 이야기하고 수작하고 있을 때 장송의 소매 속에서는 깊이 들어가지 아니했던 편지가 소리 없이 땅에 떨어졌다.

장송도 무심했다. 장숙도 보지 못했다.

밤이 깊어 형제가 헤어질 때 장숙의 시자는 땅에서 편지를 집었다. 장숙의 것인 줄 알고 몸에 지녔다가 집에 돌아와 장숙한테 바쳤다.

장숙이 시자한테 편지를 받아 보니 장송의 편지 사연은 아래와 같았다.

장송은 삼가 유 황숙께 글월을 올리나이다. 전에 송이 황숙께 진언한 일은 조금도 거짓말이 아니온데 황숙께서는 어찌 이리 더디게 일을 진행하십니까? 그리고 이곳에서 큰일 하실 일은 벌써 손아귀에 들어 있는데 무슨 까닭에 형주로 돌아가려 하십니까? 송은 이 소식을 듣고 낙담합니다. 편지를 보시는 대로 곧 지체치 말고 군사를 움직이십시오. 저는 꼭 내응이 되겠습니다. 만만 부탁합니다. 일을 그르치지 마시기 바랍니다.

장숙은 아우 장송이 현덕한테 보내는 밀서를 보자 깜짝 놀랐다.

"내 아우가 멸문지화滅門之禍를 당하게 하는구나. 이 일은 고발하지 아니할 수 없다!"

장숙은 밤을 도와 유장한테로 달려가서 아우 장송이 유비와 공모하고 서천을 유비한테 바치려 한다는 뜻을 말했다.

장숙의 말을 들은 유장은 크게 노했다.

"내가 평일에 저를 박대한 일이 없는데 어찌해서 이같이 모반하느냐? 장송을 잡아다가 목을 베고 전 가족을 멸문시켜라."

유장의 영을 받들어 서촉 관리는 장송을 잡아 저자에 참하고 가족을 멸문시키니 가엾게 장송 일가는 결딴이 나고 말았다.

시인은 시를 지어 장송을 조상했다.

一覽無遺自古稀
誰知書信泄天機
未觀玄德興王業
先向成都血染衣

한 번 보고 다 외는 천고의 드문 재주,
누가 편지 사연, 천기누설 될 줄 알았으랴.
현덕의 왕업 이루는 것, 채 보지 못하고
먼저 성도로 가서 피로 옷을 물들였네.

유장은 장송을 참한 후에 문무백관을 모아 상의했다.
"유비가 나의 기업을 뺏으려 하니 어찌하면 좋겠소?"
황권이 자리에서 일어나 대답했다.
"일을 지체할 수 없습니다. 곧 사람을 각처 관문으로 보내서 군사를 증
원하여 관문을 수직하게 하고 형주로 유비를 돌아가지 못하도록 해야 합
니다."
유장은 황권의 말을 좇아 각처로 사람을 보내서 엄하게 관문을 단속하
게 했다.
한편 유현덕은 군사를 거느리고 부성涪城으로 나가서 사람을 양회와 고
패한테 보냈다. 형주로 돌아갈 텐데 작별 인사를 하겠다 했다.
고패와 양회는 보고를 받고 서로 의논했다.
"유현덕이 형주로 간다 하니 어찌하면 좋겠소?"

양회가 고패한테 물었다.

양회의 말을 들은 고패는 손뼉을 치며 좋아했다.

"유현덕이 이번에는 우리들 손에 꼭 죽을 때가 되었소. 현덕이 만약 오거든 우리들은 단검을 몸에 지니고 있다가 틈을 타서 죽여 버려서 주공의 걱정을 덜게 합시다."

"묘한 계교요!"

양회도 찬성했다.

두 사람은 군사 2백 명을 거느리어 현덕을 전송하러 나가고 남은 군사들은 관문에 머물러 있게 했다.

현덕의 대군은 부수관에 나타나기 시작했다.

방통은 현덕과 말 머리를 가지런히 하여 나오면서 가만히 현덕한테 아뢰었다.

"양회와 고패가 나타나거든 우리는 그들의 동정을 살펴서 행동을 개시하고, 아니 나타나는 경우에는 관문 안으로 돌격해 들어가야 합니다."

방통의 말이 채 떨어지기 전에 난데없는 회오리바람이 별안간 일어나면서 현덕의 수자帥字 기旗를 쓰러뜨렸다.

현덕은 불상지조라고 생각했다.

"이것이 무슨 조짐이오?"

방통한테 물었다.

"이것은 하늘이 내리시는 경보올시다. 두 놈이 주공께 해를 입힐 생각을 가진 것이 분명합니다. 주공께서는 방심하시지 마십시오."

현덕은 몸에 두 벌 갑옷을 입고 허리에 보도를 차고 몸단속을 단단히 했다.

때마침 양회 고패 두 적장이 나타났다.

방통은 위연과 황충을 불러 가만히 지휘를 내렸다.

"고패, 양회가 데리고 오는 군사들은 불문곡직하고 마병馬兵 보병步兵을 가릴 것 없이 모조리 사로잡으라!"

두 장수는 청명하고 물러났다.

양회와 고패는 군사들한테 술동이와 양의 고기를 푸짐하게 지게와 수레에 실어 가지고 2백 명 군마를 거느려 현덕의 장전帳前에 당도했다.

두 장수는 가슴에 비수를 품고 현덕의 장전을 살펴보았다. 아무런 방비도 없었다.

마음속으로 계책이 들어맞는다고 기뻐들 했다.

두 적장은 걸음을 옮겨 현덕의 장중帳中으로 들어갔다.

현덕은 방통과 함께 앉아 있었다.

적장들은 현덕의 앞으로 나가 읍하며 말했다.

"황숙께서 먼 길을 행하여 떠나신다 하므로 박주 일 배나마 받들어 나왔소이다. 잠시 쉬어 가시도록 하옵소서."

고패는 말을 마치자 큰 잔에 술을 가득 따라 현덕에게 바쳤다.

현덕은 웃으며 대거리했다.

"고맙소이다. 두 분께서는 성을 지키시느라고 수고가 참 많았소이다. 먼저 한 잔씩 드시기 바라오."

두 사람은 현덕이 권하니 아니 마실 수 없었다. 먼저 한 잔씩 들이마셨다.

고패, 양회 두 적장이 술잔을 비우는 것을 보자 현덕은 잼처 말을 꺼냈다.

"두 장군께 긴밀히 상의할 말이 있소이다. 잡인들을 물리쳐 주시기 바라오."

두 적장은 현덕의 청을 들어 수행한 군사 2백 명을 밖으로 나가라 했다. 남은 사람은 두 적장과 현덕, 방통뿐이었다.

돌연 현덕은 큰소리로 외쳤다.

"어디들 있느냐. 이 두 도적놈을 잡아라!"

현덕의 호령이 채 떨어지기 무섭게 장 뒤에서 유봉과 관평이 칼을 두르며 뛰어나왔다.

고패와 양회는 눈이 벌겋게 뒤집혔다. 칼을 뽑아 들고 대항했다. 만만치 아니했다.

두 편 장수는 마치 용과 범이 서로 어우러져서 싸우는 듯했다. 서로 치고 받았다. 피하고 덤벼들었다. 수단 높은 난투극이 벌어졌다.

그러나 고패, 양회는 차차 밀리기 시작했다. 유봉과 관평은 제각기 두 적장의 멱살을 꼬나 잡아 쓰러뜨린 후에 밧줄로 꽁꽁 묶어 현덕 앞에 꿇렸다.

"네 이놈들 나는 본시 너희 주인과 동종 형제인데, 너희 놈들은 어찌해서 공모를 하고 우리들 동종의 정을 이간시켰느냐?"

두 놈들은 벌벌 떨었다.

옆에서 방통이 지휘를 내렸다.

"저놈들의 몸을 뒤져 보아라!"

유봉, 관평이 고패와 양회의 몸을 수색했다.

새파란 비수가 한 개씩 품 안에서 떨어졌다.

방통이 소리쳤다.

"저런 죽일 놈들이 있느냐. 빨리 잡아내 목을 베어라!"

현덕이 옆에서 결단을 내리지 못했다.

방통은 다시 소리쳤다.

"두 놈은 본래부터 우리 주공을 해치려던 자다. 살려 두어서는 아니 된다. 목을 베어라!"

도부수들은 양회와 고패를 장 앞으로 끌어내려 목을 베었다.

한편 황충과 위연은 고패와 양회를 따라온 2백 군사를 모조리 잡아서 달아나지 못하게 했다.

현덕은 2백 군사를 장하로 불러들여 술을 대접하고 놀란 것을 가라앉게 했다.

"양회와 고패는 우리 형제를 이간시키고, 뿐만 아니라 비수를 품에 품어 나를 죽이려 했다. 이런 까닭에 주륙誅戮을 당했거니와 너희들은 죄가 없으니 놀라고 의심하지 말라."

모든 군졸들은 술을 마시며 백배치사를 했다.

방통이 명을 내렸다.

"나는 너희들을 데리고 성으로 들어갈 테다. 명령에 복종하는 사람은 중한 상을 주리라."

모든 군졸들이 일제히 대답했다.

"그저 시키는 대로 거행하겠습니다."

이날 밤에 방통은 고패와 양회의 군사 2백 명을 앞에 세우고 대군을 거느려 관문으로 향했다.

2백 명 군사들은 성 앞에 나가 소리쳤다.

"고 장군과 양 장군께서 급한 일이 있어 돌아오시니 빨리 성문을 열어라!"

성 위에서 파수 보던 수문장이 바라보니 다른 군사가 아니라 바로 자기들의 동관이었다. 의심치 아니하고 문루에 내려 성문을 활짝 열었다.

현덕의 군사들은 물밀듯 쏟아져 성안으로 들어갔다.

피 한 방울 칼에 묻히지 아니하고 부관涪關을 점령했다.

유장의 촉병들은 모조리 현덕한테 항복했다.

현덕은 군졸들에게 후한 상을 내린 후에 군사를 나누어 요해처를 지키게 했다.

다음 날 현덕은 공청公廳에서 크게 연회를 열고 장수와 군사들을 배부르게 호궤했다.

현덕은 마음이 흐뭇했다. 술이 거나해지자 방통을 돌아보며 말했다.

"오늘의 회합은 일생일대의 즐거운 일이라 하겠지?"

방통이 대답했다.

"남의 나라를 뺏는 일은 즐거운 일이 될 수 없습니다. 인자仁者의 병兵이라고 할 수 없지요."

"내가 들으니 옛적에 주周 무왕武王은 주紂를 친 후에 음악을 작곡하여 공功을 상징했다 하는데, 이것도 인자仁者의 병兵이 아닌가? 자네 말은 틀린 말일세. 빨리 물러가게."

현덕의 혀 꼬부라진 취담을 듣는 방통은 껄껄 웃으며 자리에 일어났다.

좌우의 시자들은 취한 현덕을 부축하여 후당으로 들어가 눕게 했다.

한동안 술이 취해 자고 난 현덕은 술기운이 깨었다. 실수가 없었느냐고 좌우한테 물었다.

시자들은 취해서 방통보고 가라고 했던 일을 말했다.

현덕은 뉘우치기를 마지아니했다.

이튿날 날이 밝자 현덕은 옷을 갈아입고 정당으로 나가서 방통을 청하여 사죄했다.

"어제는 너무나 취해서 말이 거슬렸으니 용서해 주시기 바라오."

"별말씀을 다 하십니다. 그만 말씀에 제가 괘념할 리가 있습니까?"

방통은 얼굴에 가득 웃음을 띠고 천연스럽게 대답했다.

"어제 일은 내가 너무나 실수를 했소이다."

현덕은 그래도 불안해서 다시 뇌까렸다.

"천만의 말씀이올시다. 군신君臣이 다 함께 실수를 했습니다. 저 역시 실수를 했습니다. 주공만 실수하신 것이 아닙니다."

현덕도 깔깔 웃으면서 두 사람의 정의는 다시 처음과 같았다. 현덕과 방통은 아무 일이 없는 듯 웃으며 헤어졌다.

낙성을 공격하여 공을 이룬 황충, 위연

한편 유장은 현덕이 양, 고 두 장수를 죽인 후에 부수관을 점령했다는 급한 소식을 듣고 크게 놀랐다.

"오늘 이 지경이 될 줄은 꿈에도 생각지 못했구나!"

유장은 말을 마치자 곧 문무백관들을 불러 의논했다.

"어찌하면 현덕의 군사를 물리칠 수 있겠소?"

황권이 출반하여 아뢰었다.

"주공께서는 너무 근심하지 마십시오. 군사를 속히 몰아 낙현에 둔병하여 인후咽喉의 땅을 막는다면 제아무리 유비가 정한 군사와 날랜 장수를 가졌다 하나 넘어오지 못할 것입니다."

유장은 황권의 말을 들어 유괴, 냉포, 장임, 등현 네 장수로 5만 대병을 거느리고 낙현으로 나가 유비를 막아 내게 했다.

네 장수가 행진하는 중 유괴가 말을 꺼냈다.

"금병산錦屏山 중에 자허紫虛 상인上人이라는 이인異人이 있는데, 삼랑의 귀천과 생사를 알아맞힌다 하오. 마침 우리가 금병산을 지나게 되니 한번 찾아서 물어보는 것이 어떠하겠소?"

장임이 콧방귀를 뀌어 웃으며 대답했다.

"대장부가 적을 무찌르러 나가는 길에 요망한 산야 사람한테 죽고 사는 길을 물어본다는 것은 가소로운 일이오."

유괴는 그래도 우겼다.

"그렇지 아니하오. 성인도 지성한 일은 미리 알아 둔다 하였소. 우리가 고명한 사람한테 길흉을 묻는 일이 무슨 허물될 것이 있겠소? 한번 가서 물어봅시다."

네 사람은 50~60기의 수하 병졸을 거느리고 산중으로 들어가 초부한 테 물었다.

"자허 상인의 계신 곳이 어디쯤 되오? 좀 가르쳐 주오."

초부는 손을 번쩍 들어 산마루를 가리켰다.

"저기 저 맨 꼭대기 산마루턱에 보이는 집이 바로 상인上人께서 거처하 시는 집입니다."

네 사람은 초부가 알려 주는 암자를 향하여 기어올랐다.

암자 앞에서 청의동자가 오는 손들을 향하여 물었다.

"어디서 오는 손님이십니까?"

"우리들은 촉蜀의 장성들인데 선생을 뵈러 왔네."

동자는 네 장수를 안으로 인도했다.

모두들 보니, 백발노인인 자허 상인은 단정히 방석을 깔고 앉아서 책을 읽고 있다가 네 장수를 바라보았다.

"어디서 오신 분들입니까?"

유괴는 재배를 올리고 앞을 가르쳐 달라고 청했다.

"산야에 묻힌 폐인이 어찌 대인들의 길흉을 판단하겠소이까? 당치 않 은 말씀입니다."

상인은 점잖게 사양했다.

유괴는 다시 재배를 드리고 간곡하게 물었다.

"그저 사양 마시고 전정을 가르쳐 주십시오."

유괴가 두 번 세 번 간청하니 자허紫虛 상인上人은 동자에게 분부를 내렸다.

"먹을 갈아라."

동자는 연상硯床을 내놓고 먹을 갈았다.

자허 상인은 종이를 꺼내서 여덟 귀 글을 써서 유괴한테 내주었다.

左龍右鳳

飛入四川

雛鳳墜地

臥龍昇天

一得一失

天數當然

見機而作

勿喪九泉

왼편엔 청룡이요 바른편엔 봉황샐세.

훨훨 날아 서천으로 들어온다.

새끼 봉은 땅으로 떨어지고

와룡은 하늘로 올라가네.

하나를 얻으면 하나를 잃는 법,

하늘 운수 당연하구나, 기틀을 보아서 행동을 하라.

황천길에 죽지를 마소.

유괴는 글귀를 읽어 보았으나 얼른 해득할 수 없었다. 그러나 서촉西蜀

의 대세가 좋지 않은 것만은 짐작할 수 있었다.

유괴는 다시 도인한테 물었다.

"저희들 네 사람의 기수氣數는 어떠합니까?"

자허 상인은 천천히 입을 열어 대답했다.

"하늘이 정한 운수는 도망쳐 면할 수가 없는 법이오. 다 일러 주었는데 무엇을 또 묻는가?"

"잘 모르겠습니다. 자세히 좀 알려 주십시오."

유괴는 초조하게 졸라 댔다.

자허 상인은 못마땅한 듯 길게 뻗친 수미壽眉를 굼실굼실 움직이면서 이내 눈을 딱 감아 버렸다.

잠을 자는 듯 영영 대답이 없었다.

네 장수는 하는 수 없이 암자에서 일어나 산 아래로 내려갔다.

"서천이 매우 위태로운 모양이지. 도사의 말을 아니 믿을 수가 없지."

유괴는 먼저 말을 꺼냈다.

"허황된 놈의 소리를 곧이듣지 말게. 자허 상인이란 자는 순 미친놈일세. 그까짓 말을 다시 염두에 두지 말게."

장임이 타박 주었다.

네 장수는 말을 타고 낙현으로 내려가 군대를 나누어 모든 요해처를 지키게 했다.

유괴는 여러 장수와 상의했다.

"낙성雒城이란 곳은 성도를 막아 주는 긴요한 곳이오. 만약 우리가 잃는다면 성도를 보장하기 어렵소. 우리 네 사람이 서로 상의해서 두 사람은 성을 지키고 두 사람은 낙성 앞산을 의지해서 양편으로 영채를 세워서 성 앞으로 가까이 오지 못하도록 하는 것이 좋겠소."

유괴의 말이 떨어지니 냉포와 등현이 말했다.

"우리 두 사람이 성 앞으로 나가 영문을 세우겠소."

유괴는 기뻤다. 곧 군사 2만을 주어 한 사람이 만 명씩 거느리고 성 밖 60리허에 나가 영문을 세우게 하고 유괴와 장임은 낙성을 지키고 있었다.

한편 유현덕은 부수관을 점령한 후에 방통을 청하여 낙성 공격할 일을 의논했다.

"이미 부수관은 우리 손으로 돌아왔거니와 장차 낙성을 점령할 태세를 취해야 하겠소."

두 사람이 상의하고 있을 때 염탐하는 군사가 들어와 보고를 올렸다.

"유장은 유괴, 장엄, 냉포, 등현 네 장수에게 오만 대병을 주어서 낙성을 지키게 했고 냉포, 등현은 각각 일만 군사를 거느려 성 밖 육십 리허에 두 채 큰 진을 치고 있습니다."

현덕은 보고를 받자 곧 장수들을 장전帳前에 모이게 했다.

"누가 앞장서서 첫 번째 무훈武勳을 세워 냉포, 등현 두 적장을 취하겠는가?"

노장 황충이 씩씩한 기상으로 창을 짚고 아뢰었다.

"노부가 가겠소이다."

현덕은 갑주 투구에 백수를 흩날리며 젊은 장수보다 앞장서서 말하는 노장 황충의 씩씩한 기상을 보자 기쁜 마음을 금할 길 없었다.

"노 장군께서 본부 인마를 거느리시고 낙성으로 가시어 냉포, 등현의 목을 취하신다면 중상重賞을 드리오리다."

황충은 현덕의 앞으로 나가 창을 잡아 군례를 올리고 본부 인마를 점검하려 할 때, 홀연 한 장수가 장하에서 소리치며 나왔다.

"노 장군께서는 연치가 높으신데 어찌 나가려 하십니까? 소장이 비록 재주 없으나 자원自願 출전出戰하겠습니다."

현덕이 바라보니 다른 사람이 아니라 바로 위연이었다.

황충은 위연이 가겠다고 자원하는 것을 보자 머리에 핏줄이 왈칵 솟아올랐다.

"나한테 장령將令이 이미 내렸는데 네 어찌 참람하게 구느냐?"

위연이 대거리해 말했다.

"늙은 분은 힘이 벅차십니다. 소문 들으니 냉포와 등현은 촉 땅의 명장으로서 혈기가 방강方剛한 장수들이라 합니다. 혹여나 노 장군께서 실수가 계시어 주공의 큰일을 그르칠까 염려됩니다. 이런 까닭에 소장이 장군을 대신하여 가려 하오니 오해하지 마시기 바랍니다."

위연의 말을 듣자 황충은 크게 노했다. 눈에 핏대를 올려 호통을 쳤다.

"네 이놈, 내가 늙었다 하느냐? 어디 한 번 너하고 무예를 시험해 보리라."

"좋습니다. 어디 주공 앞에서 한번 시험해 보기로 하십다!"

위연도 지지 않고 대답했다.

노장 황충은 더욱 노했다. 몸을 추창하여 섬돌 아래로 내려서며 수하 장교를 불렀다.

"나의 칼을 가져오너라. 내 저 위연이하고 한번 무예를 겨루어 보리다!"

현덕은 대상에서 이 모양을 바라보고 급히 소리쳐 만류했다.

"불가不可하오. 나는 오늘 두 장군의 힘만 믿고 서촉을 취하려 하는데, 이제 두 범이 서로 싸우면 반드시 한 사람이 상할 것입니다. 두 분 중에 만일 한 분이 다친다면 내 일은 그르치고 말게 되오. 내가 간청하는 것이니 두 분은 다투지 말고 화해하시오."

옆에 있던 방통이 발론했다.

"당신네 두 사람이 서로들 다툴 것이 아니라 냉포와 등현이 제각기 진을 치고 있으니 당신들은 각각 한 채씩 맡아서 공격을 하면 되지 않겠소. 그리하여 먼저 적을 물리친 사람에게 머리공을 주기로 하겠소."

황충과 위연은 비로소 방통의 말을 듣고 제각기 군사를 거느려 성 밖으로 나갔다.

방통이 현덕한테 고했다.

"이 두 사람이 노상에서 다툴는지 모릅니다. 주공께서는 뒤를 따라 주십시오."

현덕은 방통을 머물러 성을 지키게 하고 유봉, 관평과 함께 5천 군마를 이끌고 뒤에 따랐다.

한편 노장 황충은 영문에 돌아와 전령을 내렸다.

"내일 사경에 밥 지어 먹고 오경 때 결속해서 평명平明이 되거든 군사를 움직여서 좌편 산골로 나가라."

한편 위연은 사람을 보내서 황충의 동정을 살폈다.

심부름 갔던 사람이 되돌아와서 위연에게 알렸다.

"황 장군은 군사들한테 영을 내렸습니다. 사경 때 밥 지어 먹고 오경 때 기병을 시키라 했습니다."

위연은 보고를 받자 얼굴에 미연히 웃음을 띠고 급히 전령을 내렸다.

"너희들은 이경 때 밥 지어 먹고 삼경 때 군사를 동원하여 평명 때 등현의 진에 당도하라."

군사들은 위연의 명령대로 행군을 서둘렀다.

배부르게 밥 지어 먹고 말방울 떼고 재갈 물린 후에 어둠을 뚫고 소리 없이 행군을 시작했다.

때는 삼경 안팎 거의 적진 앞에 당도했다.

위연이 말 타고 앞에 가다가 한 가지 생각이 들었다.

'내가 이번에 등현의 진만 뺏는댔자 무슨 큰 공로 될 것이 있으랴. 기왕 나선 길이니 우선 냉포의 영채를 쳐부수고 다시 등현의 진을 무찌른다면 적의 두 진을 내가 다 무찔러 버리는 것이 된다. 이렇게 된다면 큰 공은 나한테로 돌아오고 마는 것이다!'

위연은 이같이 생각하자 마상에서 영을 내렸다.

"등현의 진을 습격하는 것은 뒤로 미루고 먼저 냉포의 영채를 포위하라!"

군사들은 영을 듣고 길을 바꾸어 왼편 산길을 취해 나갔다.

위연의 군대는 거의 냉포의 영채에 당도하게 되었다.

위연은 잠깐 군대를 쉬게 하고 기치창검이며 북과 제금 등을 정돈하고 있을 때 길섶에 숨어서 동정을 살피고 있던 냉포의 척후병은 급히 달려가 냉포한테 보했다.

냉포는 만반 준비를 갖추어 대기하고 있은 지 오래였다.

일성 포향이 하늘과 땅을 진동하면서 냉포의 대병은 말을 달려 물밀듯 쏟아져 나왔다.

위연은 마상에서 허리에 찬 보검을 빼 들고 냉포를 맞이했다.

두 장수는 어우러져 30여 합을 싸우는 중, 서천 군사는 두 길로 나뉘면서 위연의 군대를 공격했다.

위연의 군대는 밤을 도와 행군한 군대였다. 사람도 피곤하고 말도 지쳤다. 다 함께 기운이 떨어졌다.

조수 물 밀리듯 쏟아져 나오는 냉포의 군대를 막아 낼 힘이 없었다.

싸워 보지도 못하고 달아나 버리기 시작했다.

서천 군사들은 고함치며 위연의 군사를 쫓았다.

위연은 자기편 군사들이 쫓겨 달아나는 것을 등 뒤로 느꼈다.

냉포를 버리고 급히 말 머리를 돌려 달아났다.

위연의 군사들이 정신 모르게 뛰어 달아날 때 5리를 채 못 가서 산모퉁이에서 별안간 북소리가 골을 울리며 천병만마가 일시에 쏟아져 나왔다.

위연이 눈을 들어 바라보니, 등현이 말을 달려 나오며 벽력같이 호통을 질렀다.

"이놈, 위연아, 항복을 하려느냐, 칼을 받으려느냐?"

위연은 황급했다. 번쩍 채찍을 들어 말 궁둥이를 후려갈겼다.

말은 아프고 놀랐다.

어흥, 소리를 치며 뛰어 달아나려다가 이내 굽이 꺾여 주춤 쓰러졌다.

구슬피 부르짖는 말 울음소리와 함께 위연은 말 아래 떨어지고 등현의 말은 쏜살같이 내달렸다.

등현은 기막히도록 좋은 기회라 생각했다.

장창을 꼬나 잡고 위연의 가슴을 향하여 힘껏 내리지르는 찰나였다.

홀연 시위 소리가 요란하게 일어나면서 백우전白羽箭 흰 화살은 등현의 등판을 퍽 하고 쏘아 맞히어 말 아래 굴러 떨어뜨렸다.

이 모양을 본 냉포는 급히 말을 달려 땅에 떨어진 등현을 구하려 할 때 일원 대장이 언덕에서 말을 놓아 달리면서 큰소리로 외쳤다.

"이놈들, 노장 황충이 여기 있다!"

황충은 칼을 춤추며 냉포한테로 덤벼들었다.

냉포는 혼비백산이 되어 급히 말을 돌려 달아났다.

황충은 냉포를 놓치지 아니하려 했다. 칼을 춤추어 뒤를 쫓았다.

서천 군사들은 지옥 속으로 떨어진 듯 아수라장이 되어 쓰러지고 엎어지고 자빠지고 짓밟아 달아났다.

이때 황충의 별다른 일지군은 위연을 구해 내고 말에 떨어진 등현을 죽여 버린 후에 영채 앞으로 육박해 들어갔다.

영채로 돌아가려던 냉포는 갈 수도 없고 올 수도 없었다. 진퇴양난이 되었다.

냉포는 죽음을 무릅쓰고 싸워야 했다.

말 머리를 돌려 황충한테 싸움을 걸었다.

황충과 냉포는 30여 합을 싸웠다. 그러나 승부가 나지 아니했을 때 우편 군사가 물밀듯 쏟아져 들어왔다. 냉포는 왼편에 있는 영채를 버리고 바른편에 있는 영채로 향하여 달아났다.

냉포는 패한 군사를 이끌고 우채右寨 앞에 당도해 보니, 영문 안에는 기치가 보이지 아니했다. 의심하고 놀랐다.

사면팔방을 돌아보고 있을 때 황금 갑추에 비단 홍포를 입은 일원 대장이 나타났다.

냉포가 바라보니 틀림없는 유비였다.

왼편에는 유봉이요, 바른편에는 관평이었다.

현덕은 냉포를 큰소리로 꾸짖었다.

"이놈, 냉포야, 어디로 달아나려 하느냐. 하늘로 오를 테냐, 땅 속으로 들어갈 테냐?"

현덕의 대갈일성 꾸짖는 소리에 냉포는 앞길도 잃고 뒷길도 잃었다.

산속에 조그마한 길이 나타났다.

지름길을 취하여 낙성으로 향하고 달아났다.

냉포가 10리 길을 갔을까 했을 때 복병이 홀연 나타나면서 갈고리 창끝으로 냉포를 사로잡았다.

군사들은 냉포를 꽁꽁 묶어 현덕의 장하에 바쳤다.

현덕은 좌우에게 명하여 면사기免死旗를 세우라 하고 다시 영을 내렸다.

"서천 군사로서 창을 거꾸로 잡은 군사는 살해치 말게 하라."

현덕은 또다시 항복한 군사를 향하여 효유했다.

"너희 서천 군사들은 모두 다 부모가 계시고 처자가 있는 몸이다. 항복하기를 소원하는 사람은 충군充軍해 둘 것이요, 항복하기를 원치 않는 사람은 돌려보내 주리라."

군사들은 기뻤다. 만세를 높이 불렀다. 천지가 진동했다.

이때 황충은 군사를 정돈한 후에 곧 현덕을 찾아뵈었다.

"위연은 군령을 어겼으니 참斬해 주십시오."

현덕은 급히 위연을 불렀다.

위연은 냉포의 결박을 풀어 함께 현덕 앞에 나타나 군례軍禮를 드렸다.

"연이 비록 죄 있습니다마는 냉포 잡은 공이 있으니 속죄해 주시옵소서."

현덕은 준절하게 위연을 꾸짖었다.

"위 장군은 황 장군께 사죄하라. 황 장군이 만약 그대의 목숨을 구해 주지 아니하였던들 오늘날 어찌 나를 대해 볼 수 있으랴?"

위연은 현덕이 시키는 대로 머리를 조아려 잘못했노라 복죄服罪했다.

현덕은 황충에게 중한 상을 주어 늙은 명장의 빛난 무예를 찬양했다.

현덕은 황충에게 상을 준 후에 냉포를 가까이 불렀다.

현덕은 술을 냉포한테 주어 놀란 가슴을 진정케 한 후에 천천히 물었다.

"네가 항복하겠느냐?"

"죽이지 아니하시고 살려 주신 은혜는 백골난망이올시다. 어찌 항복하지 아니하겠습니까. 소장을 재생시킨 은혜를 갚겠습니다. 그리하옵고 유괴와 장임은 소장과 생사를 함께할 것을 맹세한 사람들이올시다. 만일 놓아주신다면 두 사람에게 항복할 것을 권고한 후에 낙성을 바치도록 하겠습니다."

현덕은 크게 기뻤다.

냉포에게 좋은 의복과 말과 안장을 주어 낙성으로 돌아가게 했다.

냉포가 간 후에 위연이 현덕에게 말했다.

"냉포를 공연히 보내셨습니다. 저 자가 한 번 탈신脫身해 간 후에는 다시 돌아오지 아니할 것입니다."

현덕은 위연의 말을 듣자 미소를 띠어 대답했다.

"내가 인의仁義로 저를 대접했으니 그는 나를 저버리지 아니할 것이오."

위연은 현덕의 말에 감동되어 다시는 더 말을 하지 아니했다. 한편 냉포는 낙성으로 돌아가 유괴, 장임을 만났다.

두 장수는 죽은 줄 알았던 냉포가 돌아오는 것을 보자 반갑기 한량없었다.

"자네 어떻게 살아서 돌아오나!"

두 사람은 냉포를 껴안았다.

"죽긴 왜 죽어. 그깟 놈들, 하잘것없는 놈들이야. 적군 십여 명을 죽이고 말을 뺏어 타고 돌아왔네."

냉포란 자는 큰소리를 탕탕했다.

유괴는 냉포까지 오고 보니 다시 배짱이 생겼다.

급히 성도로 사람을 보내서 구원병을 청했다.

유장은 유괴의 편지를 받아 보고 등현이 죽은 줄 비로소 알았다.

깜짝 놀라 백관들을 모아 놓고 상의했다.

큰아들 유순이 앞에 나와 아버지한테 아뢰었다.

"소자가 군사를 거느리고 가서 낙성을 지키겠습니다."

"네가 만약 간다면 내 마음이 놓인다마는 누가 내 아들을 도와줄 사람이 있어야 하는데 누가 가면 좋겠는가?"

유장은 여러 신하를 돌아보았다.

한 사람이 나와서 출반하여 아뢰었다.

"제가 가겠습니다."

유장이 보니 아내의 친정아버지 오의吳懿였다.

"장인께서 가신다면 마음이 놓입니다. 누구로 부장을 삼는 것이 좋겠습니까?"

"오란, 뇌동을 데리고 가면 좋겠소이다."

유장은 곧 아들 유순에게 군사 2만을 주어 오의, 오란, 뇌동과 함께 낙성으로 향하게 했다.

봉추, 떨어지는 낙봉파

유장의 아들 유순이 2만 군사를 거느려 외조外祖 되는 오의吳懿를 장군으로 하여 낙성으로 나가니, 유괴와 장임과 냉포는 반갑게 젊은 주인을 맞아들였다.

장군 오의는 낙성에 있는 장수들한테 물었다.

"적병이 성 아래 육박해 들어온 이때 막아 싸우기 극히 어려운 일이다. 그대들은 무슨 좋은 고견高見이 있는가?"

오의 말이 채 떨어지기 전에 냉포가 앞으로 나와 대답했다.

"이곳 지형이 산은 촉하고 물살은 빠릅니다. 저한테 오천 병만 주신다면 상류에 있는 부강涪江의 물둑을 끊어서 지금 유비가 진을 치고 있는 곳을 물바다로 변하게 만들겠습니다."

오의는 손뼉을 쳐 기뻐했다.

"좋은 계교요!"

곧 군사 5천을 냉포에게 주어 행동을 개시하게 했다.

한편 유현덕은 황충과 위연에게 한 군데씩 영문을 맡겨 지키라 이르고, 부성으로 돌아와 방통과 함께 앞의 일을 상의하고 있을 때 염탐이 들어와 고했다.

"손권이 동천東川 장로張魯한테로 사람을 보내서 화친을 한 후에 가맹관을 치러 온다 합니다."

현덕은 깜짝 놀랐다.

"만약 가맹관을 잃어버린다면 우리의 후로後路가 끊어지고 말 테니 장차 어쩌하면 좋겠소?"

현덕은 방통한테 물었다.

"맹달이는 이곳 촉蜀 땅 사람입니다. 지리에 밝으니 이 사람으로 가맹관을 지키도록 하십시오."

현덕은 방통의 말을 듣자 곧 맹달을 불러 성을 지키라 하니 맹달이 대답했다.

"분부를 받들어 저도 가맹관을 지키겠습니다마는 좋은 사람이 있으니 함께 성을 지켰으면 좋겠습니다."

"어떤 사람입니까?"

"남부南部 지강枝江 사람으로 중랑장 벼슬을 했던 곽준霍峻이란 사람이 올시다."

"그렇게 하시오."

현덕은 곧 허락해서 맹달, 곽준으로 가맹관을 지키게 하고 군사를 거느려 부성으로 돌아갔다.

현덕과 맹달이 제각기 떠난 후에 방통은 관사로 돌아와 쉬고 있으려니 문 지키는 군사가 들어와 아뢰었다.

"손이 와서 뵙기를 청합니다."

방통은 청문을 열고 나가 보니 한 사람이 뜰 앞에 서 있는데 신장은 8척이나 되고 머리는 풀어 산발이 된 모습을 했는데 의복마저 추루하고 단정하게 입지 아니했다. 그러나 얼굴만은 보통 사람이 아니었다. 광대뼈는 불퉁 나오고 눈에는 정기가 초롱거렸다.

방통은 손을 향하여 물었다.

"선생은 누구시오니까?"

괴상한 사람은 묻는 말에 대답도 없이 버썩 대청으로 오르자 방통의 와상臥床 위에 덜컥 드러누워 버렸다.

"선생은 누구십니까?"

뛰어든 사람은 아무런 대답이 없이 와상에 누운 채 방통을 뚫어지도록 바라보았다.

"도대체 선생은 누구십니까?"

방통은 또 한 번 물었다.

괴상한 사람은 눈을 딱 부릅떴다.

"웬 놈이 잔소리가 그리 많은고? 나는 너에게 천하사天下事를 가르쳐 주러 왔다!"

방통은 어이가 없었다. 괴상한 사람의 말을 듣고 보니 더욱 의심스럽고 마음이 불안했다.

슬며시 시자를 불렀다.

"애들아 손님께 빨리 약주상을 올려라!"

이윽고 술상이 나왔다.

괴상한 사람은 술상을 보자 벌떡 일어나 인사 한마디 없이 술을 마시고 음식을 먹었다.

물장사 상이 되다시피 염치없이 마시고 먹고 하던 괴상한 인물은 다시 와상으로 기어올라 벌떡 자리에 누워 코를 드렁드렁 골았다.

방통은 더욱 의심스럽고 어이가 없었다.

가만히 사람을 법정法正한테로 보내서 빨리 와 보라 했다. 마음속으로 염탐꾼이나 간첩이 아닌가 하고 생각했다.

법정은 방통을 만나 대강 수작을 듣고 보니 행동이 마치 팽양彭樣 같았다.

"그 사람 혹시 팽양이 아닌가?"

혼잣말하고 섬돌에 올라와 상 앞에 가 보니 누웠던 사람이 벌떡 일어나 큰소리로 떠들어 댔다.

"효직孝直아 그동안 별고 없었느냐?"

"자네 웬일인가?"

두 사람은 서로 손을 잡고 반갑게 인사했다.

방통이 법정을 따라 들어왔다가 두 사람의 수작하는 것을 보고 얼을 잃고 바라보다가 법정에게 물었다.

"두 분이 가까운 사이로구려!"

법정이 대답했다.

"이 친구는 광한廣漢 사람 팽양이란 분인데, 자를 영언永言이라 하는 촉 중蜀中 호걸豪傑입니다. 입바른 말을 잘해서 유장한테 미움을 받아 머리를 깎여서 도례徒隸가 된 까닭에 저렇게 산발이 되었습니다."

방통은 비로소 팽양을 손으로 대접하는 예를 취했다.

"선생께서는 어디서 오시는 길입니까?"

공손히 물었다.

"나는 당신네들 수만 명의 목숨을 구하러 온 길이오. 유현덕을 만나 본 연후에야 비로소 이야기를 하겠소."

법정은 방통과 의논하고 현덕을 청했다.

현덕은 지체치 아니하고 친히 와서 팽양을 만났다.

팽양은 현덕에게 물었다.

"유 장군의 전채前寨에는 군사를 얼마나 배치했습니까?"

현덕은 장수에 위연, 황충이 있는 것과 군사 수를 실지대로 숨김없이 다 말했다.

팽양은 빙긋 웃으며 말했다.

"장수가 되어 지리를 몰라 가지고 어떻게 장수 노릇을 하겠소? 당신은 지리를 알지 못하고 행동을 취했으니 탈입니다."

현덕은 깜짝 놀라 팽양에게 물었다.

"지리를 모르다니요?"

팽양은 서슴지 않고 대답했다.

"허허, 당신의 진터 잡은 것을 보니 지리를 아는 양장良將이라 할 수 없습니다. 만약 부강물을 터놓고 군사를 앞뒤로 막는다면 당신의 군대는 모조리 물에 빠져 죽고 말 것입니다. 이러하니 지리를 안다 할 수 있습니까?"

현덕은 비로소 깨달았다.

팽양은 다시 현덕한테 말했다.

"강성罡星이 서방西方에 있고, 태백성太白星이 이곳에 입했으니 불길한 일이 있을 듯합니다. 조심하십시오."

현덕은 팽양으로 막빈을 삼은 후에 곧 사람을 위연과 황충한테 보내서 조석으로 순라를 돌아 적병이 강둑 끊는 것을 방지하라 일렀다.

황충과 위연은 현덕의 분부를 받자 서로 의논했다.

"하루낮 하룻밤을 번 들어 교대해 지키기로 합시다. 그리고 적군을 만나거든 서로 통보하여 연락하기로 합시다."

두 장수는 이같이 약속을 정했다.

한편 서촉 장수 냉포는 당야當夜에 바람과 비가 크게 일어나는 것을 보고 5백 군마를 거느려 강변으로 나가 강둑을 끊으려 할 때, 별안간 후면에서 고함 소리 천지를 진동했다. 냉포는 복병이 있는 것을 짐작하고 급히 퇴군하여 군사를 물리려 할 때 위연이 군사를 거느려 호통 치며 짓쳐 나왔다.

서촉 군사들은 혼비백산이 되어 서로를 짓밟아 달아났다.

냉포는 난군 중에 몸을 빼쳐 달아나려 할 때 위연과 마주쳤다.

냉포는 싸운 지 불과 수합에 위연의 날랜 팔뚝에 낚아채여 사로잡혔다.

이 모양을 본 서천 군사 오란과 뇌동은 급히 구하러 쫓아오다가 황충의 군사한테 한바탕 혼전을 이루어 크게 패했다.

위연은 냉포를 묶어 부관涪關에 당도하니 현덕은 냉포를 꾸짖었다.

"나는 인의仁義로써 너를 대접하여 백방시켜 돌려보냈는데, 너는 어찌하여 나를 배반했더냐? 이번엔 단연코 용서치 아니하리라."

현덕은 냉포를 크게 꾸짖은 후에 형벌 맡은 군사한테 영을 내렸다.

"냉포의 목을 베어라."

군사들은 냉포의 등을 밀어 나갔다.

현덕은 위연을 불러 중한 상을 내리고 연회를 크게 베풀어 팽양을 대접했다.

이때 홀연 문 지키는 군사가 급히 보했다.

"형주에서 제갈공명께오서 특별히 마량馬良을 보내서 글월을 올린다 합니다."

현덕은 곧 마량을 불러들였다.

"형주는 별일이 없느냐?"

"네, 아무 별일도 없습니다. 주공께서는 과히 염려 마십시오."

마량은 말을 마치고 공명의 글월을 올렸다.

현덕이 글월을 뜯어보니 제갈공명의 편지 사연은 이러했다.

양이 밤에 태을수太乙數를 계산해 보니, 금년의 세차歲次는 계해년이온데, 강성罡星이 서방에 있습니다. 다시 건상乾象을 살펴보니, 태백성太白星이 낙성雒城 분야에 걸쳐 있습니다. 장수 신상에 흉한 일이 많고 길한 일이 적을 수올시다. 간절히 원합니다. 조심하시기를 바랍니다.

현덕은 공명의 편지를 본 후에 먼저 마량을 공명한테로 돌려보내면서 자기도 형주로 돌아갈 뜻을 말했다.

방통이 가만히 생각해 보았다.

'공명은 서천에서 성공하는 것을 시기해서 편지를 보내서 방해하는 구나!'

이쯤 생각하고 현덕을 대하여 말했다.

"방통 이 사람도 태을수를 계산할 줄 압니다. 강성이 서편에 나타난 것은 주공께서 서천을 취하실 조짐이올시다. 이것을 흉사라고 할 수는 없습니다. 그리고 태백성이 낙성에 비쳤다 하나, 적장 냉포가 이미 죽었으니 벌써 수땜이 된 것이라 생각합니다. 주공께서는 공연히 저의하지 마시고 빨리 진병하십시오."

현덕은 방통이 두 번 세 번 재촉하는 것을 보고 그대로 군사를 거느려 앞으로 나가기로 했다.

현덕의 친군이 전체에 당도하니, 황충과 위연은 대군을 맞이하여 영채 안으로 들어갔다.

방통이 법정한테 물었다.

"앞으로 낙성을 취하자면 길이 몇이나 있소?"

"좋은 길이 두어 곳 있습니다."

법정은 땅에 지도를 그려 방통과 현덕한테 설명했다.

현덕은 장송한테 받았던 지도와 대조해 보니 일호도 차착이 없었다.

법정이 다시 말했다.

"산 북편에 있는 한 줄기 큰길로 가면 낙성 동문을 취할 수 있고, 산 남쪽에 있는 작은 길로 가면 낙성 서문을 취할 수 있습니다. 두 길이 모두 다 진병할 만한 길입니다."

방통이 현덕한테 아뢰었다.

"저는 위연으로 선봉을 삼아 남편 소로를 취하여 나갈 테니 주공께서는 황충으로 선봉을 삼으시어 북편 대로로 나가 낙성을 취하십시오. 이렇게 된다면 낙성은 일시에 떨어지고 말 것입니다."

방통의 말에 현덕이 대답했다.

"나는 어려서부터 전장에 익숙한 사람이오. 소로에는 복병이 많소. 전쟁에 서투른 군사께서 험한 길로 가는 것은 불가하오. 내가 작은 길로 가서 서문을 취할 테니 군사는 큰길로 가서 동문을 취하시오."

방통이 대답했다.

"아니올시다. 대로에는 반드시 큰 군사가 있어 우리를 대항할 것입니다. 주공께서는 전쟁에 익숙하시니, 큰길로 가십시오. 저는 작은 길을 취해 가겠습니다."

방통은 자꾸 우겨댔다. 현덕이 가만 생각해 보니, 작은 산골길은 위험하기 짝이 없는 길이었다. 지략은 많으나 병기를 못 다루는 방통을 보내서는 아니 되겠다 생각했다.

현덕은 방통을 향하여 다시 말했다.

"군사軍師, 불가하오. 간밤에 한 신인神人이 손에 철퇴를 들고 나의 오른편 팔뚝을 강하게 때리는 꿈을 꾸었소. 아직까지 팔뚝이 얼얼하게 아프오. 암만해도 조심을 해야겠소. 내 말대로 군사는 큰길로 행군을 하시오."

방통이 대답했다.

"장사壯士는 진을 임해서 죽지 아니하면 상하는 일은 자연 한 이치올시다. 꿈자리가 사납다고 의심할 것은 없습니다."

"꿈자리도 좋지 않지만 공명의 편지를 보니 조심은 해야겠소. 군사는 돌아가서 부관涪關이나 지켜 주었으면 좋겠소."

방통은 소리를 높여 깔깔 웃었다.

"주공께서는 너무나 공명한테 혹하셨습니다. 그 사람은 방통이 크게 성공하는 것이 무서워 그런 편지를 보내서 주공의 마음을 흔들어 논 것입니다. 마음이 흔들리면 꿈이 꾸어지는 법이올시다. 방통은 충성을 다하는 본심으로 아뢰는 것입니다. 다시 더 긴 말씀을 마십시오."

방통은 당일로 삼군에 출동 명령을 내렸다.

오경 때 밥 지어 먹고 평명 때 말을 탔다. 황충, 위연이 먼저 군마를 거느려 나가고, 현덕은 방통과 함께 말 타고 전략을 의논하며 나갈 때 방통의 말이 별안간 무엇에 놀랐는지 날뛰는 바람에 방통은 말 아래 굴러 떨어져 버렸다. 현덕은 깜짝 놀랐다. 급히 말에서 뛰어내려 방통을 부축해 일으키며 물었다.

"다친 데는 없습니까?"

"관계치 아니합니다."

"군사께서는 하필 이 같은 용렬한 말을 타셨소?"

"이 말을 탄 지 오래되었습니다. 전에는 그런 일이 없었는데 어찌 된 셈인지 모르겠습니다."

"진에 임하여 말이 이같이 사나우면 반드시 사람이 상하는 법입니다. 내가 타고 있는 백마白馬는 성미가 극히 속합니다. 군사는 내 말을 타시오. 내가 군사의 말을 바꾸어 타리다."

현덕은 방통과 말을 바꾸어 탔다.

방통은 감격했다.

"주공의 후은은 만 번 갚을 길이 없습니다."

방통은 세 번 네 번 치사한 후에 제각기 길을 나누어 나갔다.

현덕은 방통을 보내 놓고도 마음이 찌뿌드드했다. 맹랑치 않은 생각을 하면서 앞으로 향해 나갔다.

이때 낙성에 있는 오의와 유괴는 냉포가 전사했다는 소식을 듣고 여러 장수를 불러 상의하였다.

"서촉의 맹장 한 사람을 잃었구려. 냉포가 죽었으니 이런 기막힐 일이 있소? 그리고 유비의 대군이 쳐들어오니 어찌하면 좋겠소?"

장임이 나와 말했다.

"성 동편 남산 기슭에 일조一條 소로小路가 있는데, 가장 긴요한 요해처 올시다. 소장이 군사를 거느려 지킬 테니 여러분은 낙성을 지켜서 실수가 없도록 하시오."

장임이 의견을 제출하고 있을 때 성을 지키는 군사는 현덕의 군사가 두 길로 쳐들어온다는 급한 소식을 전했다.

장임은 급히 3천 군마를 거느리고 낙성 동남편 작은 길로 달려가서 군사들을 매복시키고 있었다.

이때 위연이 갑옷투구에 말 타고 군사를 거느려 위세 좋게 지나갔다.

장임은 숲 속에 숨어서 가만히 군사한테 영을 내렸다.

"꼼짝 말고 가만히들 엎드려 있거라. 위연의 거느린 군대는 그대로 다 놓아 보내 주어라."

장임의 군대들은 숨을 죽이고 위연의 군대를 통과시켰다.

다음엔 방통이 군사를 거느려 나왔다.

앞선 대장은 눈같이 흰 백마를 타고 나왔다. 붉은 상모 술과 황금 방울을 말안장에 달아서 호화찬란했다.

장임의 군사들이 바라보니 유현덕이 타고 다니던 말이었다.

군사들은 숲 속에 엎드려 손가락으로 백마를 가리키며 수군거렸다.

"야, 이번에 나오는 대장은 유현덕이로구나."

"참말이다. 백마를 탔구나. 붉은 상모에 황금 방울을 달았구나. 저 안장을 좀 보아라. 얼마나 화려하냐. 바로 유현덕이 분명하다!"

군사들이 숙덕숙덕 지껄였다.

장임은 군사들의 말을 듣고 숲 속에 몸을 숨겨 바라보니 과연 한 장수가 백마를 타고 앞에 서서 나오는데 틀림없는 유현덕이었다.

장임은 곧 비밀한 전령을 군사들한테 내려서 앞으로의 행동을 취하게 했다.

한편 방통은 소로로 군사를 거느려 나오는데 양편 산은 협착하고 수목은 빽빽하게 들어섰는데 절기마저 여름철이었다. 나뭇가지와 잎이 무성했다.

방통은 마음이 불안했다. 말을 멈추고 군사들한테 물었다.

"이곳은 어떤 곳이오?"

군중에 항복한 군사가 대답했다.

"이곳은 낙봉파落鳳坡라고 합니다."

방통은 깜짝 놀랐다.

"나의 호가 봉추인데 이곳 이름이 낙봉파落鳳坡라 하니 낙봉파는 봉이 떨어지는 언덕이란 말이다. 나한테 좋지 못할 것 같다."

방통은 마음이 약해졌다. 급히 전령을 내렸다.

"군대를 뒤로 물러라!"

방통의 군령이 떨어지기 전에 일성 포향이 천지를 진동하면서 1만 개 화살이 일시에 비 오듯 쏟아졌다.

화살은 마치 황충의 떼가 나는 듯 방통이 타고 있는 백마를 향하여 쏟아졌다.

방통은 옴치고 뛸 수 없었다. 가엾게 난전亂箭에 맞아 쓰러지니, 이때 방통의 나이는 겨우 36세였다.

당시에 동남 지방에는 아래와 같은 동요童謠가 유행되었다.

一鳳幷一龍　相將到蜀中

繞到半路裏　鳳死落坡東

風送雨　雨送風

隆漢興時蜀道通

蜀道通時只有龍

봉황새 한 마리 용 한 마리

서로들 파촉으로 향하여 나네.

겨우 반 길쯤 가서

봉황새는 언덕 동편에 떨어져 죽었네.

바람은 비를 부르고 비는 바람을 보낸다.

한나라 일어날 때 촉도는 통하고

촉도가 통해질 때

다만 용 한 마리 있을 뿐일세.

당일 장임이 방통을 쏘아 죽이니 현덕의 군사들은 돌연히 일어난 큰 변을 당하여 수라장을 이루어 비좁은 산골 속에서 나갈 수도 없고 물러갈 수도 없었다.

장임의 군사는 계속하여 화살을 비 퍼붓듯 쏘아붙이니, 죽은 군사가 반수를 넘었다.

앞에 나가던 군사는 나는 듯이 위연한테로 달려가 방통의 죽은 일을 보했다.

위연은 깜짝 놀라 급히 군사를 돌이키려 했으나 길이 좁아서 시살을 할 수 없었다.

뿐만이 아니었다. 장임은 한편으로 위연의 돌아오는 길목을 끊고 한편으로는 강한 활과 굳센 쇠뇌로 살을 쏘아붙이니 군사들은 아우성을 치며 죽음을 피하여 달아나려 했다.

위연은 황망하여 어찌할지 모르고 있을 때 지리에 밝은 항병 한 사람이 위연한테 아뢰었다.

"아무래도 낙성 앞으로 달려가서 큰길을 취하여 나가는 것이 상책일까 합니다."

위연은 항복한 군사의 말을 들었다. 군사를 재촉하여 낙성으로 몰아 나가니 티끌이 자욱하게 일어났다.

돌연 맞은편에서 한 떼 군마가 쏟아져 나왔다. 위연이 바라보니 낙성을 지키고 있던 오란과 뇌동이 앞을 섰고, 뒤에는 장임이 또다시 군사를 거느리고 쫓아와서 앞뒤로 협공을 하는 것이었다.

위연은 자기 몸을 둘러보니 벌써 세 겹 네 겹 적진 속에 에워싸여 있었다. 위연은 죽음을 무릅쓰고 포위망을 뚫고 나가려 했으나 용이하게 벗어날 수가 없었다.

위연은 초조하게 싸우고 있을 때, 돌연 오란과 뇌동의 후군이 어지럽게 뭉그러지면서 두 장수가 급히 말 머리를 돌려 달아났다.

위연은 틈을 타서 달아날 때, 한 장수가 칼을 춤추고 말을 달려 나오면서 큰소리로 외쳤다.

"위연아, 내가 특별히 와서 너를 구원한다."

위연은 정신이 번쩍 났다. 바라보니 다른 사람이 아니라 노장 황충이었다.

위연은 반가움을 이길 수 없었다.

두 장수는 군사를 거느려 오란과 뇌동의 쫓겨 가는 군사를 협공하여 낙성 아래까지 육박해 들어갔다.

이때 낙성을 지키고 있던 유괴는 위연과 황충의 공격을 받고 군사를 거느려 막으러 나왔다.

제갈양은 방통의 죽음을 통곡하다

그러나 뒤에서 유현덕이 접응接應하는 군사를 이끌고 나타났다.

유괴는 다시 성안으로 들어가니 위연, 황충은 현덕의 군사와 함께 영문으로 돌아왔을 때 장임의 군사가 산골에서 쏟아져 나오니 유괴, 오란, 뇌동, 장임의 군사는 다시 기운을 얻어 현덕의 군사를 무찔러 들어왔다. 현덕의 군사들은 영문을 지키고 있을 수 없었다.

한편으로 싸우면서 한편으로 말을 달려 다시 부관涪關으로 향하면서 쫓기기 시작했다.

서촉西蜀 장병들의 기운은 갈수록 높아지고 현덕의 군사들은 사람과 말이 다 함께 피곤했다. 적을 무찔러 돌격할 생의는 내지 못하고 부관으로 향하여 달아나기만 했다.

촉장 장임의 군사는 더한층 기운이 싱싱했다.

부관 앞까지 현덕을 쫓아왔을 때 다행히 좌편에서 유봉이 나오고 우편에서 관평이 나와서 현덕의 3만 군사는 장임의 군사를 물리치면서 20리를 쫓아가 많은 말을 빼앗아 가지고 돌아왔다.

현덕은 부관으로 들어가자 방통의 소식을 물었다.

낙봉파에서 생명을 부지해서 돌아온 군사가 현덕한테 아뢰었다.

"방 군사께서는 낙봉파에서 난전에 맞아 돌아가셨습니다."

현덕은 기가 막히지 않을 수 없었다.

서편을 향하여 통곡하기를 마지아니했다.

곧 단을 모아 초혼제招魂祭를 지낼 준비를 하였다. 현덕 이하 모든 장수들은 방통의 영상靈床 앞에 향을 살라 아프게 곡을 했다.

제사를 마친 후에 노장 황충이 말을 꺼냈다.

"이제 방 군사께서 돌아가셨으니, 장임은 반드시 이곳 부관을 공격하러 올 것입니다. 가만히 있을 때가 아닙니다. 빨리 사람을 형주로 보내서 제갈 군사를 오시게 하여 서촉을 손 속에 넣을 계획을 상의하시는 것이 좋겠습니다."

황충의 말이 채 떨어지기 전에 척후 보는 군사가 급히 뛰어와 보했다.

"장임이 군사를 거느리고 성 아래까지 쳐들어와서 싸움을 돋우고 있습니다."

척후의 보고를 받자 황충, 위연이 갑주 투구에 큰 칼 집고 쫓아 나왔다.

"이놈, 장임의 목을 베어야 하겠다!"

위연이 큰소리로 부르짖고 말을 달려 나가려 했다.

현덕이 급히 만류했다.

"지금 군사들의 예기가 떨어졌는데 싸운다는 것은 이롭지 못한 일이오. 성을 굳게 지켜서 제갈 군사가 올 때까지 기다리는 것이 좋겠소."

황충과 위연은 현덕의 영을 듣고 성을 굳게 지키고 있었다.

현덕은 곧 한 봉 편지를 써서 관평에게 주면서 당부했다.

"이 편지를 가지고 형주로 가서 제갈공명께 올린 후에 군사를 모시고 오도록 해라."

관평은 현덕의 글월을 가슴에 품고 주야배도하여 형주로 향해 말을 달렸다.

이때 공명은 형주에서 7월 칠석의 가절佳節을 맞이했다.

여러 관원들을 모아 놓고 연회를 열어 즐기면서 멀리 서천에서 싸우고 있는 현덕의 일을 이야기하고 있었다.

홀연 서편 하늘에서 말(斗)만 한 큰 별이 찬란한 빛을 뿜어 떨어지면서 하늘과 땅에는 쓸쓸한 기운이 가득했다.

공명은 깜짝 놀라 잔을 땅에 던지며 얼굴을 가리고 통곡했다.

"슬프구나, 아프구나!"

"웬일이십니까?"

모든 관원들은 황망히 까닭을 물었다.

공명은 슬픔을 억제하고 대답했다.

"내가 일전에 천문을 보니 강성罡星이 서편에 있어 군사한테 이롭지 못한 데다가 태백성이 낙성 땅에 임해 있으므로 주공께 상서를 올려서 조심하시라 했더니, 오늘 밤 서편 하늘에 큰 별이 떨어졌으니, 이것은 반드시 방사원龐士元이 세상을 떠난 것이 분명한지라 어찌 놀라지 아니하겠소. 우리 주인께서는 한편 팔을 잃으셨구려!"

공명은 말을 마치자 다시 통곡하기를 마지아니했다.

모든 관원들은 미심하게 생각했다.

"별이 떨어졌다고 어떻게 방통이 죽은 줄 알겠습니까?"

"수일 안에 반드시 소식이 있을 테니 그때가 되면 자연 알 수 있으리다."

공명은 술자리를 거두고 일어났다.

수일이 지났다. 공명이 관운장과 함께 앉아 있을 때 수문장이 아뢰었다.

"서천에서 관평 장군이 왔습니다."

모든 사람들은 깜짝 놀랐다. 공명의 예언이 꼭 들어맞은 때문이었다.

이윽고 관평이 들어와 공명께 절하고 현덕의 친서를 올렸다.

공명이 급히 뜯어보니 기막히지 않은가. 7월 칠석날, 방 군사가 낙봉파에서 장임의 독한 화살에 맞아 세상을 떠났다는 것이었다.

공명은 글월을 본 후에 대성통곡하고 모든 관원들은 뜻밖의 슬픔을 당하여 눈물이 비 오듯 했다. 한동안 후에 공명은 한숨을 짓고 말했다.

"주공께서 진퇴양난의 어려운 고비를 당하신 이때, 내가 가만히 앉아 있을 수 없소. 불가불 서천으로 아니 가 볼 수 없게 되었소이다."

옆에 있던 관운장이 대답했다.

"군사께서 가신다면 누가 형주를 지키겠습니까? 형주도 중요한 곳이니 가볍게 생각하실 일이 아닙니다."

"주공께서 편지 속에 밝히지는 아니하셨으나 나는 주공의 뜻을 짐작하오."

공명은 말을 마치자 현덕의 편지를 여러 사람에게 돌려 뵈면서 다시 말을 꺼냈다.

"주공께서는 형주 일을 나에게 맡긴다 하셨으나, 관평이 편지를 가지고 온 것으로 미루어 본다면 주공의 뜻을 짐작해 알 수 있습니다. 형주는 관운장께서 지켜 주셔야 하겠소이다. 도원결의桃園結義하셨던 옛 생각을 하시고 각별히 힘을 다하여 이 땅 형주를 지켜 주셔야 하겠습니다. 공의 책임은 실로 중대합니다. 힘을 다하여 맡아 주시오."

관운장은 공명의 말을 듣자 개연히 승낙했다.

"군사께서 형주의 중한 책임을 맡으라 하시는데 소장이 어찌 감히 사양할 도리가 있겠습니까? 더구나 옛날 도원결의를 말씀하시는 이 마당에 형님 유현덕을 위하여 중책을 아니 맡을 길이 없습니다. 삼가 영에 복종하겠습니다."

공명은 형주를 다스리는 인수를 운장에게 전하니 관운장은 두 손으로 공손히 받았다.

공명은 다시 당부했다.

"모든 일이 잘되고 못되는 것은 장군한테 달렸소이다."

관운장이 대답했다.

"대장부가 이미 중한 책임을 맡았으니 죽기까지 노력하겠습니다."

공명은 관운장의 죽기까지 노력해 보겠다는 말을 듣자 마음속으로 좋지 않게 생각했다. 그러나 이미 운장의 입에서 나온 말을 어찌하는 수 없었다.

공명은 잠깐 침울한 속에 잠겼다가 운장한테 물었다.

"만약 조조가 군사를 거느리고 왔다면 장군께서는 어찌하실 텝니까?"

"힘을 다하여 막겠습니다."

공명은 또 물었다.

"조조와 손권이 일시에 형주를 취하러 쳐들어온다면 어찌하실 텝니까?"

"양편으로 군사를 나누어서 막겠습니다."

관운장의 말을 듣고 있던 공명은 고개를 가로혼들었다.

"만약 그렇게 하신다면 형주는 위태롭습니다. 내가 여덟 개 글자를 말씀해 드릴 테니 장군께서는 머리에 기억해 두셨다가 그대로 시행하신다면 형주는 보존될 것입니다."

"여덟 개 글자란 어떠한 글자오니까?"

관운장이 물었다.

공명은 붓을 들어 말없이 종이에 썼다.

北拒曹操

東和孫權

북으로 조조를 막고

동으로 손권과 친하라.

관운장은 공명이 써 주는 글을 무릎 꿇어 받으면서 말했다.
"군사의 말씀을 폐부에 새겨 두겠습니다."
공명은 관운장에게 모든 일을 부탁한 후에 문관으로 마량, 이적, 향랑, 미축과 무장으로 미방, 요화, 관평, 주창에게 분부하여 관운장을 도와 형주를 지키게 하고, 공명은 다시 자기가 거느리고 서천으로 갈 군대를 조직했다.

먼저 정병 1만을 뽑아 장비로 인솔케 한 후에 큰길로 달려가 파주 낙성 서편을 공격하라 이르고, 다시 조운에게 일지 병마를 주어 뱃길로 강을 따라 올라가서 낙성에서 만나기로 했다.

공명은 다시 간옹, 장완과 함께 만 5천 명의 군사를 거느려 장비와 같은 시각에 길을 떠나기로 했다.

장익덕은 의롭게 엄안을 놓아주다

공명이 이번에 새로 기용해 쓴 장완이란 사람은 자를 공담公談이라 부르는 영릉상향零陵湘鄉 사람으로 형주와 양양에 이름이 있는 사람이었다. 공명은 그로 서기書記의 임무를 맡겼다.

공명은 떠날 때 장비한테 당부했다.

"서천에는 영웅호걸들이 매우 많다 하니, 경적을 해서는 아니 됩니다. 그리고 삼군三軍에 엄한 영을 내리시어 지나가는 도중에 백성들을 괴롭게 해서 민심을 잃어서는 아니 됩니다. 고을에 당도할 때마다 그들 백성을 위안해 주고 사졸士卒들을 함부로 때리지 마십시오. 바라건대 장군께서는 빨리 낙성으로 오시어 그곳에서 만나기로 합시다. 절대로 약속을 지켜서 낭패되지 않도록 해 주시오."

"염려 마십시오. 군사님의 부탁을 결코 저버리지 않도록 하오리다."

장비는 흔연히 응낙한 후에 말을 타고 행군해 나갔다.

장비는 호호탕탕 군사들의 사기를 올리면서 앞으로 나갔다.

가는 곳마다 백성에게 털끝만 한 폐를 끼치지 아니하니 백성들의 환호하는 소리는 높았다.

장비의 군사는 한천漢川을 건너서 파군巴郡 앞까지 육박해 들어갔다.

파군巴郡 태수太守 엄안嚴顏은 촉중蜀中 명장名將의 한 사람이었다.

나이는 비록 높으나 정력이 아직도 쇠하지 아니했다.

딱딱한 경궁硬弓을 잘 쏘고 대도大刀를 잘 써서 만부부당萬夫不當하는 용맹이 있었다. 장비가 왔다는 말을 듣고 조금도 겁내지 아니했다.

성곽에는 항복하는 기를 꽂지 아니했다.

장비는 성 밖 10리허에 진을 치고 사람을 엄안한테 보냈다.

"노老 필부匹夫 엄안은 곧 항복하라. 항복하면 성안에 살아 있는 백성들의 목숨을 보전할 것이다. 만약 항복하지 않는다면 성을 무찔러 평지를 만들고 성안 사람들을 모조리 죽여 남겨 놓지 아니하리라."

원래 엄안은 유장이 법정을 시켜서 현덕을 청해 들인다는 말을 듣고 가슴을 두드려 탄식했었다.

"차소위此所謂, 산골 속에 궁하게 앉아 있는 위인이 범을 청해다가 자기 몸을 호위하자는 격이로구나!"

그 후에 엄안은 현덕이 부관성 안에 진을 치고 있다는 말을 듣고 군사를 거느려 현덕을 공격할 마음이 간절했다.

그러나 이 틈을 타서 적병이 파군을 공격할까 두려워 엄두를 내지 못하고 있었던 것이다.

이날 엄안은 장비가 군사를 거느려 파성 밖 10리허에 왔다는 소식을 듣자 본부 군사 6천 명을 점고해 거느리고 적병을 맞아 싸울 준비를 하고 있었다.

한 장수가 엄안한테 계책을 드렸다.

"장비는 흉악하고 무서운 장수입니다. 당양當陽 장판長坂에서 호통 한소리로 조조의 백만 대군을 물리친 장수입니다. 조조도 무서워서 피하는 사람이니 가볍게 보아서는 아니 됩니다. 깊이 호를 파고 성을 높이 쌓아 굳게 지킨다면, 한 달쯤 뒤에 저편에서는 양식이 떨어져서 자연히 물러갈 것입니다. 그리고 장비는 성격이 조급한 사람이니 이쯤 되면 불덩이 같은 성격으로 군사를 못 배기게 할 것이요, 군사의 마음이 변하면 장비는 단번에 생금할 수 있습니다."

엄안은 그의 말을 좇았다. 모조리 군사를 동원시켜 굳게 성을 지키고 있었다.

하루는 성 밖에서 군사 한 명이 나타나서 성문을 열라고 소란을 떨었다.

"성문을 열어라."

"어서 빨리 성문을 열어라. 엄 장군께 뵙고 말씀 드릴 일이 있다."

"누구냐?"

이편에서 소리를 쳤다.

"나는 장비 장군의 사신이다."

문루 장대 위에 높이 앉아 있던 엄안은 한 사람의 군사가 무기도 없이 단신으로 왔으므로 문을 열어 주라고 영을 내렸다.

장비의 심부름을 온 군사는 엄안 앞에 나가서 장비의 말을 전했다.

"장 장군께서는 엄 장군이 빨리 항복하시는 것이 상책이라 하십니다."

엄안은 크게 노했다.

"필부 놈이 어찌 그리 나한테 무례하냐? 그래, 엄 장군이 그렇게 호락호락 장비 따위한테 항복할 성싶으냐? 이리 오너라!"

엄안은 좌우의 시자를 불렀다.

"저놈이 장비의 못된 말을 받아서 전갈을 했으니 벌로 입과 코와 귀를 베어서 돌려보내라!"

좌우의 시자들은 장비가 보낸 그 사람의 등을 밀고 나가서 입과 코와 귀를 베어 돌려보냈다.

장비의 군사는 돌아가 장비한테 울면서 고했다.

"공연히 엄안보고 항복하라고 했다가 코와 입과 귀를 떼이고 돌아왔습니다. 엄안은 장군께 무례하다고 욕설을 막 퍼부었습니다."

장비는 크게 노했다.

고리눈을 부릅뜨고 이를 부드득 간 후에 갑옷 입고 투구 쓰고 장팔사모 창을 잡아 마상에 높이 올라 5백 기를 거느리고 풍우같이 파성으로 향했다.

"이놈, 엄안아, 항복을 아니할 테냐? 항복을 아니할 테면 싸워 보자. 사내자식이 문을 걸어 잠그고 쪼그리고 앉아서 벌벌 떨고만 있단 말이냐?"

장비는 고래고래 호통을 치면서 싸움을 돋우었다. 그러나 엄안은 끄떡도 아니했다. 다만 성을 지키고 있는 군사들이 장비를 놀려 대고 욕만 했다. 성미 급한 장비는 여러 차례, 조교弔橋로 짓쳐 들어가려 했으나 성에서 쏘아붙이는 어지러운 화살 때문에 배겨 낼 수가 없었다.

밤이 깊어 가건만 사람 한 명 나타나지 아니했다.

장비는 분을 참을 수 없었다. 그러나 사람을 만나지 못하니 어찌하는 도리가 없었다. 이를 갈아붙이고 영채로 돌아왔다.

이튿날 장비는 또다시 파성으로 향했다.

엄안한테 욕설을 퍼붓고 싸움을 돋우었다.

엄안은 참을 수가 없었다. 등에서 화살을 뽑아 활에 가득히 메기어 당겼다.

살은 윙 소리를 치면서 장비의 투구를 보기 좋게 맞히어 버렸다.

장비는 실로 깜짝 놀랐다. 정신을 수습해 가지고 손으로 엄안을 가리키면서 다시 욕설을 퍼부었다.

"네 이놈, 엄안아, 나는 네 고기를 씹어 삼켜야 하겠다!"

그러나 엄안은 장비한테 화살만 쏘아붙이고 아무 대꾸도 하지 아니했다. 날은 점점 저물었다. 장비는 하는 수 없어 그대로 공을 치고 돌아갔다.

사흘째 되는 날 장비는 또다시 군사를 이끌고 말을 달려 나왔다. 동서 남북의 성문은 모조리 굳게 닫혀 있었다.

장비는 성을 돌면서 욕하며 싸움을 돋우었다.

원체 엄안이 지키고 있는 파군巴郡은 평지가 아니라 산성이요, 주위는 험하디 험한 가파른 산이었다.

장비는 말을 몰아 산으로 치달려 성안을 굽어보니, 엄안의 군사들은 갑주 투구에 질서가 정연해서 이곳저곳에 대오를 나누어 매복해 있고, 백성들은 분주하게 돌과 벽돌을 운반하면서 군사들을 돕고 있었다.

장비는 급히 전령을 내렸다.

"너희들은 적한테 모습을 뵈지 않도록 해라. 마병들은 말에서 내리고 보병들은 일제히 앉아서 대기하고 있으라."

명령을 내린 후에 다시 몇 사람의 군사를 성 앞으로 가까이 가게 해서 소리쳐 욕하여 싸움을 돋우게 했다.

그러나 엄안의 군사들은 까딱이 없었다. 죽은 듯 고요했다. 여전히 싸움에 응하지 아니했다.

장비는 이날도 허탕을 치고 그대로 돌아왔다.

장비는 자기 영문으로 돌아와 혼자 투덜거렸다.

"온종일 욕해서 싸움을 돋우어도 나오지 아니하니 어찌하면 좋단 말이냐!"

한탄하다가 문득 머리에 한 계교가 번쩍하고 일어났다.

장비는 다시 전군全軍에 전령을 내렸다.

"모든 군사들은 무장하고 진중에 대기해 있으라. 다만 오륙십 명의 욕 잘하는 군사들만 나가서 엄안을 꾸짖고 욕해서 싸움을 돋우라. 그리해서, 만약 엄안이 분함을 못 이겨 쫓아 나오거든 전군은 시살하여 쳐들어가서 엄안을 산 채로 잡으라!"

군사들은 장비의 명령대로 성 아래로 나가 싸움을 돋우었다.

장비도 말 타고 성 아래로 달려가서 주먹질을 하면서 엄안을 욕하고 꾸짖었다.

그러나 엄안은 여전히 응하지 아니했다. 또다시 사흘을 허비했다.

엄안은 꿈쩍도 아니했다. 장비의 이마에는 '내 천川' 자가 그려졌다.

장비는 한동안 생각하다가 다시 삼군에 전령을 내렸다.

"너희들은 산중으로 들어가 나무를 하는 체해라. 그리고 한편으로 낙성으로 향하는 샛길이 있나 없나 살펴보아라!"

장비의 명이 한번 떨어지니 군사들은 일제히 산에 올라 나무를 했다.

엄안이 성중에서 현덕의 군사가 며칠 동안 보이지 않는 것을 보자 이상하게 생각했다.

"유현덕의 군사들은 모두 다 어디로 갔느냐?"

"산에 올라 나무하기가 바쁜 모양이올시다. 모두 다 산으로 기어올랐습니다."

엄안은 곧 군사 10여 인을 장비의 군사로 변장시킨 후에 가만히 산중으로 기어올라 장비의 군사 속에 섞여서 나무하면서 그들의 동정을 염탐하게 했다.

이날, 날이 저물었다. 산에서 나무하던 군사들은 진터로 내려왔다. 장비는 군사들에게 물었다.

"엄안의 동정은 어떠하더냐?"

"여전히 성문을 굳게 닫고 응전하지 않고 있습니다."

장비는 겁겁한 모양을 뵈었다. 성미는 급하고 화가 나서 자기 자신을 주체할 길 없는 체했다. 발을 동동 구르며 크게 소리쳤다.

"엄안, 늙은 놈이 나를 기급해 죽게 만드는구나!"

장비는 호통을 치면서 다시 또 발을 동동 굴렀다.

장전帳前에 있던 서너 사람이 장비한테 아뢰었다.

"장군께서는 너무 심려하지 마십시오. 오늘 파성으로 갈 수 있는 한 줄기 작은 길을 발견했습니다."

장비는 일부러 큰소리로 꾸짖었다.

"그런 길을 발견했다면 왜 진작 말하지 아니했느냐?"

"아니올시다. 길을 찾아낸 지 얼마 아니 됩니다."

"일을 지연시켜서는 아니 된다. 이 밤 이경 때 밥 지어 먹고 삼경 때 달빛을 이용해서 군사들은 진을 떠나 행군을 하기 시작하라. 극히 조용한 행동을 취해야만 한다. 말은 재갈을 물리고 방울을 떼어 가만가만 나가게 하라. 그리고 내가 앞장서서 나갈 테니 너희들은 내 뒤만 따라오게 하라."

장비의 군령은 온 군중에 짜하게 퍼졌다.

엄안의 군사로서 변장하고 따라왔던 정탐꾼들은 장비의 전령을 듣자 슬쩍 엄안한테로 돌아가서 고했다.

엄안은 크게 기뻐했다.

"그러면 그렇지. 내가 그럴 줄 알았다. 저 장비란 자가 앞을 서서 나간다면 양초糧草와 치중輜重은 반드시 뒤에 따를 것이다. 나는 그 뒤를 끊으리라. 제가 비록 백공의 재주를 가졌다 하나 무슨 수로 통과할 테냐. 무모한 필부가 이번에는 꼭 내 계교에 빠지는구나."

엄안은 혼잣말하고 곧 군중에 전령을 내렸다.

"오늘 밤 이경 때 밥 지어 먹고 삼경 때 성에 나가 나무 숲 속에 매복해 있다가 장비가 초로樵路 길목으로 들었을 때, 북소리 크게 나거든 일제히 행동을 개시해서 장비를 사로잡으라!"

엄안의 명령이 떨어지니 군사들은 이경 때 배부르게 밥 먹고 삼경 때

성에 나가 숲 속에 대기하고 있었다.

이때 엄안은 십수 명 비장神將을 거느리고 수풀 속에 숨어 있다가 삼경 때가 되어서 멀리 바라보니, 과연 장비는 친히 선봉이 되어 창을 가로잡고 말을 달려 군사를 지휘하면서 앞으로 나왔다.

뒤따라 짐 실은 마바리가 계속해서 쏟아져 나오는 것이었다.

엄안은 비장들에게 북을 쳐 울리게 하니, 복병들은 일제히 사면팔방에서 쏟아져 나와서 마바리에 실은 양식과 치중을 뺏었다. 이때 돌연 뒤에서 동라銅鑼 소리가 크게 나면서 한 떼 군마가 쏟아져 나왔다. 일원 대장이 벽력같은 소리로 꾸짖었다.

"늙은 놈아 달아나지 말라. 내가 너를 기다린 지 오래다."

엄안은 깜짝 놀라 고개를 돌려 뒤를 바라보니, 창 잡고 검은 말을 달려 호통 치며 쫓아 드는 대장은 범의 머리에 고리눈을 부릅뜨고 제비턱에 호랑이 수염을 뻗친 연인 장익덕이었다.

사방에서 동라 소리가 크게 일어나면서 장비의 군사는 물밀듯 짓쳐 나왔다.

엄안은 장비를 보자 손이 떨려 칼을 놀릴 수 없었다. 그러나 교전한 지 10합이 채 못되었다. 장비는 일부러 지는 체했다.

엄안은 기운이 버쩍 났다. 한칼로 장비를 찍었다.

장비는 날쌔게 몸을 피하여 옆으로 잠깐 돌면서 엄안의 갑주에 맨 허리 끈을 후리쳐 낚아 엄안을 땅에 쓰러뜨렸다.

군사들은 환성을 지르며 우르르 달려들어 밧줄로 엄안을 꽁꽁 묶어 놓았다. 원래 먼저 지나간 장수는 가짜 장비요, 뒤에 나온 장비가 진짜 장비였다.

장비는 명금鳴金 취타吹打를 하며 자기의 군사들을 불렀다. 앞서 지나간 가짜 장비의 거느린 군사까지 쫓아 들어 한바탕 백병전을 일으키니 서천 군사들은 대패하여 항복하는 군사가 태반이 넘었다.

장비는 파성에 입성한 후에 방을 붙여 백성을 안돈시키고, 무사에게 명하여 엄안을 잡아들이라 했다.

장비는 장전에 호피 교의 타고 높이 앉아서 엄안에게 항복하기를 권했다.

"엄안아, 네 빨리 항복하지 않겠느냐?"

천둥같이 얼러 댔다.

"네가 나를 죽일 테면 죽여라. 내 어찌 너한테 항복을 하겠느냐."

엄안은 기상이 늠름했다. 무릎을 꿇지 아니했다.

장비는 대로했다. 눈을 부릅뜨고 이를 갈아붙였다.

"이놈, 대장이 왔는데 네 어찌 항거하고 감히 항복하지 않느냐?"

엄안은 조금도 두려워하는 빛이 없었다. 오히려 장비를 꾸짖었다.

"너희들은 불의不義로 우리 땅을 빼앗아 침범하는 도둑놈들이다. 내 어찌 너한테 항복하랴. 서촉에는 단두장군斷頭將軍이 있을 뿐 항복하는 장군은 없을 것이다."

장비는 더한층 노했다.

"저놈의 목을 빨리 베지 못하느냐?"

좌우를 꾸짖었다.

엄안이 마주 소리쳤다.

"필부야. 내 목을 찍을 테면 빨리 찍어라! 성내야 소용이 없느니라."

장비는 엄안의 성음이 웅장하고 안색을 변치 않는 것을 보고 존경하고 싶은 생각이 났다. 노기를 가라앉히고 뜰에 내려 엄안의 결박을 풀어 준 후에 의복을 갈아입히고 전당으로 올라와 붙들어 올려 그 앞에 사과했다.

"말씀이 너무 불공했습니다. 책망을 마십시오. 저는 본시 노 장군이 호걸지사豪傑之士인 것을 잘 짐작하고 있습니다."

엄안은 비로소 장비의 의기에 감동이 되었다. 묵묵히 장비의 손을 잡아 그의 호의를 받아들였다.

장비와 엄안의 아름다운 이야기는 세상에 짜하게 퍼졌다. 뒤의 시인들은 시를 지어 엄안을 칭찬했다.

白髮居西蜀
淸明震大邦
忠心如皎月
淸氣捲長江
寧可斷頭死
安能屈膝降
巴州年老將
天下更無雙

백발로 서촉에 살아
맑은 이름 나라에 진동했네.
충성된 마음 흰 달과 같고
맑은 기상은 장강을 휘몰아
말라 붙이네.
차라리 목을 끊어 죽을지언정
어찌 무릎을 끊어 항복하랴.
파촉 땅에 노 장군

천하에 다시 짝이 없구나.

시인은 다시 장비의 행동을 칭송했다.

生獲嚴顏勇絶倫
惟憑義氣服軍民
至今廟貌留巴蜀
社酒鷄豚日日春

산 채로 엄안을 사로잡았네.
용맹이 절륜하다.
다만 의기를 의지한 것, 군사와 백성들을 감복시켰네.
지금도 그대의 화상, 서촉에 남아 있구려.
두레의 바치는 술, 닭고기에 돼지 적,
날마다 봄빛이 화창하구려.

시인들이 엄안과 장비를 예찬하여 시를 지어 칭송한 일은 뒤의 일이
었다.
한편 장비는 엄안을 향하여 어떠한 계책을 쓰면 서천을 속히 평정할 수
있느냐 물었다.
"장비는 노 장군께 아룁니다. 서천을 빨리 안정시켜야 하겠습니다. 어
떠한 방법을 쓰면 서촉이 안정되겠습니까?"
엄안이 대답했다.
"패군지장敗軍之將으로서 후한 은혜를 입어 갚을 길이 없습니다. 힘을

다해 보겠습니다. 애써 무기를 가지고 성도를 취할 것이 없습니다."

장비의 주홍 같은 입은 시꺼먼 수염 속에서 빨갛게 벌어졌다.

"무기를 쓰지 않고 서천을 평정할 수 있다면 그런 다행이 어디 있겠습니까."

"장군의 은혜는 갚을 길이 없습니다. 이로부터 낙성과 요해처를 담당하여 지키고 있는 군사는 모두 다 노부의 관할이올시다. 관군을 다 장악하고 있는 터이니, 노부가 앞서서 나간다면 모두들 나와 항복할 것입니다."

"고맙습니다."

장비는 사례하기를 마지아니했다.

곧 엄안으로 전부前部를 삼아 나가니 가는 곳마다 항복을 했다. 혹시 결단을 내리지 못하는 사람에게는 엄안이 타일렀다.

"내가 항복했는데 너쯤이야 항복을 않고 배기겠느냐?"

결정을 내리지 못하던 사람도 엄안의 말에 모두 항복해 버렸다. 장비는 피 한 방울 흘리지 않고 낙성을 향하여 앞으로 나갔다.

공명은 계교로 장임을 잡다

한편 공명은 군사를 거느려 낙성을 향해 떠나는 날 현덕한테 편지를 보냈다.

군사를 거느려 낙성으로 향해 갑니다. 장비는 육로로 가고 조자룡은 물길로 나갑니다. 낙성에서 만나기로 했습니다. 주공께서도 낙성으로 오십시오.

현덕은 공명의 글월을 받자, 곧 모든 장수들을 불러 의논하였다.

"지금 제갈공명은 장익덕과 함께 두 길을 취하여 낙성으로 향해 가고 조자룡이 또한 수로水路로 떠났다 하니, 우리도 낙성으로 나가야 하겠소. 어떠한 방략을 취하는 것이 좋겠소?"

노장 황충이 나와 대답했다.

"장임이 날마다 와서 싸움을 돋우었으나 우리가 응하지 아니하니, 저들은 마음이 그만 해이해졌습니다. 오늘 밤에 군사를 나누어 습격한다면 대낮에 쳐부수는 것보다 나을 것입니다."

현덕은 황충의 말을 좇았다. 황충으로 좌편 길을 취하여 나가게 하고 위연으로는 우편 길로 나가 습격하라 하고, 자기는 가운데 길을 취하여 밤 이경 때 3로三路 군마軍馬는 일제히 행동을 개시했다.

과연 황충의 말대로 장임의 군사들은 아무런 방비도 없었다.

현덕의 군사는 장임의 큰 진으로 물밀듯 쏟아져 들어가 이곳저곳에 불을 지르니 화염이 충천하면서 서촉 군사는 황망히 낙성으로 쫓기기 시작했다.

현덕의 군사는 뒤를 쫓아 낙성으로 육박해 쳐들어갔다.

현덕은 날이 밝으니 삼군을 호령하여 낙성 주위를 겹겹이 에워쌌다.

장임은 현덕의 군사가 추격해 온 것을 알자, 성문을 굳게 닫고 군사를 움직이지 아니했다.

나흘째 되는 날이었다. 현덕은 스스로 한 떼 군마를 거느려 낙성 서문을 공격할 것을 결심하고 황충, 위연 두 장수를 불러 영을 내렸다.

"나는 따로 군사를 거느려 낙성 서문을 공격할 테니 황 장군과 위 장군은 동문을 치게 하시오. 남문이 있는 일대는 산악 지대요, 북문에는 부수 涪水가 있어서 적병들이 달아나지 못할 테니 내버려 두어도 좋소. 이 동서 두 문만 공격하기로 합시다."

황충, 위연은 현덕의 명을 듣고 곧 행동 개시했다.

이때 장임이 낙성 문루 위에서 바라보니 유현덕은 낙성 서문 앞에서 아침서부터 저녁때까지 군사를 지휘하여 성을 공격하는데, 온종일 뛰닫고 보니 군사들은 곤하고 지친 모양이었다.

장임은 곧 오란, 뇌동 두 장수한테 영을 내렸다.

"그대들은 군사를 거느리고 북문으로 나가서 동문에 있는 황충, 위연을 대적하라. 나는 남문으로 나가서 서문에 있는 유현덕을 맞이해 싸우리라."

장임은 영을 내린 후에 다시 성안에 있는 백성과 군사들을 동원시켜서 북 치고 바라 치고 꽹과리를 두드려서 크게 사기를 돋우게 했다.

이때 현덕은 낙성 서문을 공격하다가 붉은 해가 서산으로 넘어가는 것을 보고 군사를 물려 본진으로 돌아가려 할 때, 돌연 성 위에서 고함 소리가 처절하게 일어나고 남문이 활짝 열리면서, 장임이 군사를 거느리고 나와 현덕을 취하려 했다. 돌연 일어난 일이었다. 현덕의 군중이 크게 어지러웠다.

한편, 황충과 위연도 오란과 뇌동의 습격을 받아 서로 돌아볼 사이가 없었다.

현덕은 장임의 무예를 대적할 길이 없었다. 말을 놓아 산기슭, 오솔길로 피해 달아났다. 등 뒤에서는 장임이 말을 채쳐 현덕을 급하게 쫓았다.

현덕은 단기로 달아나고 장임은 말 탄 군사를 거느려 뒤를 쫓았다.

현덕은 급했다. 말 궁둥이에 채질을 더하여 빨리 달아났다.

홀연 산모퉁이에서 한 떼 군마가 쏟아져 나왔다.

현덕은 깜짝 놀랐다. 마상에서 괴롭게 탄식하며 혼잣말했다.

"앞에는 복병이 있고 뒤에는 추병이 있으니 장차 어찌하면 좋은가. 하늘이 나를 망하게 하는구나!"

탄식하고 앞을 바라보니 희한하지 아니한가? 한 떼 군마의 앞을 서서 기운차게 말을 달려오는 대장은 다른 사람이 아니라 장비였다.

현덕은 죽음길에서 형제를 만난 듯했다. 안도의 한숨이 가슴속에서 벅차게 솟아 나왔다.

장비는 장임과 마주쳤다. 장팔사모창을 들어 장임과 10여 합을 어우러져 싸웠다.

장비의 등 뒤에 또다시 한 떼 군사가 쏟아져 나왔다. 앞선 대장은 노장 엄안이었다. 대군을 몰아 나오는 것이었다.

장임은 낭패하지 않을 수 없었다. 부랴사랴 몸을 피해 달아났다.

장비는 검은 말을 치달려 장임의 달아나는 뒤를 쫓았다. 쫓는 말, 쫓기는 말 먼지가 자욱하게 일어났다.

장임은 낙성으로 뛰어 들어가자, 얼른 적교를 거두고 성문을 닫아 버렸다.

장비는 현덕을 찾아뵈었다.

"빨리 왔네그려!"

현덕은 눈물을 머금고 장비의 손을 잡았다.

"군사는 나보다 먼저 올 줄 알았더니 여태 못 왔구려. 첫째 번 공은 내가 세웠군!"

장비는 어깨를 으쓱댔다.

"산길이 험악한데 어떻게 저항도 받지 않고 이같이 속히 대군을 거느려 왔느냐?"

"오는 길에 관문이 삼십오 처處나 있습디다. 그러나 모두 다 노장老將 엄안嚴顔의 덕으로 털끝만 한 힘도 아니 들이고 거침없이 왔습니다."

장비는 말을 마치자 다시 엄안을 의석義釋했던 일을 머리서부터 꼬리까지 다 이야기했다.

현덕은 엄안을 대해 보고 싶었다.

"엄안을 청해 주게. 만나 보고 치사를 해야 하겠네."

장비는 밖으로 나가 엄안을 데리고 현덕 앞에 인도했다.

현덕은 노장 엄안을 향하여 치사하였다.

"만약 노 장군이 아니었더라면 내 아우가 어찌 이같이 무사하게 빨리 도착했겠습니까? 진심으로 감사합니다."

현덕은 말을 마치자 곧 입었던 황금黃金 쇄자갑鎖子甲[6]을 벗어서 엄안의 등에 걸쳐 주었다. 엄안이 현덕한테 사례하고 술대접을 받고 있을 때 홀연 척후병이 들어와 보했다.

---

6) 쇄자갑 : 갑옷의 하나. 사방四方 두 치 정도 되는 돼지 가죽으로 만든 미늘을, 작은 쇠고리로 꿰어서 만듦.

"황충, 위연 두 장군께서 서측 장수 오란, 뇌동과 함께 교전하시는 중에 오의와 유괴가 또다시 나와서 두 편으로 협공하는 통에 우리 편에서는 당해 내지 못하고 황충, 위연 두 장군은 패진敗陣이 되어 동편으로 달아나 버렸습니다."

장비는 척후의 보고를 듣자 현덕한테 아뢰었다.

"형님과 제가 제각기 군사를 거느리고 두 길로 나가서 황충, 위연 두 장수를 구해 와야 하겠습니다."

현덕은 장비의 말을 들었다. 제각기 일지 병마를 거느리고 장비는 왼편으로 짓쳐 나가고 현덕은 우편으로 공격해 나갔다.

오의와 유괴는 현덕의 군사의 고함치는 소리를 듣자 겁이 덜컥 났다. 황망히 성안으로 달아나 버리고, 오란과 뇌동은 황충과 위연을 쫓다가 현덕과 장비한테 돌아갈 길이 끊겨지고 말았다.

이 모양을 본 황충, 위연은 다시 말 머리를 돌려 무찔러 들어갔다. 오란, 뇌동은 옴치고 뛸 수가 없었다.

그들은 본부 군사를 거느려 현덕에게 항복하기를 청했다.

현덕은 장비를 시켜 오란, 뇌동의 항복을 받아들이게 하고 낙성 아래 진을 치고 제갈공명이 도착하기를 기다리고 있었다.

한편 낙성 안에 있는 장임은 오란, 뇌동 두 장수가 현덕한테 항복했다는 기막힌 소식을 듣고 심중에 근심이 태산 같았다.

"두 장수를 잃었으니 어찌하면 좋겠소?"

탄식하는 말을 듣자 오의, 유괴가 말했다.

"전세가 심히 위급하오. 결사전決死戰을 취하지 아니하면 아니 되겠소이다. 한편으로 계책을 세워서 적을 막고, 한편으로 사람을 성도로 보내서 주공께 알려 드리는 것이 상책이라 생각하오."

장임이 말했다.

"내일 나는 군사를 거느리고 성 밖으로 나가서 싸움을 돋우다가 거짓 패하는 체해서 북문으로 들어온 후에 다시 일지 군마를 성 밖으로 내보내서 적의 돌아가는 길을 끊는다면 승리는 우리의 것이오."

오의가 유괴를 향하여 말했다.

"그러면 유 장군은 공자公子를 보호하여 성을 지키시오. 나는 일지 병마를 거느려 현덕의 돌아가는 길을 끊으리다."

그들은 이같이 전략을 정했다.

다음 날이 되었다.

장임은 성문을 크게 연 후에 수천 군마를 거느리고 결사대를 거느려 나왔다.

장임의 결사대들은 악머구리 떼같이 고함 소리를 드높게 치며 기를 흔들어 쏟아져 나왔다.

장임의 결사대를 바라보자 장비도 갑옷 입고 투구 쓰고 말을 달려 쫓아나왔다.

장비는 한마디 말도 없이 장임한테 덤벼들었다.

교전한 지 10여 합이 채 못되어 장임은 거짓 패해서 성을 끼고 달아났다. 장비는 신명이 났다. 고리눈에 핏대를 올려 힘을 다하여 쫓아갔다.

돌연 오의吳懿가 일지 병마를 거느리고 장비가 쫓는 길을 끊었다.

장임은 이 틈을 탔다. 다시 군사를 돌려 쫓아 들어갔다. 장비는 오의와 장임 양편 군사 틈에 끼여 옴치고 뛸 수 없게 되었다.

장비는 당황했다. 어찌할지 모르고 있을 때, 홀연 강변에서 한 떼 군마가 고함치며 쏟아져 나왔다. 먼지가 자욱하게 일어났다. 일원 대장이 장창을 휘두르며 소리쳐 나왔다.

번뜻 오의를 찔러 쓰러뜨렸다.

군사들은 고함을 치면서 쓰러진 오의를 산 채로 묶어 버렸다.

장비가 바라보니 상산 조자룡이었다.

장비는 반가웠다.

급히 말을 달려 조자룡의 손을 잡았다.

"공명은 어디 계시오?"

"지금 이곳에 당도하셨습니다. 아마 주공과 상면하고 계실 것입니다."

장비와 조자룡은 오의를 꽁꽁 묶어 진으로 돌아가니 장임도 군사를 거두어 성안으로 들어갔다.

장비가 오의를 앞세우고 현덕한테 들어가니 이때, 공명은 현덕과 수작酬酢하고 앉았다가 들어오는 장비를 보고 깜짝 놀랐다.

"익덕은 어느 틈에 벌써 오셨소?"

현덕은 공명한테 장비가 의롭게 엄안을 놓아주어서 칼 한 번 쓰지 않고 45성을 항복 받아 지체 없이 들어온 일을 일장 설파했다.

공명은 현덕을 향하여 웃으며 치하하였다.

"장 장군께서도 이제는 술책을 쓸 줄 아시니 모두 다 주공의 큰 복이십니다."

이때 조자룡은 오의의 결박을 풀고 현덕한테 뵈었다.

현덕은 목소리를 가다듬어 오의한테 물었다.

"네가 진심으로 항복하겠느냐?"

"이미 잡힌 몸이온데 항복하지 아니하고 어찌하겠습니까? 항복하겠습니다."

현덕은 기뻤다. 친히 오의의 손을 이끌어 당상으로 오르게 했다.

공명이 오의한테 물었다.

"성을 지키는 촉중 명장들이 몇 사람이나 있습니까?"

"유장의 아들 유순을 보필하는 장수에 유괴와 장임이 있는데 유괴는 대단치 않은 인물이올시다마는 장임은 담략膽略이 있는 명장입니다."

"먼저 장임이란 자를 잡은 후에 낙성을 취해야 하겠군."

공명은 혼잣말하고 다시 오의한테 물었다.

"성 동편에 있는 다리를 무슨 다리라 하오?"

"금안교金雁橋라고 합니다."

공명은 곧 말 타고 다리 앞으로 나가서 한 바퀴 돌아 살핀 후에 영채로 돌아가 황충, 위연, 장비, 조운을 불러 분부를 내렸다.

"금안교에서 남쪽으로 오륙 리쯤 가면, 좌우 양편이 모두 다 갈대밭이다. 가히 군사를 매복시킬 만한 곳이다. 위연은 일천 창수槍手[7]를 거느리고 좌편에 매복해 있다가 말 타고 나오는 적병들을 모조리 도륙시키라. 황충은 일천 도수刀手를 거느리고 우편에 매복해 있다가 말에서 내리는 적병들을 모조리 찍으라. 이리하면 필연코 장임이 산 동편 소로를 취하여 올 테니 장익덕은 일천 군마를 거느리고 미리 그곳에 매복해 있다가 장임을 사로잡으라. 그리고 조운은 금안교 북편에 매복해 있다가, 내가 장임을 유인하여 다리로 지나가거든 다리를 끊고 북편에 군사를 배치시키라. 이리된다면 장임은 북편을 버리고 남으로 달아날 것이다. 이리된다면 장임은 우리 계교에 떨어지고 마는 것이다."

공명은 모든 장수한테 일일이 군령을 내린 후에 스스로 군사를 거느려 적을 유인하러 나갔다.

한편 서측 유장은 새로 탁응, 장익 두 장수를 낙성으로 보내서 싸움을

---

7) 창수 : 옛날에 전쟁에서 창을 쓰던 군사.

돕게 했다.

장임은 장익과 유괴로 성을 지키라 하고, 군사를 전후前後 두 부대로 나누어 스스로 앞의 부대를 거느리고 탁응은 뒤의 부대를 거느려 성 밖으로 나갔다.

이때 제갈공명은 일부러 대오가 정돈되지 아니한 군사를 거느리고 금안교로 나가서 장임과 대진했다.

제갈공명은 윤건輪巾 쓰고, 우선羽扇 들고, 사륜거四輪車에 높이 앉았고, 좌우 양편에는 백여 명의 기병들이 공명을 옹위해 나왔다.

공명은 백우선을 높이 들어 장임을 꾸짖었다.

"조조는 백만 대병을 가지고도 나의 이름을 듣고 바람같이 달아났는데 너는 무엇을 믿고 항복하지 아니하느냐?"

장임은 공명의 거느린 군사가 정제하지 않은 것을 보자 마상에서 차갑게 웃었다.

"사람들이 말하기를 제갈양은 용병여신用兵如神이라 하더니 원래 유명무실有名無實하구나!"

장임은 말을 마치자 창을 들어 한 번 흔드니 대소 군교軍校가 일제히 쏟아져 나왔다.

공명은 사륜거를 버리고 옆에 있는 말에 올라 다리로 향해 달아났다.

장임은 공명을 쫓아 금안교로 짓쳐 나갔다.

앞을 바라보니 유현덕의 군사는 좌편에 있고 엄안의 군사는 우편에 있어서 좌우편에서 도륙해 들어왔다.

장임은 비로소 계교에 빠진 줄 알았다.

당황했다. 급히 군사를 돌려 달아나려 할 때, 조자룡은 벌써 금안교를 끊어 버렸다.

장임은 북으로 가려 했으나 조운의 군사가 또한 강 언덕에 진을 치고 있었다.

장임은 하는 수 없었다. 강을 끼고 남쪽을 향하여 달아났다.

5리를 채 못 가서 갈대가 우거진 곳에 위연의 1천 군마가 내달았다.

장창을 휘두르며 어지럽게 장임의 군사를 죽여 버렸다. 장임의 군사들은 아우성을 치면서 우편으로 달아났다. 황충이 거느린 1천 군사는 칼을 두르며 내달아 쫓기는 군사의 말굽을 찍었다.

말은 거꾸러지고 군사들은 떨어지고 자빠졌다. 황충은 군사를 지휘하여 장임의 마병을 모조리 묶었다.

장임은 겨우 수십 기를 거느려 산길로 달아났다. 앞에서 홀연 장비가 호통을 치면서 나타났다.

"이놈, 장임아. 어디로 갈 테냐?"

장비의 군사들은 일제히 몰려들어 장임을 사로잡았다.

이때 촉장 탁응은 장임이 계교에 빠진 것을 보자 자룡한테 넙죽 항복을 드렸다.

단판 싸움에 장임이 결딴이 난 것이었다.

모든 장수들은 승전고를 울려 현덕의 큰 진으로 돌아갔다.

현덕은 탁응에게 후한 상을 내린 후에 장임을 향하여 말했다.

"촉중의 명장들이 다 항복하는데 유독 너만 항복을 아니하니 무슨 까닭이냐?"

장임은 눈을 똑바로 뜨고 큰소리로 대답했다.

"충신이 어찌 두 주인을 섬기겠느냐?"

현덕은 부드럽게 타일렀다.

"네가 천시天時[8]를 모르는구나. 항복하면 죽이지 아니하리라."

장임은 조금도 굽히는 기색이 없었다. 꿋꿋하게 대답했다.

"항복할 수 없다. 속히 죽여 다오."

현덕은 차마 얼른 죽이지 못했다. 장임은 더욱 큰소리로 호통 쳤다.

"어서 죽여 다오!"

옆에서 공명이 영을 내렸다.

"참하라! 그의 절개를 온전케 하는 것이 좋다."

군사들은 장임의 등을 몰아 행형장으로 나갔다.

시인은 그의 의로운 죽음을 예찬하여 시를 지어 읊었다.

烈士豈甘從二主

張君忠勇死猶生

高明正似天邊月

夜夜流光照雒城

매운 선비, 어찌 두 주인을 달게 섬기랴.

장군의 충용이여, 죽었지만 오히려 살아 있네.

높고 밝은 빛 정히 하늘의 달이로구려.

밤마다, 밤마다 흐르는 밝은 빛 낙성을 비춰 주네.

---

8) 천시 : 하늘의 도움이 있는 시기.

서량에 화염이 다시 터지다

현덕은 장임의 죽음을 보고 차탄嗟歎하기를 마지아니했다.

그의 시체를 거두어 금안교 옆에 후하게 장사 지내서 충의를 표창했다.

다음 날이 되었다. 현덕은 엄안, 오의 등 항복한 장수들을 앞세우고 낙성으로 쳐들어가 성문 앞에서 크게 외쳤다.

"유괴야, 빨리 성문을 열고 항복하라. 장임도 죽은 지 벌써 오래다. 어서 항복해서 성중의 죄 없는 백성들을 구하라."

유괴는 성 위에서 엄안을 바라보니 눈이 뒤집혔다.

"이놈, 너는 목이 달아나도 항복하지 않겠다 하던 놈이 도리어 적의 선봉이 되어 낙성을 치러 왔단 말이냐? 의리부동한 놈이다."

유괴는 말을 마치자 활을 당기어 엄안을 쏘려 할 때, 홀연 성 위에서 한 장수가 뛰어나와 칼을 들어 유괴를 찔러 쓰러뜨리고 성문을 열어 항복했다.

현덕은 전군을 휘동하여 물밀듯 쳐들어가니 유장의 아들 유순은 서문을 열고 성도로 향하여 달아났다.

현덕은 방을 붙여 백성들을 안도시킨 후에 유괴를 죽이고 성문을 열어 항복한 장수를 사실해 보니 촉중 명장 장익張翼이었다.

현덕은 모든 장수들에게 차례로 상을 주었다.

공명이 현덕한테 아뢰었다.

"낙성을 수중에 넣었으니 앞으로 성도를 취하는 일은 바로 목전에 있습니다. 그러나 지방 인심이 어떠한지 염려됩니다. 먼저 장수를 분배시켜서 지방의 치안을 유지시키면서 한편으로 성도를 취하는 일이 좋겠습니다."

현덕은 무릎을 쳐 찬성했다.

"공명의 생각은 과연 주밀하시오."

곧 공명과 함께 지방에 장수들을 분배시켰다.

장익, 오의는 조자룡과 함께 정강, 건위 지방을 무마케 하고 엄안, 탁응은 장비와 함께 파서, 덕양 지방을 안돈시키라 한 후에 공명은 항장 한 사람을 불러 물었다.

"이곳에서 성도로 가자면 험한 관문이 몇 군데나 있느냐?"

"험한 관문이 그리 많지 아니합니다. 다만 면죽관綿竹關에 군사를 많이 배치해 놓았습니다. 면죽만 취한다면 나머지는 손쉽게 점령할 것입니다."

이때 법정이 들어왔다.

"성도로 진병할 계획을 차리십니까? 주공께서는 인의로 사람을 감복시키는 터에 애써 피를 흘려 전쟁을 할 까닭이 없다고 생각합니다. 제가 유장한테 글을 올려서 이해득실利害得失을 이야기하겠습니다. 그러면 그는 자연히 항복할 것입니다."

"효직孝直의 말씀이 옳소."

공명은 법정을 칭찬한 후에 곧 글을 지어 성도로 보냈다

한편, 유순은 낙성에서 달아나 성도로 가서 아비 유장을 보고 낙성이 현덕의 손으로 넘어간 일을 고했다.

유장은 황망히 문무백관을 불러 상의하였다.

"이 일을 장차 어찌하면 좋겠소?"

종사 정건鄭虔이 나와서 말했다.

"지금 유비가 비록 낙성을 함락했다 하나 군사가 많지 않고, 인심이 그 한테로 다 돌아가지 아니했습니다. 뿐만 아니라 들에 곡식이 비록 있다 하나 그들한테는 수레가 없어서 군량미를 조달하기 어려울 것입니다. 파서巴西와 재동梓潼에 있는 백성들을 부수涪水 서편으로 옮긴 후에 창고와 들판에 있는 곡식을 불살라 버리고, 호를 파고 성을 쌓아서 때를 기다린다면 백일이 채 못 가서 그들은 양식이 떨어져 달아날 것입니다. 이때를 타서 무찔러 버린다면 유비를 생포할 수 있습니다."

유장은 고개를 가로흔들었다.

"그렇지 않소. 예로부터 적을 막아서 백성을 편안케 한다는 말은 있으나, 백성을 동원시켜서 적병을 막는다는 말은 듣지 못했소. 이것은 보전하는 계책이 아니오."

서로 상의하고 있을 때 사람이 들어와 법정이 글월을 올렸다고 보했다.

유장이 편지를 받아 보니 대략 아래와 같았다.

지난번에 유 형주와 화친하시기를 권했으나, 아랫사람들의 말만 들으시고 오늘 이 같은 사태에 빠졌습니다. 지금 유 형주는 아직도 구정과 족의를 생각하는 모양이니 주공께서는 살피시어 귀순하신다면 박대하지 아니할 것입니다. 세 번 생각해 보옵소서.

유장은 법정의 글월을 보고 크게 노했다. 북북 편지를 찢어 버리면서 법정을 꾸짖어 욕했다.

"나라를 팔아서 제 일신의 영화만 구하는 배은망덕하는 매국적이다!"

유장은 법정의 글월을 가지고 온 사람을 등말에 쫓아 버린 후에 처제妻第 비관費觀에 명을 내려, 군사를 거느려 면죽관綿竹觀을 지키라 하니 비관은 남양 사람 이엄李嚴을 천거하여 3만 대병을 거느리고 함께 면죽관으로 향했다.

익주 태수 동화董和는 유장한테 글월을 올려 원수였던 한중漢中 장로와 화친을 한 후에 구원병을 청하라 하니, 유장은 한동안 망설이다가 일이 급하니 장로한테 사람을 보내서 구원을 청했다.

이야기는 다시 서량으로 옮겨진다.

서량 태수 마등의 아들 마초는 패군이 돼 오랑캐 땅으로 넘어간 지 2년이 넘었다.

강병羌兵들과 사귀어 친해진 후에 농서隴西를 공격하니 군사가 가는 곳마다 모두 다 귀순이 되었다.

그러나 아직 기성冀城만은 항복을 받지 못했다.

이때 기성 자사 위강韋康은 사람을 여러 차례 하후연한테로 보내서 구원을 청했다. 그러나 하후연은 조조의 허락을 받지 못하여 마음대로 동병을 하지 못했다.

위강은 하후연의 구원병이 오지 않으니 답답하기 한량이 없었다. 모든 장수들을 불러 상의하였다.

"암만해도 마초한테 항복하는 수밖에 도리가 없소."

참군參軍 양부楊阜가 울면서 말했다.

"마초의 무리는 천자를 배반하는 사람인데, 어찌 그에게 항복하겠습니까?"

"사세가 이에 이르렀으니 항복하지 아니하고 어찌하겠소?"

위강은 성문을 열고 마초한테 항복했다.

그러나 마초는 노했다.

"네가 이제 일이 급하니 항복을 청하는구나. 진심이 아니다. 너희들의 항복을 받을 수 없다."

호통을 친 후에, 곧 위강의 무리 40여 인을 모조리 참하고 한 사람도 남겨 놓지 아니했다.

이 모양을 보자 한 사람이 마초한테 고자질했다.

"양부楊阜란 자는 위강에게 항복하지 말라고 권고한 사람이올시다. 참형에 처해야 합니다."

마초는 고개를 가로흔들었다.

"양부는 의리를 지키는 사람이다. 살려 주어야 한다."

마초는 양부에게 다시 참군 직책을 주었다.

양부는 마초에게 양관, 조구 두 사람을 권고하니 마초는 모두 다 군관을 삼았다.

양부는 마초한테 청했다.

"저의 아내 되는 사람이 임조 땅에서 죽었습니다. 두어 달 수유를 주시면 장사를 지내고 돌아오겠습니다."

마초는 허락했다.

양부는 역성이란 곳으로 가서 무이 장군 강서姜叙를 찾았다.

강서의 어머니는 양부의 고모로서 당년 82세였다.

양부는 당일 강서의 집을 찾아 고모를 뵙고 울면서 고했다.

"저는 성을 보존하여 지키지 못하고 주인을 잃었으면서도 죽지 못했으니 아주머니를 뵐 면목이 없습니다. 마초란 자는 천자를 배반한 자로 망령되어 사람을 살상하니, 한 고을 사람들이 원망하지 않는 사람이 없습니다. 형님께서는 역성의 장관으로 계시면서 적을 칠 생각을 아니하시니 어찌 인신人臣의 도리라 하겠습니까?"

양부는 말을 마치자 눈물이 비 오듯 했다.

강서의 어머니는 곧 아들을 불러 꾸짖었다.

"위章 사군使君이 죽은 것은 네 죄다."

아들을 꾸짖고 나서 다시 조카 양부를 꾸짖었다.

"너는 마초한테 항복해서 그 사람의 녹을 먹으면서 무슨 까닭에 또다시 그 사람을 치려 하느냐?"

"제가 항복한 것은 목숨을 보존해서 주인의 원수를 갚아 주자는 것입니다."

"마초는 영특하고 용맹스런 인물이올시다. 졸연히 도모하기가 어렵습니다."

강서가 어머님께 대답했다.

강서의 말을 듣자 양부가 대답했다.

"그렇지 아니합니다. 마초란 자는 용맹은 있으나 꾀가 없는 자올시다. 도모하기 쉽습니다. 나는 벌써부터 양관, 조구와 함께 밀약한 바가 있습니다. 형님께서 만약 군사를 일으키신다면 두 사람은 반드시 내응이 될 것입니다."

조카 양부의 말을 듣고 있던 강서의 어머니는 강서를 향하여 말씀을 내렸다.

"네가 만약 뜻이 있다면 빨리 서두르지 아니하고 다시 어느 때를 기다리고 있느냐? 죽음이란 사람마다 반드시 한 번 있는 법이다. 그러나 충과 의에 죽는 것이 가장 보람 있는 죽음이다. 네가 만일 나 때문에 죽지 못한다면 내가 먼저 네 앞에 죽어서 너의 생각을 끊으리라."

강서는 어머님의 말씀을 듣고 곧 군사를 일으켜 마초 칠 것을 결심했다.

밖으로 나와 가까운 친구 통병 교위 윤봉尹奉과 조앙을 만나 마초 칠 것을 상의했다. 두 사람은 쾌히 응낙했다.

원래 조앙의 아들 조월은 마초의 비장이었다.

조앙은 당일 강서와 마초 칠 것을 상의한 후에 집으로 돌아와 아내 왕 씨와 의논하였다.

"나는 오늘 강서, 양부, 윤봉과 함께 위강의 원수 갚을 것을 결정했소. 그러나 마초가 만약 내 아들이란 것을 알면 먼저 월月을 죽일 테니 장차 어찌하면 좋겠소?"

조앙의 아내는 장부다운 여자였다. 얼굴빛을 엄숙히 하여 남편을 타일 렀다.

"군부君父의 치욕을 씻다가 몸이 죽는다 해도 후회할 것이 없는데, 아들 때문에 구애가 되어 좋은 일을 못한다는 것은 핑계밖에 아니 되는 짓입니 다. 첩이 먼저 죽어서 이 꼴 저 꼴을 아니 보겠소이다."

아내의 씩씩한 말은 조앙의 마음을 굳세게 했다.

다음 날 일제히 군사를 일으켰다.

강서, 양부는 역성에 주둔하고 윤봉, 조앙은 기산에 둔병했다.

조앙의 아내 왕 씨는 기상이 늠름했다. 머리에 꽂은 수식首飾이며, 비단 을 팔아 가지고 기산까지 찾아가 군사들을 위문하니 사기는 열 곱절이나 솟구쳤다.

마초는 강서와 양부가 윤봉과 함께 거사했다는 말을 듣자 크게 노했다.

곧 조월의 목을 베고 방덕, 마대로 선봉을 삼아 역성을 공격하라는 명 령을 내렸다.

방덕과 마대가 역성 앞에 당도하니 양부, 강서는 백포白袍를 입고 말을 달려 나와 마초를 꾸짖었다.

"천자를 배반한 의 없는 도둑아, 정의의 칼을 받아라!"

꾸짖는 소리를 듣는 마초는 크게 노했다.

곧 말을 달려 두 장수를 취했다.

강서와 양부는 당해 낼 수가 없었다. 말을 놓아 달아났다.

마초는 말을 채질해 피해 달아나는 두 장수를 쫓았다. 마초는 한동안 강서와 양부가 달아나는 뒤를 쫓을 때, 홀연 등 뒤에서 고함 소리가 천지를 진동하면서 한 떼 군마가 자욱이 먼지를 일으켜 쏟아져 나왔다. 윤봉, 조앙이 군사를 몰아 쫓아 든 것이었다.

마초는 급히 말 머리를 돌렸다. 조앙과 윤봉이 좌우편으로 갈라서서 마초를 협공하였다.

마초는 창으로 두 장수를 찌르며 한참 혼전을 이루고 있을 때, 홀연 일성 포향이 천지를 진동하면서 또다시 큰 부대가 물밀듯 쏟아져 나왔다.

이 군사는 조조의 맹장 하후연의 군사였다. 조조의 허락을 맡아서 마초를 격파하러 오는 것이었다.

마초는 3로로 쳐들어오는 큰 세력을 당해 낼 수가 없었다. 크게 패하여 밤새도록 달아나다가 동이 환할 무렵 기성冀城에 당도했다.

마초는 소리를 쳐 성문을 열라 했다.

성 위에서는 양관, 조구가 마초를 꾸짖으면서 마초의 아내 양 씨와 마초의 어린 아들 삼 형제와 일가친척 10여 사람을 모조리 칼로 찍어 성 아래로 떨어뜨렸다.

이 모양을 본 마초는 가슴이 막히고 기가 질렸다. 하마터면 말에서 떨어질 뻔했다.

한편 등 뒤에서는 하후연이 거느린 군사들의 추격이 급했다.

마초는 형세가 크게 불리한 것을 알았다. 다시 더 싸울 마음이 없었다.

방덕, 마대와 함께 한줄기 활로를 뚫고 달아났다.

그러나 앞에는 또다시 적이 있었다. 강서, 양부가 호통을 치면서 길을 가로막았다. 죽을힘을 다하여 두 장수의 군사를 물리치면서 다시 길을 뚫고 나갔다. 그러나 또다시 한 떼 군마가 길을 가로막았다. 윤봉, 조앙의 군사였다. 더 한 번 기막힌 악전고투를 했다.

마초는 밤새도록 싸우다가 역성 앞에 당도해 보니, 군사는 겨우 50~60명밖에 남지 아니했다.

뛰닫는 말굽 소리를 듣고 기성 수문장은 강서의 군사가 돌아오는 줄 알았다. 활짝 성문을 열었다.

마초는 한동안 감정이 불길 일듯 일어났다. 남문 안에서부터 시작해서 성안 백성들을 모조리 죽여 버렸다.

마초는 다시 강서의 집을 찾아서 강서의 늙은 어머니를 끌어냈다.

어머니는 조금도 두려워하지 아니했다. 손으로 마초를 가리키며 큰소리로 꾸짖었다.

"이놈 마초야, 죄 없는 백성들을 어찌해서 도륙하느냐?"

마초는 이를 악물고 칼을 빼어 강서의 늙은 어머니를 찔러 죽였다.

마초의 눈은 뒤집혔다. 윤봉과 조앙의 집에도 쫓아 들었다. 온 집안 식구들을 몰살했다.

다만 조앙의 아내 왕 씨만은 군중에 있었던 까닭으로 난을 면했다.

다음 날 하후연의 대군이 쏟아져 들어오니, 마초는 성을 버리고 서편으로 향해 달아났다.

20리쯤 갔을까, 앞길을 가로막는 한 떼 군마가 또 있었다. 앞에 선 대장은 양부였다.

마초는 양부를 보자 이를 부드득 갈고 말을 놓아 달려들었다.

"이놈 양부야, 내 너를 죽이지 아니하고 벼슬까지 주었는데 어찌해서 내 식구들을 모조리 죽였느냐!"

마초는 창을 번쩍 들어 양부를 찌르려는 찰나였다.

양부의 형제 일곱 사람이 일제히 쫓아와 양부를 도왔다.

마초는 양부의 칠 형제를 모조리 창으로 찔러 죽였다.

양부는 몸에 다섯 군데나 큰 상처를 입었으나 꿋꿋하게 싸웠다.

후면에는 하후연의 추격이 점점 급했다.

마초는 더 지체할 수 없었다.

창을 비껴들고 단기로 뛰달았다. 뒤에는 방덕, 마대의 5~6기가 겨우 따를 뿐이었다.

하후연은 힘 안 들이고 농서隴西를 차지했다.

모든 고을을 순력하여 백성들을 위로한 후에 강서의 무리를 발탁하여 주군州郡을 다스리게 하고, 양부는 수레로 모시어 허도에 가서 조조를 만나 보게 했다.

조조는 양부의 공을 찬양한 후에 그에게 관내후關內侯의 벼슬을 주었다. 양부는 사양하고 받지 아니했다.

"저는 난을 평정한 공도 없고 절개를 지켜 죽지도 못한 몸이올시다. 법에 처하여 주誅를 당해야 할 몸이 무슨 염치로 벼슬을 받겠습니까? 거두어 주십시오."

두 번 세 번 사양했다.

조조는 더욱 가상하게 생각했다. 사양하는 양부에게 기어이 작爵을 주었다.

한편 쫓겨 달아난 마초는 갈 데가 없었다.

서량 태수 마등의 아들이었던 일대 명장 마초로서는 일생에 기막힌 한사恨事였다.

"어디로 가면 좋겠소?"

방덕, 마대한테 물었다.

"한중漢中 장로한테로 가는 수밖에 없습니다."

마초는 두 장수를 거느리고 장로를 찾았다.

장로는 크게 기뻐했다.

만약 마초가 자기 심복이 되기만 하면 서西로 익주를 삼켜 버리고 동으로 조조를 막을 수 있었다. 자기의 딸을 마초한테 보내서 사위를 삼으리라 생각했다.

여러 사람과 의논했다.

"내 딸을 마초한테 시집보내는 것이 어떠하겠소?"

대장 양백이 말했다.

"마초는 효용이 절륜한 사람이올시다. 그러나 성정이 너무나 한독합니다. 그의 처자가 이번에 참혹한 화를 모조리 당한 것도 모두 다 스스로 화를 취한 것입니다. 이러한 사람에게 천금 같은 따님을 맡긴다는 것은 불가합니다."

장로는 양백의 말이 일리가 있다고 생각했다. 사위 삼을 생각을 단념했다.

어떤 사람이 이 사실을 마초한테 고했다.

마초는 크게 노했다. 틈만 있으면 양백을 죽이려 했다.

양백도 눈치를 챘다. 그의 형 양송과 의논하고 마초를 도모할 뜻을 항상 품고 있었다.

마초는 가맹관에서 크게 싸우다

때마침 서천 유장한테서 장로한테 구원을 청하는 사신이 왔다.

장로는 허락하지 아니했다.

유장은 다시 황권을 사신으로 보내서 구원을 청했다.

황권은 양백의 형 양송과 교분이 두터운 사이였다.

장로를 만나기 전에 먼저 양송을 만났다.

"동서 양천兩川은 순치脣齒의 사이인데, 서천西川이 결딴난다면 동천東川 도 보전하기 어렵소이다. 만약 동천에서 우리 서천을 구해 준다면 이십 주州를 양도해 주리다."

양송은 입이 벌어졌다. 곧 황권을 장로한테 대면시켰다.

황권은 먼저 순치 사이의 이해득실을 장로에게 이야기하고 다음에 20 주로 사례한다는 말을 하니, 장로는 20고을을 준다는 말에 기쁨을 이길 수 없었다. 곧 허락을 내리려 했다.

파서巴西 염포閻圃가 간하였다.

"유장은 주공의 대대 원수올시다. 지금 일이 급하니 거짓 땅을 베어 준 다고 달콤한 말을 하는 것이올시다. 결코 허락하시면 아니 됩니다."

이때 뜰아래서 한 사람이 소리치며 내달았다.

"제가 비록 재주 없으나 일려—旅의 군대를 주신다면 산 채로 유비를 사 로잡아서 유장한테서 이십 주 고을을 찾아오겠습니다."

모두 보니 서량에서 쫓겨 온 마초였다.

장로는 크게 기뻤다. 비밀을 지키기 위하여 황권을 지름길로 돌려보내고, 곧 군사 2만을 점고하여 마초한테 내주었다. 이때, 방덕은 병이 나서 한중漢中에 있으면서 가지 못하고 양백이 감군監軍이 되었다.

마초는 곧 아우 마대와 함께 날짜를 가려 길을 떠났다.

한편 현덕은 군사를 거느리고 낙성에 주둔하고 있었다.

법정의 편지를 가지고 서천 유장한테로 갔던 사람이 돌아와서, 유장이 항복하지 아니하고 각처 창고에 쌓인 군량미와 야적한 곡식을 태워 버리고, 파서 백성들을 부수涪水로 옮겨서 성을 쌓고 호를 파서 수세守勢를 취한다는 소식을 전했다.

현덕과 공명은 깜짝 놀랐다.

"만약 이같이 한다면 우리 형편이 위태롭겠소이다."

법정이 옆에서 듣고 웃었다.

"주공께서는 아무 걱정도 마십시오. 그들의 계교가 지독합니다마는 유장은 필연코 쓰지 못할 것입니다."

며칠이 지났다. 과연 서천에서 소식이 왔다.

유장은 정건의 말을 듣지 아니하고, 백성들을 부수로 옮기지 않는다 합니다.

공명은 손뼉을 치며 기뻐했다.

"빨리 진군을 해서 면죽관을 취하십시다. 만약 이곳만 취한다면 성도는 여반장如反掌이올시다."

공명은 현덕한테 권했다.

현덕은 곧 황충, 위연 두 장수에게 군사를 주어 면죽관을 공격하라는 군령을 내렸다.

한편 유장의 처제 비관費觀은 이엄李嚴과 함께 유장의 명을 받아 새로 면죽관을 지키고 있다가 현덕의 군대가 온다는 말을 듣고 비관은 이엄에게 3천 병마를 주어 현덕의 군대를 맞이해 싸우라 했다.

이엄과 황충은 제각기 진을 쳐 싸움을 선포한 후에 노장 황충은 말을 채쳐 소리치며 나오니, 이엄 또한 범상치 아니한 늠름한 기상으로 창을 잡아 말을 달려 나왔다.

양편 군사들은 제각기 자기 대장의 용맹을 칭찬했다.

황충, 이엄은 어우러져 싸운 지 40여 합에 노련한 무예는 용이하게 승부가 나지 아니했다.

양편 군사들이 호응하는 고함 소리는 천지를 뒤흔들어 놓았다.

공명은 진중에서 바라보면서 마음속으로 갈채하기를 마지아니하다가, 꽹과리를 두드려 군사를 회군시켰다.

황충은 하는 수 없이 군사를 거두어 돌아왔다. 장대將臺 앞에 나가 공명한테 물었다.

"조금만 하면 이엄을 생금生擒할 참인데, 군사軍師께서는 어쩐 이유로 회군을 시키셨소?"

"내가 보니 이엄의 무예는 힘만 가지고 취할 수 없는 것을 알았소이다. 내일은 장군께서 거짓 패해서 산골 속으로 달아나십시오. 그리하여 복병으로 승리를 거두는 것이 상책일까 합니다."

황충은 공명의 말이 옳다고 생각했다.

"그럼 내일 분부대로 거행하겠소이다."

다음 날 날이 밝았다. 이엄은 군사를 거느리고 와서 다시 싸움을 돋우었다.

황충은 싸움에 응하여 나온 지 불과 10합에 힘이 부치는 체 거짓 패해 달아났다.

이엄은 황충의 뒤를 쫓아 급히 말을 달렸다.

황충은 산속으로 말을 달렸다. 산은 점점 험했다. 구곡양장九曲羊腸 돌부리 험한 산속엔 가는 곳마다 숲이 수해樹海를 이루었다.

이엄은 비로소 속은 줄 알고 급히 말 머리를 돌리려는 찰나였다.

홀연 일성 포향이 천지를 진동하면서 뽀얗게 연기가 일어나는 속에 한 떼 복병이 쏟아져 나왔다.

바라보니 맹장 위연이 호통을 치며 길을 막았다.

"이놈 이엄아, 네 아무리 난다 긴다 한들 이 산골에서 어찌할 테냐? 장군 위연의 칼을 받아라!"

이엄은 정신이 얼떨떨했다. 어찌할지 모르고 있을 때 홀연 산상에서 맹랑한 음성이 떨어졌다.

"그대 만약 항복하지 아니한다면 양편으로 복병을 내보내서 비 오듯 활을 쏘아 봉추 선생 방사원의 원수를 갚으리라."

이엄이 산상을 쳐다보니, 바로 제갈공명이 갈건야복으로 손에 백우선을 흔들며 꾸짖고 있었다.

이엄은 기가 죽었다. 하는 수 없어 갑옷투구를 벗어 버리고 말에서 내려 항복했다.

이엄이 순순하게 항복하니 군사들은 한 사람도 상하지 아니했다.

공명은 이엄을 데리고 현덕께 뵈니 현덕은 후하게 대우했다.

이엄은 감격했다. 현덕한테 아뢰었다.

"비관費觀이 비록 유장의 처제라 하나 저와 가까운 친구올시다. 가서 달래 보겠습니다."

"싸우지 아니하고 사람마저 구한다면 오죽이나 좋겠소. 그래 보시오."

현덕은 쾌하게 허락했다.

이엄은 단기로 면죽성 안으로 들어가 비관을 만났다.

"현덕은 과연 덕이 높은 양반입니다. 지금 만약 항복하지 아니하면 필연코 큰 화가 미치리다. 나도 항복했으니 장군도 항복하시오."

비관도 마음이 움직였다. 곧 문을 열고 항복했다.

현덕은 즉시 면죽성으로 들어가 앞으로 성도 취할 일을 의논하고 있을 때, 홀연 유성마流星馬가 급히 달려와 보했다.

"가맹관을 지키고 있는 맹달, 곽준 두 장군이 지금 동천東川 장로張魯의 군사한테 포위를 당해서 대단히 위태롭습니다. 장수들은 모두 다 개개 명장들입니다. 서량 태수 마등의 아들 마초, 마대와 양백이 합세하여 막 쳐들어오는데 기세가 대단합니다. 조금만 지체되면 가맹관은 우리 땅이 아니 됩니다."

현덕은 크게 놀랐다.

공명이 혼잣말했다.

"장비와 조자룡 두 장군이 아니면 당해 낼 사람이 없는데……."

"자룡은 군사를 거느려서 밖에 있어 아직 돌아오지 아니했으나, 익덕은 이곳에 있으니 빨리 보내는 것이 좋겠소."

현덕이 공명을 보고 말했다.

"주공께서는 아직 아무 말씀도 하지 마십시오. 제가 격동시켜서 보내겠습니다."

이때 장비가 밖에 있다가 가맹관이 위험하단 소문을 듣고 급히 뛰어 들어왔다.

"형님, 제가 가서 마초와 대결하겠습니다."

옆에 있던 공명은 짐짓 고개를 가로흔들며 현덕한테 아뢰었다.

"마초 당해 낼 사람은 다만 관운장밖에 없습니다. 형주로 사람을 보내시어 속히 관운장을 부르십시오."

장비가 벌컥 화를 냈다.

"군사軍師는 어찌해서 나를 얕잡아 보시오? 나는 조조의 백만 대병을 필마단기匹馬單騎로 우습게 물리친 사람인데, 그래 마초 한 사람쯤 당해 내지 못한단 말씀입니까?"

공명은 정색하고 대답했다.

"장 장군이 다리를 끊고 물을 막아서 승리를 얻은 것은 기실 조조가 병법의 허실을 모르기 때문에 승리를 거둔 것입니다. 그때 만약 조조가 병법을 알았다면 장군이 어찌 무사했겠소? 지금 마초의 용맹은 천하 사람들이 다 아는 노릇입니다. 위교渭橋 한 싸움에 조조는 수염을 깎고 옷을 벗어 달아났소이다. 관운장 같은 솜씨가 아니면 당해 내기 어렵습니다."

장비는 점점 더 열이 치밀었다.

"내가 만약 가서 마초를 이기지 못한다면 내 목을 베라고 군령장을 두고 가리다."

공명은 엄숙한 얼굴로 장비를 바라보았다.

"장군은 정말 군령장을 두고 가겠소?"

"염려 마십시오. 지금 당장 군사께 써서 바치오리다."

장비는 분을 참지 못하여 씨근씨근 숨을 쉬면서 붓을 들어, 이기지 못하면 목을 베라고 군령장을 써서 바쳤다.

공명은 그제야 현덕한테 아뢰었다.

"장익덕으로 선봉대장을 삼으시고 주공께서는 후군이 되어 나가십시오. 저는 면죽관 이곳을 지키고 있다가 자룡이 돌아오면 상의해서 일을 처리하겠습니다."

이때 위연이 공명 앞에 나와 청했다.

"위연 이 사람도 따라가서 한팔 힘이 되겠습니다."

공명은 위연의 청을 들었다. 초마哨馬 5백 기를 거느려 앞서 나가라 했다.

위연이 제일 앞서 가고 장비가 둘째 진이 되고 현덕은 후군이 되어 가맹관을 바라보며 군사를 몰았다.

초마 2백 기가 먼저 가맹관에 당도하자, 위연은 동천에서 오는 양백과 마주쳤다.

어우러져 싸운 지 10여 합에 양백은 패해 달아났다.

위연은 장비한테 공을 뺏기면 큰일이라 생각했다.

급히 말을 몰아 양백을 쫓아갔다.

홀연 앞에서 한 떼의 군마가 먼지를 자욱하게 일으키며 쫓아 들었다.

위수爲首 대장大將은 마초의 아우 마대였다.

위연은 마대를 마초로 잘못 알았다. 칼을 춤추듯 휘두르며 말을 달려 마대한테로 덤벼들었다.

위연과 마대는 어우러져 싸운 지 10여 합에 마대는 위연의 무예를 당할 수 없다는 듯 급히 말 머리를 돌려 달아났다.

위연은 급히 마대를 쫓았다. 홀연 몸을 피해 달아나던 마대는 급히 몸을 돌리며 활에 살을 메겨 위연의 왼편 팔뚝을 맞혔다.

위연은 팔에 살을 맞은 채 급히 말을 몰아 달아났다.

이번에는 마대가 위연의 뒤를 쫓았다.

마대가 성문 앞에 당도했을 때, 성문 앞에서 한 장수가 벽력같은 소리를 지르며 급히 말을 달려 나왔다. 모두 다 보니 범 같은 장수 장비였다.

장비는 먼저 이곳에 당도했다가 앞에서 싸우는 함성 소리가 들리자, 말을 몰아 나가다가 위연이 살을 맞는 것을 보고 급히 구하러 왔던 것이었다.

장비는 대갈일성 마대를 꾸짖었다.

"너는 어떠한 사람이냐? 먼저 성명이나 통해 놓고 싸워 보기로 하자!"

마대도 지지 아니했다.

"나는 서량 마대란 사람이다!"

장비는 비로소 마초가 아닌 것을 알았다.

장비는 코웃음을 치고 다시 아래를 향하여 꾸짖었다.

"네가 원래 마초가 아니로구나. 빨리 돌아가라. 너는 나의 적수가 아니다. 마초한테 일러라. 연인 장익덕이 여기 있다고!"

장비의 말을 듣자 마대는 대답했다.

"네 어찌 나를 적게 보느냐?"

큰소리로 호통을 치며, 창을 번쩍 들어 장비를 찌르려 했다.

싸운 지 10여 합에 마대는 힘에 부쳤다. 급히 쫓겨 달아났다.

장비가 마대의 뒤를 쫓으려 할 때, 성 앞에서 한 사람이 말을 달려오며 소리쳤다.

"현제는 잠깐 멈추라!"

장비가 고개를 돌이켜 보니 유현덕이었다.

"형님, 언제 오셨소!"

장비는 쫓아가던 마대를 버리고 현덕과 함께 성상으로 올랐다.

현덕은 장비를 향하여 타일렀다.

"자네, 성정이 너무 조급한 까닭에, 나는 후진이 되어 자네 뒤를 따랐네. 오늘 마대를 이겼으니, 하룻밤 푹 쉰 후에 내일 마초와 싸우기로 하세."

장비는 현덕의 말을 거역할 수 없었다.

다음 날, 날이 밝으니 성 앞에는 북소리가 천지를 진동하면서 마초의 군사가 쏟아져 와서 싸움을 돋우었다.

현덕이 성 위에서 바라보니 수많은 마초의 깃발이 바람에 펄럭이는 속에 마초는 말을 달려 나왔다. 머리에 사자 투구 쓰고 짐승 껍질로 띠를 하고 은 갑옷에 백포白袍를 입었는데 첫째는 의표가 비범하고, 둘째는 인재가 출중했다.

현덕이 탄식하며 말했다.

"사람이 말하기를 비단(錦) 같은 마초라 하더니 명불허전名不虛傳이로구나!"

장비가 옆에 있다가,

"나가 싸우겠습니다."

하고 영을 물었다.

"아니야. 잠깐 참게나. 먼저 예기銳氣를 피해야 하네."

성 아래 있는 마초는 자꾸 장비한테 싸움을 돋우고 성 위에 있는 장비는 한 입으로 마초를 집어삼키지 못함을 한탄하고 있었다.

성 위와 성 아래서 서로를 노려만 보고 있었다.

장비는 대여섯 번이나 뛰어내리려 했으나 현덕의 만류로 뜻을 이루지 못했다.

그럭저럭, 오후가 되었다.

현덕은 성 위에서 마초의 진을 바라보았다.

사람과 말이 다 함께 피곤해지기 시작했다.

"오백 기만 거느리고 나가서 싸워 보게……."

현덕은 장비한테 비로소 분부를 내렸다.

장비는 신이 났다. 5백 기를 거느리고 나는 듯이 성 아래로 달려갔다.

마초는 군사를 거느려 나오는 장비를 보자, 창을 높이 들어 군사를 지휘했다.

"활 한 바탕 거리로 군대를 물러라."

마초의 군대는 일제히 활 한 바탕 거리로 진을 물렀다.

장비는 고리눈 부릅뜨고 장팔사모창 비껴들고, 마상에 높이 올라 마초를 꾸짖었다.

"네가 마초라 하느냐. 너는 천하 맹장 연인 장익덕을 아느냐, 모르느냐. 알거든 쾌히 두 손을 묶어 항복하라."

마초는 콧방귀를 뀌었다.

"돼지메기 장익덕이로구나. 나는 누대 공후公侯인데 네까짓 필부 놈을 알 까닭이 있느냐?"

장비는 크게 노했다. 사모창을 비껴들고 단번에 마초를 취하려 했다.

마초 또한 범상한 무예가 아니었다. 장비가 창을 들이대는 족족 창끝으로 막아 냈다. 막아 댈 뿐이 아니었다. 장비가 도리어 수세守勢를 취하기도 했다.

말은 어홍 소리를 치면서 공중으로 솟아 뛰고 창과 창이 맞부딪는 소리는 허공에서 풍악을 울리는 듯했다. 싸움은 백여 합이 넘어도 승부가 나지 아니했다.

현덕이 성 위에서 가만 바라보며 탄식했다.

"과연 마초는 범 같은 장수로구나!"

현덕은 장비가 혹여나 실수가 있을까 하여 급히 징을 쳐 회군시키니 장비와 마초는 싸움을 정지하고 헤어졌다.

장비는 용을 참을 수 없었다. 잠깐 말을 쉬게 한 후에 또다시 나가 싸우고 싶었다.

이번엔 투구를 벗어 내던지고 수건으로 머리를 질끈 동인 후에 말에 올라 마초의 진 앞으로 달려가 싸움을 돋우었다.

마초도 사양할 까닭이 없었다. 창을 비껴 말을 달려 나왔다.

현덕은 가슴이 조마조마했다. 장비가 실수가 있으면 큰일이었다. 친히 갑주 투구를 하여 무장을 갖춘 후에 말 타고 진 앞에 나가 장비와 마초의 싸움을 바라보았다.

장비와 마초는 또다시 백여 합을 싸웠으나 조금도 피로한 빛이 없었다. 두 장수는 정신이 갑절이나 솟구쳤다.

이날 하늘빛은 저물기 시작했다. 현덕은 다시 징을 쳐서 군사를 거두었다.

현덕이 장비한테 일렀다.

"마초는 영특한 장수다. 가볍게 대해서는 아니 된다. 오늘은 성문을 닫아걸고 내일 다시 싸우라."

"불을 많이 켜 놓으면 야전夜戰을 해도 상관이 없습니다."

장비의 대답이 채 끝나기 전에 마초가 말을 바꾸어 타고 성 앞에 와서 또 싸움을 돋우었다.

"장비야, 네 감히 밤 싸움을 한번 해 보겠느냐?"

장비는 군성거려 배겨 날 수가 없었다. 현덕한테 졸라서 허락을 받고 창을 들고 말에 올라 성 밖으로 나갔다.

"이놈, 마초야. 내 너를 이번에 산 채로 잡지 못한다면 맹세코 성안으로 돌아가지 아니하리라."

"나도 그렇다. 내가 만약 너를 이번에 이기지 못한다면 맹세코 진으로 돌아가지 아니하리라."

두 장수의 말이 떨어지니 두 편 진의 고함치는 소리가 천지를 뒤흔들었다.

장비와 마초, 두 편 군사는 일제히 횃불을 켜 들었다.

천인지 만인지 횃불은 하늘도 사를 듯 대낮같이 환했다.

두 장수는 말을 박차 달려들었다. 창과 창은 부딪치고 말은 어흥 소리를 질러 네 굽을 모으고 꼬리를 쳤다.

격전한 지 20여 합에 마초는 별안간 말 머리를 돌려 달아났다.

장비는 달아나는 마초의 뒤를 쫓으며 호통을 쳤다.

"네 이놈, 마초야! 어디로 달아나느냐!"

마초는 무예로 이기는 것보다 계교로 이기는 것이 상책이라 생각했다.

못 들은 체 달아났다.

장비는 계속해서 마초의 뒤를 쫓았다.

홀연 마초는 말 머리를 돌이켰다.

마초는 가만히 한 손으로 끈 달린 구리 철퇴를 꺼내서 퍼뜩 장비의 면상을 향해 던졌다.

철퇴는 번쩍 무지개를 허공에 그리며 장비의 귓전을 스치고 지나갔다.

장비는 급히 몸을 피하여 말 머리를 돌려 달아났다.

이번엔 마초가 달아나는 장비의 뒤를 쫓았다.

장비는 등에 멘 화궁畵弓을 내렸다. 급히 살을 메겨 쫓아 드는 마초를 향하여 쏘아붙였다.

마초는 날아드는 살을 피하여 마상에서 몸을 틀었다.

움직이는 통에 화살은 말 코를 스치고 땅에 떨어졌다.

마초의 진에서 박수갈채하는 소리가 천지를 뒤덮었다.

장비는 다시 말을 달려 달아났다. 마초가 뒤를 쫓았다.

두 장수의 승부는 용이하게 나지 아니했다.

현덕이 이 모양을 보자 진 앞에 나타나 큰소리로 타일렀다.

"나는 오늘날까지 인의仁義로 사람을 대했을 뿐 속임수로 싸워 본 일이 없소이다. 마馬 맹기孟起는 군사를 거두시오. 우리는 그대를 속임수로 추격하지 아니하리다."

마초도 아무리 천하장사라 하나 장비를 대항해서 온종일 싸웠다. 몸이 피곤하지 아니할 수 없었다.

현덕의 말을 듣고 못 이기는 체하고 말 머리를 돌려 진으로 돌아갔다.

이튿날 동이 환했다. 장비는 군사를 다시 정돈하여 출전할 준비를 차리고 마초는 성 앞에 나타나 싸움을 돋우었다.

수문장이 현덕께 아뢰었다.

"공명 선생께서 면죽綿竹에서 오셨습니다."

현덕은 급히 공명을 맞이했다.

"면죽성은 어찌하고 선생께서 오셨습니까?"

"마초는 당세의 범 같은 장수입니다. 만약 장비와 함께 최후까지 싸우게 된다면 반드시 한 사람이 상하고 말 것입니다. 명장들을 구하기 위하여 왔습니다. 면죽성은 자룡과 한승漢升더러 지키라 했으니 염려가 없습니다."

현덕이 말했다.

"마초의 무예는 과연 출중합니다. 사랑하고 싶은 마음이 생기는구려. 어찌하면 내 사람을 만들 수 있으리까?"

현덕의 묻는 말에 공명이 대답했다.

"요사이 소문을 들으니 동천東川의 장로는 스스로 한녕왕漢寧王이 되려 하고, 모사 양송은 탐심이 많은 자라 뇌물을 좋아한다 합니다. 비밀히 사람을 양송한테 보내서 좋게 지내자 한 후에 장로와 유장을 이간시키고 일이 평정된 후에 한녕왕을 준다 하면 장로는 반드시 철병을 할 것입니다. 이때 가서, 마초의 항복을 받는다면 저절로 주공의 사람이 될 것입니다."

현덕은 크게 기뻤다. 곧 글월을 써서 금은보화와 함께 손건에게 주어 지름길로 한중漢中에 가서 양송을 찾아보라 했다.

금은보화를 뇌물로 받은 양송은 입이 딱 벌어졌다.

현덕의 사신 손건은 곧 장로와 만나게 되었다.

장로는 현덕의 글월을 보자 양송한테 물었다.

"유현덕은 단지 좌장군 지위밖에 아니 되는 사람인데, 자기가 어떻게 나를 한녕왕이 되게 한단 말이오?"

양천이 대답했다.

"유현덕은 대한 황숙이십니다. 황제께 아뢸 수 있습니다."

장로는 기뻤다. 곧 사람을 마초한테 보내서 군사를 파하라 했다.

이때 손건은 하회를 보기 위하여 아직 장로한테 묵고 있었다.

하루가 채 못되어서 회보가 돌아왔다.

마초는 성공을 하기 전에는 군사를 돌릴 수 없다 했다.

장로는 다시 사람을 마초한테로 보내서 빨리 돌아오라 했다.

그러나 마초는 오지 아니했다.

하루에 세 번씩이나 사람을 연거푸 불러서 돌아오라 해도 말을 듣지 아니했다.

양송이 장로한테 이간질하였다.

"마초 이 사람은 본시 무심한 사람이올시다. 군사를 파하지 않는 것은 그 본뜻이 반란을 일으키려 하는 것입니다."

양송은 한편 유언비어를 퍼뜨렸다.

마초는 서천을 약탈하여 그 아버지의 원수를 갚고 한중漢中에 대해서는 충성을 다할 생각이 없는 듯하다.

장로는 유언비어를 듣고 깜짝 놀랐다. 양송을 불러 물었다.

"어찌하면 좋단 말인가?"

"마초한테 다시 사람을 보내서 한 달 기한을 두고 세 가지 일에 성공하면 상을 줄 것이요, 만약 실행을 하지 못한다면 목을 벤다 하십시오. 첫째는 서천西川을 점령하는 일이요, 둘째는 유장의 머리를 베는 일이요, 셋째는 유현덕의 형주 군사를 물리치는 일입니다. 세 가지 일에 성공을 못한다면 머리를 바쳐야 한다고 이르십시오. 그리고 일변 장위張衛한테 군사를 내주어 각처 요새 지대를 단단히 지켜서,

마초의 병변兵變을 미리 방비하라 하십시오."

사신은 마초를 찾아 장로의 분부를 전했다.

마초는 크게 놀랐다.

"내가 어떻게 세 가지 일을 다 할 수 있는가?"

급히 마대를 청하여 의논하였다.

"불가불 파병해 돌아가는 수밖에 도리가 없소이다."

마초는 말을 마치자 길게 탄식했다.

마대도 백방으로 궁리를 해 보았으나 별다른 묘안이 나오지 아니했다.

"회군을 하는 수밖에 도리가 없네."

마대도 탄식하고 회군하기로 결정했을 때, 양송은 또다시 한중에서 유언비어를 퍼뜨렸다.

마초가 회군만 하는 날엔 딴맘을 먹고 칼자루를 거꾸로 들어서 서천을 공격할 것이다.

유언비어는 가는 곳마다 살같이 퍼졌다.

장로의 분부를 받아 요소마다 파수하던 장위張衛의 7로군은 굳게 관문을 지키고 마초의 군사를 들어오지 못하게 했다.

마초는 진퇴유곡進退維谷이 되었다.

공명이 현덕한테 아뢰었다.

"지금 마초는 진퇴가 어렵게 되었습니다. 제가 세 치 되는 혀를 놀려 마초를 항복 받겠습니다."

현덕은 염려하며 대답했다.

"선생은 나의 팔과 다리보다 더한 심복입니다. 만약에 무슨 일이 있으면 어찌합니까? 못 가십니다."

"상관없습니다. 아무 일도 없을 것입니다."

"그래도……."

현덕은 지재지삼至再至三 만류하였다.

현덕과 공명이 승강이하고 있을 때, 시자는 편지 한 장을 받들고 들어왔다.

"조자룡 장군께서 편지를 보내셨습니다."

현덕이 자룡의 편지를 뜯어보니 서천에서 항복한 사람을 천거한 것이었다.

현덕은 곧 조자룡이 천거한 사람을 불러들였다.

이 사람은 건녕建寧 유원兪元 사람 이회李恢였다. 본시 유장의 사람으로 유현덕을 맞아들이지 말라고 간하던 사람 중의 하나였다. 현덕의 기억엔 아직도 생생하게 남아 있었다.

"공은 유장한테 나를 맞아들이지 말라고 괴롭게 간하던 사람인데 어찌해서 나한테로 오시려 하오?"

"내가 들으니 슬기스런 새는 나무를 보아서 둥우리를 짓고, 어진 신하는 주인을 가려서 섬긴다 했는데, 이 사람은 주인을 가릴 줄 몰랐소이다. 정성과 마음을 다하여 유 익주를 섬겼건만 말을 듣지 아니하니 어찌하오. 그분은 반드시 패하고야 말 것입니다. 지금 장군께서는 어질고 덕스런 명성이 촉중에 자자하십니다. 반드시 성공할 것을 아는 고로 장군께 의지하려는 것입니다."

현덕은 웃음을 지어 흔연히 물었다.

"선생께서 나를 찾으셨으니 반드시 유비한테 유익한 일이 있을 줄 압니다. 좋은 방책을 말씀해 주십시오."

"지금 소문 들으니 마초는 진퇴양난에 빠진 모양이올시다. 옛적 농서隴西에 있을 때 저 사람과 일면지교가 있었습니다. 한번 마초를 찾아가서 항복하라고 권고해 보겠습니다."

공명이 옆에 있다가 말했다.

"그렇지 아니해도 한 사람을 얻어서 내 대신 마초를 달래 보라고 보내려던 참인데 잘되었소이다. 어떠한 수단을 써서 저 사람의 마음을 돌려 보시겠소?"

이회는 공명의 귀에다 입을 대고 도란도란 수군거렸다. 공명은 좀처럼 아니 치던 손뼉을 쳤다.

공명은 기뻤다. 곧 이회李恢를 마초의 진으로 보냈다.

이회는 마초의 영채에 당도하여 먼저 사람을 시켜서 명함을 들여보내고 만나 보기를 청했다.

마초는 이회의 명함을 보자 시자에게 명을 내렸다.

"이회란 자는 본시 말 잘하는 사람이다. 이번에 오는 것은 나를 달래러 오는 것이 분명하다. 도부수 이십 명을 장막 아래 매복시켰다가 내가 손을 들어 군호를 하거든 칼로 찍어서 육장肉醬을 만들어라."

부하들은 곧 도부수를 배치시켰다.

조금 뒤에 이회는 의젓이 걸어 들어왔다.

마초는 단정하게 장중帳中에 부동의 자세로 앉아서 이회를 바라보며 꾸짖었다.

"네가 이회냐? 어찌해서 왔느냐."

이회도 지지 아니하고 거만하게 대답했다.

"특별히 그대를 위하여 세객說客이 되어 왔노라."

마초는 관옥같이 환한 얼굴에 위엄이 늠름했다.

"내 칼집 속에는 새로 갈아 놓은 서리 같은 보검이 울고 있다. 네 말이 만약 한마디라도 빗나간다면 이 칼로 네 목을 베리라."

마초의 말을 듣자 이회는 소리를 높여 껄껄 웃었다.

"하하하하. 장군의 몸에는 화가 박두해 있소이다. 모르면 모르되 새로 갈았다는 당신의 칼이 능히 내 목을 자를 틈이 없으리라. 장군의 목이나 스스로 시험해 보시오. 하하하."

"나한테 무슨 화가 박두했단 말이냐?"

마초는 칼을 빼어 들고 눈을 부릅떴다.

이회는 조금도 두려워하는 빛이 없었다. 태연히 입을 열어 말했다.

"해가 한낮이 지나면 기울어지고 달이 차면 이지러지는 법이외다. 지금 장군은 조조와는 살부지수殺父之讐가 되어 있고 농서隴西하고는 절치지한切齒之恨이 있습니다. 전에는 유장을 구하여 형주 유비를 물리치지 못하고, 다음에는 양송 하나를 제거하지 못하여 장로를 대면할 낯이 없게 되었소이다. 지금 장군의 신세는 사해四海에 용납할 수 없는 몸이 되었으니, 찾아갈래야 갈 곳이 없게 되었소이다. 여기다가 위교에서 패한 꼬락

서니와 기성을 잃어버린 실수는 천하의 호걸들을 만나 볼 낯이 없게 되었소이다."

대를 쪼개 내듯 내리갈기는 조리 있는 이회의 말에 마초는 꼼짝을 못하게 되었다.

마초는 한동안 침묵을 지키고 있다가 입을 열었다.

"당신의 말씀이 지극히 옳소이다. 그러나 마초는 갈 곳이 없게 되었소."

이회는 때를 놓치지 아니했다. 눈을 딱 부릅떴다.

"장군이 만약 내 말을 옳다고 생각했으면 어찌해서 매복한 도부수를 물리치지 못하오?"

이회는 벌써 도부수 매복시킨 것을 다 알고 있었다.

마초의 얼굴은 부끄러워서 다홍 물감을 끼얹은 듯했다.

마초는 도부수를 꾸짖어 물리쳤다.

"웬 놈의 도부수들이 장하에 있었더냐? 빨리 나가거라."

칼과 창을 가졌던 도부수들은 머리를 싸매고 달아났다.

이회는 비로소 얼굴빛을 화하게 하여 말을 꺼냈다.

"유 황숙은 사람을 사랑하고 선비를 예로 대접할 줄 아는 사람이외다. 나는 이 사람이 반드시 성공할 줄 압니다. 그런고로 유장을 버리고 유현덕한테로 돌아갔소이다. 옛적에 장군의 선대인先大人께서 역적 동탁과 조조를 토멸하라고 유현덕과 함께 황제의 밀조를 받은 일까지 계십니다. 장군은 어찌해서 어둔 길을 버리고 밝은 길로 나가지 아니하십니까? 만약 유현덕한테로만 가신다면, 이 길이 위로는 선대인의 원수를 갚는 일이요, 아래로는 공명을 이루시는 길이올시다."

마초는 기뻤다. 곧 양백을 불러들였다.

잡담 제하고 칼을 번쩍 들어 양백의 목을 잘라 버린 후에 수급을 말 머리에 걸고 이회와 함께 유현덕을 찾아가 항복했다.

현덕은 손수 뜰에 내려 마초의 손을 이끌어 장중으로 오르게 하고 상빈上賓의 예로 대접했다.

마초는 머리를 두드려 죄를 청했다.

"마초는 이제 밝으신 주인을 만났소이다. 마치 운무雲霧를 헤치고 청천 하늘을 우러러 뵙는 듯하오이다."

이때 사신이 되어 장로한테 갔던 손건孫乾도 돌아왔다.

현덕은 곽준, 맹달로 성을 지키게 하고 군사를 거느려 성도를 취하러 나갔다.

조자룡과 황충도 면죽성綿竹城으로 들어왔다.

파발마가 뛰어와 고했다.

"촉장蜀將 유준과 마한이 군사를 거느려 대항하러 왔습니다."

조자룡이 현덕께 품하였다.

"자룡이 말 타고 나가서 두 놈을 단번에 사로잡아 오겠습니다."

현덕의 대답이 채 떨어지기도 전에 조자룡은 말을 채질해 뛰어나갔다.

현덕은 성 위에서 마초와 함께 술잔을 들고 있을 때 자룡은 벌써 두 적 장의 목을 썩둑 베어 성으로 올라와 현덕께 바쳤다.

마초도 조자룡의 솜씨에 놀라지 아니할 수 없었다. 더욱 공경하고 무겁 게 생각했다.

마초는 현덕한테 아뢰었다.

"주공의 군마를 수고롭게 할 것 없이 소장이 유장을 만나 보고 항복하 게 하겠습니다. 만약 하지 않는다면 마대와 함께 성도를 취해서 쌍수雙手 로 받들어 바치겠습니다."

현덕은 무릎을 치면서 온종일 기뻐했다.

한편 유장의 패한 군마들이 황황히 익주로 돌아가 유장한테 보하니 장은 깜짝 놀랐다.

성문을 굳게 닫고 나오지 아니했다.

유비는 스스로 익주목이 되다

유장劉璋이 성문을 닫고 벌벌 떨고 있을 때 홀연 수문장이 고했다.

"성북城北의 마초가 구원병을 거느려 왔습니다."

유장이 급히 성에 올라 바라보니 마초와 마대가 성 아래서 큰소리로 외쳤다.

"유계옥劉季玉은 나하고 잠깐 이야기합시다."

유장은 성 위에서 물었다.

"말씀해 보시오."

마초는 마상에서 채찍을 번쩍 들어 허공을 가리키며 말했다.

"원래 나는 장로의 군사를 영솔해 가지고 당신을 구하려 했더니 누가 알았겠소, 장로는 양송의 참소하는 말을 듣고 도리어 나를 해치려 하므로 나는 유 황숙한테 이미 항복을 했습니다. 당신도 땅을 내놓고 항복한다면 생령生靈들의 수고를 면할 것이고, 그렇지 않고 결단을 내리지 못한다면 내가 먼저 익주를 공격할 작정이오."

유장은 깜짝 놀랐다. 얼굴이 흙빛으로 변하면서 이내 성 위에 쓰러져 졸도해 버렸다.

모든 장수들은 급히 유장을 구하여 손발을 주무르고 약을 먹였다.

반식경이 지나 유장은 깨어났다.

모든 신하들을 돌아보고 말했다.

"내가 밝지 못해서 그리되었으니 이제 뉘우쳐도 소용이 없구려. 성문을 열고 항복해서 백성들이나 건져 냅시다."

막하에 있는 동화董和가 만류하였다.

"성중에는 아직도 삼만의 군졸이 남아 있고, 전백錢帛과 양초는 가히 일 년을 지탱할 만합니다. 어쩌자고 항복을 하려 하십니까?"

"나의 부자가 촉중에 있은 지 이십여 년에 백성들한테 은혜를 더하지 못했고, 싸움이 일어난 지 삼 년에 백성들의 피와 살을 초야에 굴렸으니, 모두 다 내 허물이오. 내 마음이 어찌 편할 리 있겠소. 항복해서 백성들을 편안케 해주는 것이 좋겠소."

여러 사람들은 유장의 말을 듣고 눈물을 떨어뜨렸다.

홀연 한 사람이 출반하여 말했다.

"주공의 말씀이 옳습니다. 정히 하늘 뜻에 맞습니다."

모두들 보니 파서巴西 사람 초주譙周였다.

이 사람은 천문에 밝았다.

"어찌해서 하늘 뜻에 맞는다 하오?"

유장이 물었다.

"제가 밤에 건상乾象을 보니 모든 별이 촉蜀으로 모여들었는데, 그중 큰 별은 광채가 호월皓月[9]과 같아서 제왕의 기상이었습니다. 더구나 얼마 전에는 아이들이 동요를 불렀습니다. 동요에 이르기를 '새 밥이 먹고 싶거든 선주先主가 오시기를 기다려 보게.' 이같이 유행이 되어 불렀습니다. 천도天道를 거스를 수 없습니다."

옆에 있던 황권과 유파는 크게 노했다.

---

9) 호월 : 아주 맑고 밝게 비치는 달.

칼을 빼어 들고 초주를 죽이려 했다.

이때 파발마가 급히 달려와 고했다.

"촉군 태수 허정이 성을 넘어가 항복했다 합니다."

유장은 땅을 쳐 통곡하고 부중으로 돌아갔다.

다음 날이 되었다. 문 지키는 장수가 또다시 급히 보했다.

"유 황숙이 막빈으로 있는 간옹이란 사람을 보내서 주공께 뵙겠다 합니다."

"성문을 열고 청해 들이는 수밖에 없다."

유장은 기운 없이 말했다.

수문장은 성문을 열고 간옹을 맞아들였다.

간옹은 수레를 타고 성안으로 들어오는데 거만한 기상으로 성중을 돌아보았다.

구경하던 사람 중에 한 사람이 칼을 뽑아 들고 큰소리로 꾸짖었다.

"소배少輩가 뜻을 얻었다고 방약무인傍若無人이로구나. 네가 감히 우리 촉중蜀中 사람을 무시하느냐?"

간옹은 황망히 수레에서 내려 보니 광한 면죽 사람 진복秦宓이었다.

간옹은 덥썩 진복의 손을 잡았다.

"현형賢兄이 있는 것을 몰라보았네. 내가 어찌 안하무인眼下無人이었을 리가 있나. 과히 책망을 말게나."

두 사람은 함께 유장한테 들어가서 현덕의 관홍대도寬洪大度를 말했다.

유장은 항복하기를 결정한 후에 간옹을 후대했다.

다음 날이 되었다. 유장은 친히 익주 대장군의 자사刺史의 인수와 문적文籍을 보에 싸서 수레에 얹고 간옹과 함께 성에 나가 항복하였다.

현덕은 친히 영채 앞에 나와 유장의 손을 잡고 눈물을 흘리며 말했다.

"내가 인仁과 의義를 모르는 바 아니지만, 만부득이해서 하는 일이니 어찌하는 수 없소."

두 사람은 영채에 들어가 인수와 문부文簿를 양도해 주고받은 후에 말고삐를 가지런히 하여 성으로 들어갔다.

현덕의 입성한다는 말을 듣고 성도 백성들은 향화香火와 등촉燈燭을 받들어 거리와 길에서 맞이하였다.

현덕은 백성들의 환영을 받으면서 당에 올라 좌정하니 고을 안 모든 관원들이 당하에 모여 배례를 드렸다.

다만, 황권과 유파 두 사람만이 집에 들어앉아 문을 닫고 나오지 아니했다.

현덕의 장수들은 분개했다.

"황권과 유파란 놈을 죽여야 하오. 집으로 찾아갑시다."

모두들 소매를 걷어붙이고 떠들어 댔다.

현덕은 큰일이라 생각했다. 급히 전령을 내렸다.

"만일 황권과 유파를 해치는 자가 있다면 삼족을 멸하리라."

현덕은 엄한 전령을 내린 후에 친히 두 사람의 집으로 찾아가 출사하기를 권했다.

황권과 유파는 현덕의 은혜로운 대접에 감복했다. 나가서 현덕을 섬기기로 했다.

익주를 수중에 넣은 후에 공명은 현덕한테 아뢰었다.

"이제 서천을 평정했습니다. 그러나 두 주인이 있을 수 없습니다. 유장은 형주로 보내셔야 합니다."

현덕이 대답했다.

"이곳에 들어온 지 몇 날이 되지 아니했는데, 어찌 차마 계옥季玉을 멀리 보내겠소."

공명은 얼굴빛을 바로잡고 말했다.

"유장이 익주의 기업을 잃은 것은 마음이 너무나 약한 데 원인이 있었던 것입니다. 주공께서 부녀자 같은 인정으로 처사를 하신다면 결코 이 땅을 오래 보존치 못하실 것입니다."

공명의 엄연한 말에 현덕은 아니 쫓을 수 없었다.

크게 잔치를 차리고 유장을 청하여 진위振威 장군將軍의 인수를 차게 한 후에 처자 낭속廊屬과 재산을 정리하여 형주로 즉일 부임케 했다.

현덕은 스스로 익주목이 된 후에, 항복한 문무백관에게 중한 상금과 벼슬을 주었다.

엄안에게는 전장군前將軍의 칭호를 주고, 법정으로는 촉군蜀郡 태수太守를 삼고, 동화로는 장군掌軍 중랑장中郎將을 삼고, 허정에게는 좌장군左將軍 장사長史의 칭호를 주고, 방의로 영갑營甲 사마司馬를 삼고, 유파로 좌장군을 삼고, 황권으로 우장군을 삼았다.

나머지 오의, 비관, 팽의, 탁응, 이엄, 오란, 뇌동, 이회, 장익, 진복, 초주, 여의, 곽준, 등지, 양홍, 주군, 비위, 비시, 맹달 문무 관원으로 항복한 사람들은 모두 다 발탁해 썼다.

현덕은 다시 제갈공명으로 군사를 삼고 관운장으로 탕구蕩寇 장군將軍 한수漢壽 정후亭侯를 봉하고, 장비에게 정원征遠 장군將軍 신정후新亭侯를 주고, 조자룡에게 진원鎭遠 장군將軍을 제수하고, 황충으로 정서征西 장군將軍을 삼고 위연에게는 양무楊武 장군將軍의 칭호를 내리고, 마초한테 평서平西 장군將軍을 제수하고 손건, 간옹, 미방, 미축, 유봉, 관평, 주창, 요화, 마속, 장완, 마량, 이적 등 옛사람인 문무백관에게는 모두 다 벼슬을 올리고 상을 후하게 주었다.

특별히 관운장에게는 사신을 보내서 황금 5백 근에 백은 1천 근과 돈 5천만 냥에 촉금蜀錦 1천 필을 주고 나머지 사람들에게는 공에 의거하여 차례로 상을 주었다.

현덕은 다시 소와 말을 잡아 크게 잔치하여 군사를 배부르게 먹게 한 후에, 창고를 열어 가난한 백성들에게 쌀을 주니 군사와 백성들은 만세를 불러 환호성을 올리며 기뻐했다.

현덕은 익주를 평정한 후에 성도 안에 있는 이름 높은 전택田宅을 모든 장수한테 나누어 주려 했다.

조자룡이 현덕을 보고 말했다.

"익주 백성들이 오래도록 병화에 시달려서 전택이 없습니다. 백성들한테 돌려주어서 농업을 편안히 짓도록 하십시오."

현덕은 조운의 말이 옳다고 생각했다. 장군들에게 전택 주는 것을 중지하고 제갈공명에게 나라 다스리는 조례條例를 정하게 했다.

그러나 법이 너무나 엄했다.

법정이 말했다.

"옛적에 고조高祖는 법을 세 조문으로 정하여 간략하기 비할 데 없건만 백성들은 그 법을 지켜서 성대盛代의 정치를 이루었습니다. 형벌을 너그럽게 하고 법조문을 생략해서 백성들을 편리케 하십시오."

공명이 고개를 가로흔들었다.

"그대는 하나만 알고 둘은 알지 못하는 소리요. 법을 쓰는 방법이 독하면 백성이 원망하는 고로 고조는 너그러운 정치를 했지만, 유장은 덕德도 없으면서 형벌도 엄하지 못해서 위령이 서지 못했고 군신의 도가 문란해졌던 것이오. 정실로 직위를 주고 순종하는 자에게만 은혜를 베풀었으니, 제 어찌 망하지 아니하고 배겨 나겠소. 그런 까닭에 나는 추상같은 법을 세워서 관민을 단련시킨 후에 다시 화기와 덕으로 그들을 무마할 작정이오."

법정은 공명의 설명을 듣자 비로소 감복했다.

법정이 촉군 태수로 부임한 후에 평소에 은혜 진 일과 혐의 있는 일을 모조리 생각해서 갚았다.

은혜 진 사람한테는 은혜로 갚고 원수진 사람한테는 원수로 처리했다.

어떤 사람이 공명한테 고했다.

"법정이 너무나 박한 태도를 취합니다. 좀 꾸짖으십시오."

"지난날 주공께서 형주에 계실 때 북에는 조조가 범같이 버티어 있고, 동에는 손권이 노려보고 있었소이다. 이때 법정이 아니었다면 오늘날 익주를 어찌 차지했겠소. 오늘날 그로 하여금 마음대로 행동하도록 눈을 감아 버리는 것도 좋지 아니하오. 하하."

공명은 너그럽게 웃어 버렸다.

법정은 이 소문을 들었다. 공명의 너그러운 말에 크게 부끄러움을 느꼈다. 그 후부터는 말과 행동을 극히 조심하게 되었다.

하루는 현덕이 공명과 한담하고 있을 때 시자가 들어와 보했다.

"관운장께서 관평을 보내서 금백金帛 주신 것을 사례하러 왔다 합니다."

"들어오라 해라."

현덕은 관평을 불러들였다.

관평이 절하고 운장의 말을 전했다.

"아버지께서 마초의 무예가 절륜하단 말씀을 들으시고, 한번 이곳으로 오시어 무예를 시험해 보겠다 하십니다. 꼭 백부님의 허락을 맡아 오라 하셨습니다."

관평의 말을 듣자 현덕은 공명과 의논하였다.

"만약 운장이 이곳으로 와서 마맹기馬孟起와 함께 무예를 시험해 본다면, 그 형세가 양립될 수 없으니 일이 딱하지 아니하오?"

"무방합니다. 일이 없도록 하겠습니다. 주상께서는 과히 염려 마십시오."

공명은 대답한 후에 운장한테 편지를 썼다.

현덕은 운장이 성급하게 굴까 하여, 곧 관평에게 공명의 편지를 가지고 밤을 도와 형주로 가게 했다.

관평이 형주에 당도하여 운장께 뵈이니 운장이 물었다.

"나는 마초하고 기어코 무예를 겨루어 볼 작정이다. 너 이 말씀을 백부께 아뢰었더냐?"

"예, 아뢰었습니다. 그리하옵고 제갈 군사께옵서 아버님께 편지를 전하라 하여 가지고 왔습니다."

운장이 관평이 올리는 공명의 편지를 받아 보니 사연은 아래와 같았다.

양亮이 듣자오니 장군께서 이번에 마초와 함께 무예를 겨루어서 누가 수단이 높고 낮은 것을 판가름해 보시겠다 한다 하니 이것 참, 무슨 망녕의 짓입니까. 마초가 비록 영웅스러워서 보통 사람보다 낫다 하나 불과시 경포黥布, 팽월彭越 따위의 무리들입니다. 장익덕과 우열을 겨루어 본다 해도 한 손을 접혀야 할 사람인데, 항차 미염공의 초인하신 용맹과 지혜를 마초 쯤이 제 어찌 감히 따르오리까. 지금 관운장께서는 형주를 지키시는 중대한 책임을 맡아 계십니다. 마초와 무예를 겨루려고 서촉까지 오셨다가 혹여나 이 틈에 형주에 변이 생겨 실수가 된다면, 장군의 죄책은 클 것입니다. 바라옵건대 밝게 살피시옵소서.

운장은 공명의 편지를 보자 마음이 유쾌했다.

삼각수 길고 아름다운 수염을 두 손으로 따면서 빙긋 웃으며 말했다.

"공명은 내 마음을 잘 아는군!"

관운장은 마음이 흡족했다. 제갈공명의 편지를 형주에 있는 모든 장수들한테 돌려 보이면서 은근히 자랑하고 다시는 서촉으로 들어가 마초와 재주를 겨루어 볼 생각을 아니했다.

이때 동오 손권은 유현덕이 서천을 취하여 유장을 공안公安으로 보낸다는 소식을 듣고 장소, 고옹을 불러 상의하였다.

"당초에 유비는 내 형주 땅을 빌어서 거처하며 말하거늘, 서천을 취하게 되면 형주를 내놓겠다 했다는데 지금 서촉 사십일 주를 차지했으니 그만하면 욕심을 채운 셈이라, 형주의 한상漢上 제군諸郡을 달래서 아니 들으면, 군사를 일으키는 수밖에 도리가 없소."

장소가 대답했다.

"지금 강동 오중吳中은 태평합니다마는 군사를 움직일 수 없소이다. 제가 한 계교가 있으니, 이 계책을 쓰신다면 유비는 두 손으로 형주를 바치러 올 것입니다."

"어떠한 계교입니까?"

손권은 장소를 향하여 은근하게 물었다.

관운장은 단신으로 오회에 가다

　장소는 손을 들어 자기의 계책을 설명했다.

　"유비가 가장 믿고 의지하는 사람은 제갈양이올시다. 그런데 그 형 제 갈근은 지금 우리한테 벼슬하고 있습니다. 이 사람의 식구들을 옥에 가둔 후에 서촉으로 보내시어 형주를 내 달라 하십시오. 제갈근이 물어볼 때, 유현덕이 형주를 내놓지 아니하는 경우에는 자기 집안의 늙고 젊은 가족 들이 다 죽게 된다고 제갈양한테 매달린다면 제갈양도 형제지정을 생각 해서 형주 내줄 것을 응낙할 것입니다."

　"제갈근은 성실한 사람인데 어찌 차마 그의 집안 식구를 옥에 내려 가 두겠소?"

　손권은 괴탄했다.

　"그들 집안 식구한테 계책이라고 알려 주면 제갈근도 안심하고 갈 것 입니다."

　손권은 장소의 말을 들었다.

　제갈근의 늙고 젊은 가족들을 모조리 잡아 옥에 내린 후에 제갈근으로 공명을 찾아가게 했다.

　몇 날이 아니 되어서 제갈근은 서촉에 당도하여 현덕과 공명을 만나자 청했다.

　현덕이 공명한테 물었다.

"지금 백씨께서 이곳에 오시는 일은 무슨 일이겠소?"

공명이 빙긋 웃으며 대답했다.

"형주를 찾으러 오는 것입니다."

"무엇이라 대답하면 좋으리까?"

공명은 현덕의 귀에 입을 대었다.

"여차여차하십시오."

공명은 현덕한테 계책을 전하고 성 밖으로 수레를 몰아 제갈근을 맞이했다.

제갈근은 제갈공명의 사택으로 들어가지 아니하고 빈관賓館으로 들어가 아우를 보고 방성대곡하였다.

제갈양은 형에게 물었다.

"형님께서는 어찌해서 방성통곡을 하십니까?"

공근은 울음을 그치고 대답했다.

"내 집안 식구는 이제 다 죽게 되었네."

"형주를 돌려주지 않는다고 그따위 짓을 했습니다그려. 저 때문에 형님댁 식구가 모두 다 고생을 하시게 되었으니 죄송하고 불안하기 짝이 없습니다. 형님께서는 과히 염려 마십시오. 제가 형주를 돌려보내 드리도록 계책을 생각해 보겠습니다."

제갈근은 아우 공명의 말을 듣자 크게 기뻤다.

공명과 함께 유현덕한테 들어가 손권의 글월을 올렸다.

현덕은 손권의 서신을 받고 크게 노했다. 큰소리로 손권을 꾸짖었다.

"손권은 제 누이를 나한테 시집보내 놓고 나 없는 틈을 타서 제 누이를 몰래 뺏어 갔으니, 정리에 단연코 용납할 수 없는 일이다. 나는 크게 서천 군사를 일으켜 강남으로 내려가서 나의 원한을 씻으려는 참인데, 도리어 나를 보고 형주를 달라 하느냐. 괘씸하기 짝이 없다!"

현덕은 책상을 주먹으로 치며 펄펄 뛰었다.

제갈양이 울면서 땅에서 내려 절하며 아뢰었다.

"오후吳侯는 저의 형의 식구를 늙고 젊은이 할 것 없이 모조리 옥에 가두었다 합니다. 만약에 형주를 돌려보내지 아니하면 모두 다 죽여 버린다 합니다. 제 형과 전 가족이 죽은 후에 저 혼자 어찌 살겠습니까? 바라옵건대 주상께서는 저의 낯을 보시고 형주를 동오로 돌려보내 주시어 형제지간의 정리를 온전케 해 주십시오."

현덕은 일부러 괘사를 떨었다.

"안될 말이오. 사사로운 정으로 국가의 일을 좌우할 수 없소."

현덕은 딱 잡아뗐다.

"그저 통촉해 주십시오. 형제지간의 정이 딱합니다."

공명은 울면서 애걸하였다.

현덕은 그래도 고개를 가로흔들었다.

"주상께 아룁니다. 그저 제갈양의 정상을 한 번만 생각해 주십시오."

공명은 목이 메어 애원했다.

현덕은 한동안 생각하는 체하다가 말을 꺼냈다.

"정 그러하다면 군사軍師의 낯을 보아 장사, 영릉, 계양 세 고을을 동오한테 내주리다."

공명이 아뢰었다.

"그러하시다면 말씀으로만 하지 마시고 아주 친필로 관운장한테 세 고을을 내주라고 써 주시기 바랍니다."

현덕은 글월을 써서 제갈근한테 준 후에 당부하였다.

"선생은 형주에 가거든 내 아우를 만나 잘 말씀하시오. 내 아우의 성정은 불덩이 같아서 나도 항상 두려워하는 바입니다. 자세한 사정을 잘 말씀하시오."

제갈근은 글월을 받아 가지고 현덕과 공명을 작별한 후에 형주로 가서 관운장과 만나기를 청했다.

관운장은 제갈공명의 형 제갈근이 왔다는 말을 듣고 장중으로 청해 들였다.

제갈근은 품 안에서 현덕의 글월을 꺼내서 관운장한테 올리며 말했다.

"유 황숙께서 형주 땅 중에 삼三 군郡을 동오로 먼저 돌려보내라 하셨습니다. 장군께서는 속히 교할交割해 주시기 바랍니다. 좋은 낯으로 돌아가 오후吳侯를 만나겠습니다."

관운장은 얼굴빛을 변하며 대답했다.

"나는 우리 형님과 함께 도원에서 의를 맺어 한실漢室을 광부匡扶하려고 맹세한 사람이외다. 형주 땅은 본시 대한大漢의 강토입니다. 어찌 자만한 땅인들 다른 사람에게 넘겨 줄 수 있습니까. 그리고 장수는 밖에 있어 어느 경우에는 임금의 명이라도 받지 않는 경우도 있습니다. 비록 우리 형님께서 글월을 보내셨다 하나 나는 한 치 땅이라도 내줄 수 없습니다."

운장은 결연히 대답하고 입을 다물었다.

제갈근은 여태껏 한 일이 허사였다. 큰일이라 생각했다. 입술이 바짝바짝 타 들어갔다.

"지금 오후는 저의 늙고 어린 집안 식구들을 모조리 옥에 내려 가두었습니다. 만약 형주의 일부분이라도 돌려보내 주지 아니하신다면 제 집안 식구는 몰살이 됩니다. 바라옵건대 장군께서는 불쌍하게 여겨 주십시오."

관운장은 장심掌心을 어루만지며 한번 크게 껄껄 웃고 대답했다.

"그거 다 오후 손권의 속임수올시다. 어찌 감히 나를 속여 먹겠소? 당신의 식구들도 죽이지 아니할 테니 염려 마시오.”

제갈근이 또 말했다.

“장군께서는 너무나 낯을 보아주지 아니합니다.”

관운장은 번쩍 청룡도를 뽑아 들었다.

“잔소리 마시오. 청룡도에는 면목이 없소이다!”

제갈근의 목은 자라목 오므라들 듯 움츠러들었다.

관평이 옆에 있다가 목소리를 나직이 하여 간하였다.

“아버님, 군사軍師님의 낯을 보시어 노여움을 그치십시오.”

관공은 아들의 말엔 대꾸도 아니하고 제갈근을 꾸짖었다.

“내가 군사의 낯을 보지 않았다면, 당신의 몸은 동오로 돌아가지도 못
하고 벌써 혼이 날아갔으리다.”

제갈근은 얼굴이 홍당무가 되었다.

인사를 하는 둥 마는 둥, 급히 선창으로 나가 배에 올라 서천으로 가서
다시 공명을 찾았다.

그러나 이때, 공명은 순행巡行을 돈다고 핑계를 대고 지방으로 나가고
없었다.

제갈근은 하는 수 없이 현덕한테로 가서 운장이 청룡도를 빼어 들어 죽
이려 하던 일을 울면서 고했다.

현덕은 제갈근을 타일렀다.

“미안하기 짝이 없소이다. 내 아우의 성정이 너무나 급해서 탈입니다.
지금은 그 사람하고 말할 수가 없으니 자유子瑜는 잠깐 그대로 돌아가시
오. 내가 동천東川과 한중漢中을 마저 취한 후에 운장더러 지키라 하고 형
주를 돌려보내오리다.”

제갈근은 아무리 졸라도 더 뾰족한 수가 있을 것 같지 아니했다.

뒤통수를 긁으면서 동오로 돌아가 손권을 찾아보고 지난 경과를 일장 설파했다.

손권은 크게 노했다.

"공연히 서천으로, 형주로, 또다시 형주에서 서천으로 왔다 갔다 수고만 했구려. 기막히오. 이번에도 계씨 제갈양의 꾀에 넘어갔구려."

"아니올시다. 제 아우는 울면서 현덕한테 졸라서 겨우 장사, 영릉, 계양 삼 군을 돌려보내기로 한 것인데, 현지를 지키고 있는 관운장이 막무가내로 고집을 부려서 아니 내놓습디다."

손권은 조금 누그러졌다.

"기위 현덕이 삼 군을 돌려준다는 필적까지 써 놓았으니, 먼저 사람을 보내서 세 고을을 관장管掌하는 것이 어떠하겠소?"

"주상의 말씀이 극히 옳으십니다."

제갈근은 손권의 말에 찬동했다. 손권은 제갈근의 가속들을 집으로 돌려보낸 후에 세 고을에 태수太守의 명칭을 붙여서 사람을 보냈다.

그러나 원들은 모두 다 도로 쫓겨 왔다.

"관운장이 청룡도를 빼어 들고 엄포하는 바람에 혼나서 쫓겨 왔습니다. 조금만 지체하면 목을 잘라 죽인다 합디다."

손권은 역정이 머리끝까지 올랐다. 노숙魯肅을 불러 책망하였다.

"자경子敬은 전부터 유비를 너무 두둔하여 형주를 빌려 주더니 오늘날 도대체 이 꼴이 무엇이오. 유비는 지금 서천을 차지하고도 형주를 내놓지 아니하니 괘씸하기 짝이 없소. 그래 자경은 앉아서 보고만 있단 말씀이오?"

손권은 노숙을 흘겨보았다.

노숙은 황송했다. 고개를 숙여 손권한테 아뢰었다.

"그동안 저는 한 계책을 얻었습니다. 틈을 타 주상께 아뢰려 했던 참이올시다."

"무슨 계교란 말이오?"

"바다 앞 육구陸口에 군대를 주둔시킨 후에 연회를 차리고 사람을 관운장한테 보내서 청해 보자는 것입니다. 만약 운장이 온다면 순순히 좋은 말로 달래서 형주 삼 군을 내놓으라 하고, 만약 말을 듣지 아니하는 경우에는 도부수를 매복시켰다가 죽여 버리는 것이 좋다고 생각합니다. 그리고 운장이 아니 오는 경우에는 군대를 진격시켜서 승부를 다투어 형주를 뺏어 오는 것이 상책이라 생각했습니다."

손권은 비로소 굳어졌던 얼굴이 풀어지기 시작했다.

"정히 내 뜻과 같소. 곧 그렇게 하시오."

감택闞澤이 나와서 간하였다.

"불가합니다. 관운장은 일세에 범 같은 맹장이올시다. 보통 사람으로는 당해 내기 어렵습니다. 잘못하다가 도리어 해를 당할 것입니다."

손권은 역정이 벌컥 났다.

"그렇다면 형주 땅은 어느 때나 찾게 된단 말이오? 잔소리 말고 노자경은 계책대로 빨리 실천해 보시오."

노숙은 손권을 작별한 후에 육구로 나가 여몽과 감녕을 불러 상의한 후에 크게 연회를 영문 밖에 있는 와강정臥江亭에 차렸다.

노숙은 말 잘하는 변사 한 사람을 뽑아서 강을 건너 관공을 찾게 했다.

강어귀에는 관평이 지키고 있다가 건너오는 사람의 행지와 내력을 캐물은 후에 사자를 형주로 인도하여 운장께 뵙게 했다.

사자는 관공께 절한 후에 노숙의 편지를 올리고 관공께 아뢰었다.

"노자경께서 연회를 와강정 상에 차리시고 장군을 청합니다."

관운장은 노숙의 편지를 받아 본 후에 사자한테 일렀다.

"너는 먼저 돌아가거라. 내 곧 가리라."

사자가 돌아간 후에 관평이 아뢰었다.

"이번에 노숙이 청하는 것은 아무리 생각해 보아도 좋은 뜻으로 청하는 것 같지 아니합니다. 아버님께서는 왜 가신다고 허락을 내리셨습니까?"

운장은 빙긋 웃으며 대답했다.

"내 어찌 모르겠느냐? 이것은 제갈근이 형주를 찾으러 왔다가 내가 얼른 말을 듣지 아니하니, 노숙은 육구에 둔병屯兵하고 나를 청해서 형주를 내 달라고 하려는 것이다. 내가 만약 가지 않는다면 나보고 겁을 낸다 할 것이다. 나는 내일 혼자 작은 배 타고 연회에 나가 노숙을 만날 작정이다. 저 노숙이 나한테 감히 어찌할 테냐?"

관공은 말을 마치자 기상이 늠름했다.

관평이 아뢰었다.

"아버님께서는 만금 같으신 귀한 몸으로 어찌해서 친히 호랑이 굴을 밟으려 하십니까? 큰아버님의 소중하신 부탁을 저버리지 마십시오."

관공은 껄껄 웃으며 관평을 향해 대답했다.

"쓸데없는 염려 마라. 나는 천창만인千槍萬刃과 시석矢石이 비 오듯 쏟아지는 속에서도 필마단기로 무인지경같이 말을 달렸는데, 그까짓 강동의 쥐새끼 같은 무리들을 근심한단 말이냐."

관공의 의기는 더욱 헌앙하였다.

마량이 옆에 섰다가 역시 간하였다.

"노숙이 비록 장자長者의 풍도가 있어서 점잖다 하오나, 지금 일이 급하므로 딴맘을 먹고 있으니 장군께서는 가볍게 몸을 움직이지 마시옵소서."

관공은 다시 껄껄 웃으며 말했다.

"옛적 전국 시대에 조趙 나라의 인상여藺相如란 재상은 닭 한 마리 잡아 묶을 힘이 없건만, 민지澠池 모임에서 진秦의 군신 보기를 마치 아무것도 없는 듯이 보았거든, 황차 나는 일찍이 만인적萬人摘의 공부를 한 사람이다. 무엇이 두렵단 말이냐. 이미 허락한 일을 다시 중언부언重言復言 말해서 신을 잃을 필요가 없느니라."

마량은 다시 아뢰었다.

"비록 가신다 해도 마음속으로 준비는 하셔야 합니다."

"집의 아이한테 일러서 빠른 배 열 척에 헤엄 잘 치는 수군水軍 오백 명을 감추어 대기해 두었다가 붉은 기가 흔들리거든 배를 저어 강을 건너오면 그만이다."

관평은 아버지의 분부에 따라 배를 거느려 강변에 대기하고 있었다.

한편, 동오의 사자는 강동으로 돌아가 노숙을 보고 관공이 내일 연회에 참여할 것을 개연히 허락했다는 뜻을 전했다. 노숙은 사자의 말을 듣고 여몽과 의논하였다.

"관공이 이번에 쾌하게 연회에 참석할 것을 허락했으니 일이 어찌 되겠소?"

"저 사람이 군사와 말을 거느려 온다면 저는 감녕과 각기 군사를 거느리고 강 언덕 좌우편에 매복해 있다가 대포 소리를 군호로 하여 시살을 하면 됩니다. 그리고 만약 군사를 거느리지 아니하고 홀몸으로 온다면 뒤뜰에 도부수 오십 명을 매복해 두었다가 죽여 버리면 됩니다."

노숙은 좋다고 찬성했다.

다음 날 노숙은 사람을 시켜서 멀리 강상을 바라보게 했다.

진시辰時 때가 되자, 한 척 배가 강상에 둥실 떠왔다.

다만 두어 사람 뱃사공이 있고, 배 한가운데는 붉은 기가 바람에 펄펄

날리는데, 기폭에는 큰 글씨로 '관關자'가 써 있었다.

배는 점점 가까이 왔다. 배 한복판의 관운장은 푸른 건(靑巾)에 녹포綠袍를 입어 위엄 있게 앉아 있고, 옆에는 주창周倉이 청룡도 큰 칼을 받들고 섰다.

얼마 후, 배에서 내리자 노숙은 관공을 모시어 정자 위로 올랐다.

인사를 마친 후에 연회는 시작되었다. 서로 잔을 들어 술을 권하는데 운장은 담소가 자약自若하였다.

노숙은 감히 얼굴을 들어 관운장을 바로 바라보지 못했다.

술이 반 넘어 거나하게 취했을 때 노숙이 천천히 말을 꺼냈다.

"군후君侯께 한 말씀 하소연할 일이 있습니다. 다행히 들어주시겠습니까?"

"말씀해 보시오."

관운장은 미소를 풍기며 삼각수를 쓰다듬었다.

"전일, 영형令兄되시는 황숙께서는 이 사람을 중간에 넣으시어 우리 주인한테 형주 땅을 빌리셨습니다. 그때 약속하시기를 서천을 취한 후에는 곧 형주를 돌려보낸다 하셨는데, 지금 서천을 평정하여 얻으시고도 형주 땅을 돌려보내지 아니하시니 이거 실신失信하는 일이 아닙니까?"

운장은 고개를 가로흔들며 대답했다.

"그것은 국가간의 이야기할 일입니다. 술 마시는 주석에서 할 말이 아닙니다."

노숙은 관공의 대답을 못 들은 체 말을 계속했다.

"우리 주인께서 형주 땅을 빌려 드린 것은 그 당시 당신네들이 싸움에 패해서 의지할 곳이 없으므로, 좋은 마음으로 빌려 드렸던 것입니다. 이제 서촉의 익주를 얻으셨으니 빨리 형주를 돌려보내 주십시오. 황숙은 형주 중에 삼 군을 겨우 돌려보내 주마고 허락까지 내리셨는데, 장군께서는 한술 더 떠서 부임한 원들까지 쫓아 버렸으니 너무나 심하지 아니합니까."

운장은 버럭 소리치며 말했다.

"오림烏林 싸움에 우리 형님께서 친히 화살과 돌을 받으시며 죽도록 싸워서 적을 격파하셨는데, 어찌 그 공은 생각지 아니하고, 족하足下는 이제 땅만 내노라 하시오?"

"그렇지 아니합니다. 군후께서 처음에 황숙과 함께 당양當陽 장판長坂에서 패하시어 계책은 궁하고 생각은 막다른 골목이 되어 멀리 찾아오시니, 우리 주인께서는 황숙의 몸 붙일 곳 없는 것을 민망하게 생각하시어 토지를 아끼지 아니하고 빌려 드린 것입니다. 황숙은 이제 서천을 취하여 자기 땅을 만들고도 그대로 형주를 점거하여 내놓지 아니하시니, 이것은 탐심이 많아서 배은망덕을 하는 일입니다. 두렵건대, 천하 사람들의 웃음거리가 되고 말 것입니다. 군부께서 살펴서 처리하십시오."

"그것은 다 우리 형님의 일이니, 나의 간여할 바가 아닙니다."

노숙이 껄껄 웃으며 말했다.

"군후께서는 유 황숙과 함께 도원결의를 하시어 생사를 같이할 것을 맹세하셨습니다. 황숙의 일이 곧 군후의 일입니다. 추탁推託하실 일이 아니올시다."

운장이 채 대답하기 전에 뜰아래서 주창이 큰소리로 외쳤다.

"하늘 아래 토지는 덕 있는 사람이 차지하는 법이다. 그래 땅이란 땅은 모두 다 너희 동오에서만 갖는단 말이냐. 괘씸하구나!"

관공은 얼굴빛을 고치고 벌떡 자리에서 일어나 주창이 받들고 섰는 청룡도 큰 칼을 뺏어 뜰 한가운데 세우고 주창을 꾸짖었다.

"국가의 중대한 일을 네 어찌 함부로 참견해 말하느냐. 빨리 나가거라!"

관운장이 주창을 꾸짖어 나가라 한 것은 거짓 군호를 한 수작이었다.

주창은 관공의 뜻을 알아차렸다. 무료한 듯 뒤통수를 긁으며 밖으로 나가자 쏜살같이 강변으로 향하여 붉은 기를 힘차게 흔들었다.

관평의 배는 주창이 흔드는 붉은 기를 바라보자 살같이 강동으로 모여들었다.

관운장은 바른손에 칼을 잡고, 왼손으로 노숙의 손을 이끌어 거짓 취한 체 비틀거리며 말했다.

"공은 오늘 나를 청해서 즐겁게 연회까지 베풀어 준, 이 좋은 날 다시는 더 형주 일을 논란하지 마오. 내 오늘은 취했소이다. 술김에 혹여나 일이라도 저질러서 친구의 정리를 끊어뜨릴까 염려되오. 형주 일은 다른 날 따로 이야기하기로 합시다."

노숙은 관운장한테 발이 땅에 붙지 않도록 끌려서 강변까지 나갔다.

이때, 여몽과 감녕은 제각기 군대를 거느리고 관운장을 죽이러 나오다가 운장이 노숙의 손을 꼭 잡고 함께 나오는 것을 보자 노숙이 상할까 겁이 나서 감히 움직이지 못했다.

관운장은 관평이 강변에 배를 대자 잡았던 노숙의 손을 놓고 퍼뜩 배 위로 올랐다.

손을 흔들어 노숙을 작별했다.

노숙은 취한 듯 어린 듯, 멍하니 떠나가는 관운장의 배만 바라보고 섰다.

관공의 배는 순풍을 타고 살같이 달아났다.

운장이 형주로 돌아온 후에 노숙은 여몽과 상의하였다.

"관운장을 청해서 죽이려 했던 이번 일도 또다시 성공을 못했으니 어쩌면 좋소?"

"좌우간 주공께 빨리 기별하시어 군사를 일으켜 한번 관우와 대결하는 것이 좋겠소이다."

노숙은 곧 사람을 손권한테 보내서 실패한 사실을 고했다.

손권은 대로했다.

동오의 힘을 다 기울여 형주를 취하려 결심했다. 홀연 정보 맡은 장교가 급히 말을 달려 소식을 전했다.

"조조가 삼십만 대병을 거느리고 강남으로 내려옵니다."

손권은 깜짝 놀랐다. 급히 노숙을 불렀다.

"형주를 치려던 군사를 모두 다 거두어 합비와 유수로 돌려서 조조를 막게 하오."

한편 조조는 30만 대병을 동원하여 남정하는 길에 오르려 할 때, 참군參軍 부간傅幹이 아뢰었다.

"간幹은 듣자오니 무력武力으로 움직이려 할 때에는 먼저 위엄이 앞서야 하고, 문文으로 일을 시작하려면 먼저 덕을 닦아서 위엄과 덕이 서로 어우러져 합한 연후에야 왕업이 이루어지는 것입니다. 과거 천하가 어지러울 때 승상께서는 무로써 위엄을 드날리시어 천하의 아홉 곳을 평정하셨습니다. 이제 평정하시지 못한 곳은 오吳와 촉蜀일 뿐입니다. 오吳는 장강의 요새를 가졌고, 촉蜀은 숭산崇山의 험한 길이 가로막혔소이다. 위威로만 가지고 굴복시킬 수 없소이다."

조조는 귀를 기울여 부간의 말을 들었다.

조조는 복 황후를 죽이다

부간傅幹은 말을 계속하였다.

"저의 어리석은 생각에는 무위武威보다 더욱 문덕文德을 닦으시어 갑옷 투구를 벽상에 걸어 놓고 군사를 집에서 쉬게 하시고, 칼을 놓고 선비를 길러서 때를 기다려 움직이신다면 천하에 두려울 것이 없습니다. 이제 수 십만의 군대를 움직인다 해도 적은 장강의 험한 물길을 가졌고, 촉산蜀山 의 기구한 준령을 차지하고 있습니다. 이로 인하여 우리 군대가 아무리 막막강병이라 하나, 능히 그 기奇를 쓸 수 없고 변變을 취할 수 없게 된다 면 이것은 위威가 굴屈하고 마는 것입니다. 바라옵건대 승상께서는 밝히 통촉하옵소서."

조조는 언정이순言正理順한 부간의 말에 취했다.

곧 영을 삼군에 내렸다.

"아직 남정하는 일을 보류하라."

조조는 동병動兵하는 일을 중지한 후에 부간의 말대로 크게 문덕文德을 일으키려 했다.

한편으로 학교를 세우고, 한편으로 글 잘하는 문사文士들을 예로 맞이 하여 존경하여 대접했다.

조조의 칭송은 허도에 자자했다.

시중侍中 왕찬王粲, 두습, 위개, 화흡 네 사람은 조조를 높여서 위왕魏王

을 삼으려 했다.

중서령 순유가 이 말을 듣고 고개를 가로흔들었다.

"불가하오. 승상께서는 벼슬이 위공魏公까지 되셨고, 영화는 구석九錫을 더했으니 위位가 이미 극진했소이다. 이제 또 왕위王位에 오르게 한다는 것은 너무나 참람된 일이오. 이치에 합당치 아니하오. 불가하오."

순유의 반대하는 말은 단통 조조의 귀로 들어갔다.

조조는 노했다.

"이 사람이 순욱의 본을 뜨느냐!"

순유는 조조가 대로해서 순욱의 본을 뜨느냐, 하고 비꼬았다는 말을 듣고 우울한 생각 속에 파묻혀 이내 병이 들었다.

자리에 누운 지 10여 일에 마침내 세상을 떠나니 이때, 순유의 나이는 58세였다.

조조는 순유의 장사를 후하게 지낸 후에 위왕으로 승진하려던 일은 일단 파의罷意해 버리고 말았다.

하루는 조조가 칼을 차고 대궐로 들어갔다.

헌제는 때마침 복伏 황후皇后와 함께 앉아 있었다.

복 황후는 조조가 연통도 없이 들어오는 것을 보자 깜짝 놀라 황망히 몸을 일으켰다.

황제는 칼 차고 들어오는 조조를 보고 등에 소름이 쪽 끼쳤다. 벌벌 떨었다.

"승상, 웬일이시오?"

"아뢸 일이 있어 들어왔습니다. 손권과 유비가 제각기 일방을 차지하고 있어 조정 명령에 복종하지 아니하니, 어찌하면 좋겠습니까?"

조조는 뻣뻣이 서서 말했다.

황제는 벌벌 떨면서 조조의 묻는 말에 대답했다.

"그저 모두 다 위공魏公이 재량해서 처결하시오."

조조는 황제의 말씀을 듣자 까닭 없이 얼굴에 노기를 띠었다.

"폐하께서는 어찌해서 폐하의 주견을 말씀하지 아니하시고, 신한테만 맡기십니까. 외인外人이 듣는다면 모두 다 조조가 제 맘대로 처결해서 기군망상欺君罔上한다고 하기 쉽습니다."

"그게 무슨 말씀이오. 임금이 정승을 믿고 정승은 임금을 도와주는데 얼마나 다행한 일이겠소. 딴사람들의 쓸데없는 말에 괘의하지 말고, 은혜롭게 서로 버리지 말도록 합시다."

황제는 목소리를 낮추어 도란도란 옥음을 내렸다.

조조는 까닭 없이 눈을 딱 부릅떴다.

무슨 원한이나 있는 듯이 눈에 핏대를 올려 소리 없이 황제를 흘겨보며 뚜벅뚜벅 전상으로 걸어 나갔다.

황제와 황후는 두렵고 무섭고 불쾌하기 짝이 없었다.

조금 있으려니, 정원政院에서 비서승秘書丞들이 뵈러 들어왔다.

"요사이 소문이 자자하게 돌고 있습니다. 위공魏公은 스스로 위왕魏王이 될 공작을 하고 있다 합니다. 멀지 않은 장래는 반드시 역적질을 해서 황제의 지위까지 뺏으려 할 것입니다. 과연 대역무도한 자올시다."

"그래, 제가 위왕이 되겠다고? 기막힌 일이군!"

황제와 복 황후는 서로 손을 잡고 눈물을 흘려 울었다.

황후는 이윽고 눈물을 수건으로 닦으며 황제한테 아뢰었다.

"첩의 아비 복완이 항상 조조를 죽여서 나라에 충성을 다할 생각을 가졌습니다. 오늘 저는 아비한테 편지를 보내서 조조를 죽이라 하겠습니다."

황제는 가만히 말로 대답했다.

"옛적에 동 황후의 아버지 동승은 일을 하려다가 비밀이 탄로되어, 오히려 큰 화를 입은 일이 있소. 지금 잘못해서 일이 누설된다면 짐朕과 황후가 다 결딴이 나게 되오. 조심하시오."

황제는 말을 마치자 한숨을 지었다.

"아침저녁으로 마치 바늘방석에 앉은 듯하니, 이래서야 어찌 사람이 사는 목숨이라 하겠습니까. 차라리 일찌감치 죽어 버리는 것이 낫겠습니다. 제가 보기에는 내관 중에 믿을 만한 사람은 목순穆順이만한 사람이 없습니다. 이 사람을 시켜 아버지한테 편지를 전하도록 하겠습니다."

복 황후는 말을 마치자, 목순을 편전으로 불렀다.

모든 시자들을 물리치고 황제와 황후와 목순, 단 세 사람이 앉아 있었다.

"어찌해 부르셨습니까?"

목순이 아뢰었다.

황제와 복 황후는 소리를 죽여 울며 내관 목순을 바라보았다. 목순도 황제와 황후의 정상을 알았다. 말없이 눈물을 마시면서, 임금과 신하는 서로 바라보며 울었다.

헌제가 먼저 말을 꺼냈다.

"역적 조조란 놈은 제가 스스로 위왕이 되려 한다 하니, 조금만 더 있으면 황제의 자리까지 뺏으려 들 것이다. 나는 황후의 아버님께 당부하여 조조를 죽이라고 부탁하고 싶다. 그러나 네가 알다시피 나의 좌우에 있는 자들은 모두 다 조조와 창자를 맞이은 역적의 심복들이로구나. 의논할 사람이 한 명도 없다. 네가 황후 마마의 밀서를 받들고 국구國舅께 전하도록 하라. 다만, 너의 충의지심을 믿을 뿐이다. 너는 나를 저버리지 아니할 것이다."

황제는 울음 반, 말 반 얼버무려 목순한테 당부하였다.

목순도 울며 대답했다.

"신은 항상 폐하의 큰 은혜를 입고 있는 몸이옵니다. 어찌 죽음으로 은혜를 갚지 아니하리까. 밀서를 써 주십시오. 지체하지 않고 곧 가지고 가서 뵙겠습니다."

복 황후는 붓을 들어 아버지한테 부탁하는 밀서를 썼다.

목순은 복 황후가 내린 밀서密書를 상투를 들어 올린 머리 속에 집어넣고 가만히 대궐 문 밖으로 나섰다.

바로 복 황후의 아버지 복완을 찾았다.

"조용히 아뢸 말씀이 있습니다."

복완은 대궐서 나온 내관인 것을 알았다. 곧 밀실로 불러들였다.

목순은 황후의 밀서를 상투 밑에서 꺼내 바쳤다.

복완은 편지를 받아 보니 틀림없는 자기 딸 복 황후의 필적이 분명했다.

복완은 천천히 내관 목순한테 말했다.

"조적曹賊의 심복이 하도 많으니 급히 제거하기는 어려울 것일세. 강동 손권이 나서고, 촉 유비가 군사를 일으킨다면 조조는 이 사람들을 공격하러 나갈 것이니, 이 틈을 타서 충의지신들을 모아 놓고 일동이 힘을 합해서 안팎으로 협공한다면, 그때 가서는 서기지망庶幾之望이 다소 있으리라 생각하네."

복완의 말을 듣자, 목순이 말했다.

"황장皇丈께서는 황후 폐하께 올리는 답서를 써 주십시오. 저는 황후 마마께 아뢰어 황제 폐하의 밀조를 받들고 서촉 유비와 동오 손권한테 전해서 군사를 일으켜 역적을 토멸하도록 하겠습니다."

복완은 지필묵을 찾아서 황후한테 보내는 회답을 쓰고 황제께 아뢰어, 유비와 손권한테 밀조를 내리라 권했다.

목순은 복완의 비밀한 상소를 또다시 상투 밑에 감추고 대궐 안으로 들어갔다.

세상에 비밀을 지키기란 극히 어려운 일이었다.

이 기밀은 벌써 조조의 귀로 새어 들어갔다.

조조는 목순이 돌아오기 전에 먼저 대궐 문 앞에서 기다리고 있었다.

조조와 목순은 마침내 마주치고 말았다.

조조는 목순한테 물었다.

"어디 갔다 오는 길인가?"

목순은 대답할 말이 막혔다.

"황후 폐하께서 환후 계시어 의원을 청하러 갔다 오는 길입니다."

꾸며서 대답했다.

조조의 눈초리는 칼날같이 날카로웠다.

"황후 마마께서 병환이 계셨어? 그럼, 부르러 갔던 의원은 왜 아니 데리고 오나?"

"아직 오지 못했습니다."

조조는 좌우에 모시어 서 있는 시자들한테 영을 내렸다.

"저 자의 온몸을 수색해 보아라!"

시자들은 좌우편으로 달려들어 목순의 몸을 샅샅이 뒤졌다.

그러나 아무 다른 물건이 나오지 아니했다.

이때, 홀연 회오리바람이 강하게 일어나면서 목순의 머리에 쓴 사모가 바람에 날려 떨어졌다.

조조는 시자에게 영을 내렸다.

"사모를 안팎으로 뒤져 보아라."

시자들은 얼른 사모를 집어서 두루 살폈다.

역시 아무것도 없었다.

조조는 친히 한번 사모를 살핀 후에 목순한테 던져 보았다.

목순은 두 손으로 사모를 받아 소중하게 머리에 눌러썼다.

목순의 얼굴 표정은 무한 긴장했다.

조조는 놓치지 않고 노려보았다.

"저 자의 머리 속을 전부 뒤져 보아라."

조조의 말이 채 떨어지기 전에 목순의 얼굴빛은 흙빛으로 변했다.

시자들은 다시 목순한테로 달려들었다.

목순은 시자들을 물리치려 했다.

조조의 의심은 더한층 일어났다.

"꼭 붙들고 백호친 상투 밑을 샅샅이 뒤져보아라!"

목순은 젊은 시자들을 뿌리치려 했다. 그러나 힘에 부쳤다. 달아날 수
도 없었다.

결국 상투 밑에서는 복완이 황후께 올리는 비밀한 편지가 떨어지고 말
았다.

조조는 얼른 밀서를 집어 들고 읽어 보았다.

유비와 손권에 연락해서 외응外應이 되게 하여 자기를 무찌르자는 밀
서였다.

조조는 분기가 탱중했다. 목순을 밀실로 끌고 들어갔다.

갖은 고문을 해서 목순을 문초했다. 그러나 목순은 입을 꼭 봉하고 대
답을 아니했다.

조조는 3천 병마를 점고하여 복완의 사저私邸를 포위한 후에 노유남녀

를 가릴 것 없이 모조리 묶어서 옥에 가두고 가택을 수색했다.

복완의 서재에서는 복 황후의 친필 밀서가 나왔다.

조조는 이를 갈아붙였다. 복 씨네 삼족三族을 비웃 두름 엮듯 묶어서 옥에 가둔 후에 동이 환하게 트자 심복인 어림御林 장군將軍 극려郗慮에게 명을 내려 절節을 잡고 궁중으로 들어가 황후의 옥새를 거두게 했다.

이날 황제는 외전外殿에 있다가 어림 장군 극려가 3백 갑병甲兵을 거느리고 대궐로 들어오는 것을 보자 깜짝 놀라 물었다.

"무슨 일이냐? 너무나 무엄하구나!"

"위공魏公의 명을 받들어 황후의 옥새를 거두러 들어왔습니다."

황제는 비로소 일이 탄로된 줄 짐작했다. 간담이 서늘했다.

장차 일은 크게 벌어지게 되었는데 어찌해야 좋을지 몰랐다.

극려는 칼을 빼 들고 군사를 거느려 대궐 안 후궁으로 들어갔다.

이때 복 황후는 막 자리에 일어났을 때였다.

극려가 칼을 빼어 들고 들어오는 꼴을 보자 복 황후는 깜짝 놀랐다. 급히 낯을 피하여 후전後殿 협실夾室로 들어가 숨었다. 극려는 궁녀 한 명을 잡았다.

"누가 황후의 옥새를 맡아 가지고 있느냐?"

궁녀는 겁이 났다. 우두머리 시녀를 손으로 가리켰다.

극려는 시녀에게 호통했다.

"옥새를 빨리 내놓아라. 아니 내놓으면 목을 베리라."

시녀는 벌벌 떨면서 복 황후의 옥새를 극려한테 바쳤다.

극려가 옥새를 뺏어 가지고 나간 후에 상서령 화흠은 5백 명 무장한 군사를 거느리고 바로 곧 후원으로 돌입했다. 궁녀들은 갈팡질팡 어찌할지 몰랐다.

"복 황후는 어디 있느냐?"

화흠은 칼을 궁녀들한테 겨누었다. 복 황후가 피한 것을 아는 궁녀는 한 사람도 없었다.

궁녀들은 벌벌 떨면서 알지 못하노라 대답했다.

화흠은 몇 사람 궁녀들의 목을 자른 후에 흙발로 전각이란 전각을 모조리 뒤졌다.

한 곳을 바라보니 협실이 있었다. 문이 안으로 잠겼다.

화흠은 틀림없이 복 황후의 숨은 곳이라 단정했다.

"문을 부숴라!"

군사들은 일제히 문을 부수었다. 와지끈 소리가 나면서 문짝은 떨어지고 복 황후의 숨어 있는 몸이 드러났다.

화흠은 복 황후의 머리채를 잡아 낚아챘다. 지르르 끌어 청 밖으로 나갔다.

"그저 실 같은 목숨을 살려 주십시오."

복 황후는 애걸해 빌었다.

"네가 가서 위공魏公께 빌어라. 나는 너를 살릴 권한이 없다."

황후의 꼴은 말이 아니었다. 머리 풀어 산발한 채 맨발로 군사한테 등을 밀려 나갔다.

원래 화흠이란 자는 재명才名이 놀라웠던 자였다. 그는 병원, 관녕 두 명사와 함께 친분이 두터웠다. 세상 사람들은 그들을 용龍에 비하여 칭찬했다.

화흠은 용의 머리요, 병원은 용의 배요, 관녕은 용의 꼬리라고 찬사를 보냈다.

하루는 관녕이 화흠과 함께 시골서 채소밭을 가꿀 때, 호미 끝에 금덩이가 굴러 나왔다.

관녕은 본체만체 호미질을 계속하였다. 화흠은 한번 금덩이를 집어 본 후에 땅에 던졌다.

또 하루는 녕과 흠이 함께 글을 읽고 있는데, 문 밖에서 벽제辟除[10] 소리가 요란하게 들리면서 귀인의 행차가 지나갔다. 녕은 단정히 앉아서 글을 읽고 있는데 흠은 책에서 떠나서 귀인 행차를 구경하고 돌아왔다.

관녕은 그 후로부터 화흠을 비루한 인간이라 생각했다.

다시는 자리를 같이하지 아니하고 절교해 버렸다.

그 후에 관녕은 요동으로 가서 피해 살면서 머리에는 항상 흰 모자를 쓰고 발에는 신을 신지 아니했다.

한나라가 망한 것을 슬퍼하여 죄인으로 자처한 것이었다. 뿐만 아니었다. 종신토록 조조의 나라, 위魏에서는 벼슬을 하지 아니했다.

화흠은 먼저는 손권을 섬겼고, 뒤에는 조조한테 아첨해서 이같이 일국의 황후를 잡아끌었다.

시인은 탄식하는 시를 지어 화흠을 슬퍼하고, 관녕을 찬양하여 칭송하는 글을 지었다.

華歆當日逞凶謀

破壁生將母后收

助虐一朝添虎翼

罵名千載笑龍頭

화흠은 당일 흉악한 짓도 했네,

---

10) 벽제 : 지위가 높은 사람이 행차할 때 별배別陪가 잡인의 통행을 금하던 일.

벽을 부숴 모후를 잡아냈네.

악한 자를 도우니 범에 날개가 돋쳤구나,

천 년이 가도 욕먹을 이름 용의 머리, 별명이 아깝구나.

遼東傳有管寧樓

人去樓空名獨留

笑殺子愉貪富貴

豈如白幅自風流

요동벌엔 관녕루 있다 하되,

사람은 가고 정자는 비었건만,

이름은 천고에 남아 있네.

우습다 자유의 부귀를 탐하는 꼴,

흰 모자 쓴 저 풍류에 어찌 감히 비해나 보랴.

화흠이 복 황후를 끌어내어 외전 앞을 지나가니 황제가 바라보고 전 아래로 뛰어내려 황후를 껴안고 통곡하였다.

복 황후도 황제를 얼싸안고 마주 울면서 말했다.

"신첩은 이제 죽은 몸이올시다. 다시는 전하를 모시지 못하게 되니 슬프오이다."

"내 목숨도 언제 어느 때 어찌 될지 모르겠소!"

화흠은 무엄하게 큰소리로 황제와 황후를 꾸짖었다.

"위공魏公이 아시면 큰일이오. 어서 빨리 떨어지시오."

무사들은 황제를 떠밀고 황후를 끌어갔다.

황제는 가슴을 치며 통곡하였다. 이때 마침 극려郗慮가 황제 곁에 있었다.

황제는 극려를 보고 하소연하였다.

"천하에 어찌 차마 이런 일이 있소?"

황제는 큰소리로 외치며 땅에 쓰러져 버렸다.

극려는 좌우에 영을 내려 황제를 부축하여 궁전으로 들어가게 하고, 화흠은 복 황후를 잡아끌어 조조 앞으로 나갔다.

조조는 복 황후를 보자 눈에 가득 살기를 띠어 노려보았다.

머리를 풀어 산발한 복 황후는 오히려 조조의 칼날 같은 매서운 눈초리를 바라보자, 소름이 온몸에 쪽 끼쳤다.

조조는 이를 악물고 복 황후를 흘겨보며 노발대발 꾸짖었다.

"나는 성심으로 너희들을 대접했는데, 너희들은 도리어 나를 해치려 하느냐. 내가 만약 너를 죽이지 아니하면 네가 반드시 나를 죽일 테니, 나는 너를 먼저 죽이지 않을 수 없다."

조조는 황후를 너라고 불렀다. 실로 안하무인이었다.

조조는 황후를 개 꾸짖듯 한 후에 다시 좌우에 시립해 있는 무사한테 영을 내렸다.

"끌어내어 죽여 버려라!"

무사들은 복 황후를 끌어내어 난자질을 쳐서 운명시켜 버렸다.

조조는 그래도 마음이 흡족치 못했다. 다시 궁중으로 들어가 복 황후의 소생인 두 왕자를 독약 먹여 죽게 하고, 복 황후의 아버지 복완과 목순의 종족들, 2백여 식구를 끌어내어 참하니 조야의 사람들은 모두 다 송구하고 불안해서 어찌할 바를 몰랐다.

이것은 건안 19년 11월의 일이었다.

시인은 글을 지어 이 모양을 탄식했다.

曹瞞凶殘世所無
伏完忠義欲如何
可憐帝后分離處
不及民間婦與夫

조조의 흉악하고 잔인한 행동, 세상에는 다시없는 일.
복완의 충의는 어떠하였나.
가엾어라, 황제와 황후의 이별.
민간의 부부만도 못하구려.

헌제는 복 황후를 영결한 후 연일 음식을 전폐했다.
조조는 대궐로 들어가 헌제한테 말했다.
"폐하께서는 근심하지 마십시오. 신은 아무 다른 뜻이 없습니다. 신의 딸은 폐하의 귀인이 된 지 오랩니다. 크게 착하고 효심이 두텁습니다. 정궁正宮으로 봉해 주십시오."
헌제는 조조의 말을 어길 도리가 없었다.
건안 20년 정월 원단元旦에, 조조의 딸 조 귀인으로 정궁正宮 황후皇后를 책봉册封하니 만조백관들은 감히 말하여 간할 사람이 없었다.
이때 조조의 위세는 날로 더했다.
하루는 대신들을 불러서 오와 촉을 격멸할 방책을 의논하였다.
"지금 손권과 유비를 제거하려면 어떠한 방책을 세우면 되겠소?"
가후가 출반하여 말했다.

"하후돈과 조인 두 사람을 불러서 함께 의논하는 것이 좋겠습니다."

조조는 가후의 말이 옳다고 생각했다. 곧 사람을 보내서 두 사람을 모두 청했다. 하후돈이 채 오기 전에 조인이 먼저 당도했다. 밤이 깊었건만 조조한테 뵈러 갔다.

이때 조조는 술이 취해서 누워 있고 허저가 칼을 짚어, 방문 앞에 호위하고 있었다.

한중을 평정하다

　조인은 조조의 친조카였다. 삼촌인 조조의 처소로 거침없이 들어가려 했다.

　허저는 칼을 빼어 들고 조인을 막았다.

　"못 들어가십니다."

　조인은 크게 노했다. 눈을 딱 부릅떴다.

　"자네가 어찌 나를 들어가지 못하게 하는가?"

　"못 들어가십니다."

　조인은 칼을 빼어 들었다.

　"나는 조 씨의 종친이야!"

　"압니다. 제가 어찌 장군을 모르겠습니까?"

　"그러면 들어가게 해야지!"

　"아니 됩니다. 장군께서는 비록 승상의 지친至親이시나 바깥을 지키시는 외번外藩의 진수지관鎭守之官이시고, 이 사람 허저는 외인이라 하오나 주공을 모시고 있는 내시올시다. 주공께서는 지금 취해서 누워 계십니다. 함부로 들어가지 못하십니다. 내시의 명령에 복종하셔야 합니다."

　조인은 말이 막혔다. 감히 들어가지 못했다.

　조조는 이 말을 듣고 크게 탄복했다.

　"허저는 과연 충신이다."

조조는 허저를 신임하는 마음이 더한층 깊어졌다.

얼마 아니 되어 하후돈도 당도했다.

조조는 조인, 하후돈 등 모든 장성들을 불러 진군할 것을 의논했다.

하후돈이 의견을 말했다.

"오, 촉을 공격하는 것보다 한중漢中 장로張魯를 취한 연후에 촉을 취한다면 북 한 번 울리는 동안에 승리를 거둘 것입니다."

"하후돈의 의사는 정히 내 뜻에 맞는다!"

조조는 쾌하게 찬성했다.

곧 군사를 휘동하여 서편으로 나갔다.

조조의 호호탕탕한 10만 대병은 세 부대로 나뉘었다.

전부 선봉대는 하후연과 장합이 거느렸고, 조조는 스스로 중군이 되어 모든 장수를 통솔하고 하후돈과 조인은 후부 대장이 되어 양초와 군량미를 운반해 나갔다.

한편 장로의 염탐꾼은 번개같이 이 소식을 장로한테 보냈다.

장로는 아우 장위張衛를 불러 상의하였다.

"조조의 대병이 움직이니 어찌하면 좋겠나?"

"한중에서 가장 험한 곳은 양평관이올시다. 저는 군사를 거느려 양평관으로 나가서 좌우편 산기슭에 연하여 수십 채 진을 구축하여 조조의 군사를 막겠습니다. 형님께서는 한녕漢寧에서 군량을 많이 보내 주십시오."

장로는 아우의 말을 쫓아 양앙, 양임과 아우 장위에게 군사를 주어 당일로 양평관으로 향하여 달려 나가게 했다.

장로의 군사가 양평관에 당도했을 때 조조의 선봉인 하후연, 장합도 당도했다.

장로의 군사가 양평관에 주력을 쓰는 것을 보자, 하후돈은 양평관 앞에서 15리쯤 떨어진 곳에 진을 치고 있었다.

이날 밤에 조조의 군사는 멀리 오느라고 무한 피곤했다. 밥들을 먹는 둥 마는 둥 하고 세로가로 쓰러져 잠을 자고 있을 때, 홀연 등 뒤에서 함성이 크게 일어나면서 불빛이 백주같이 밝았다.

하후연, 장합이 황망히 깨어 보니 장로의 대장 양앙과 양임이 두 길로 쳐들어와 겁채劫寨를 하는 것이었다.

하후연과 장합은 잠결에 일어난 군사를 수습할 수 없었다.

급히 말에 올라 달아나니 조조의 군사들은 골패짝 쓰러지듯 뭉그러져 쫓겼다.

조조는 크게 노했다. 두 장수를 불러 엄하게 꾸짖었다.

"너희들은 다년간 싸움을 해본 사람으로서 병법도 모르고 전쟁을 한단 말이냐? 군사들이 멀리 행군을 했으면 반드시 피곤한 법이요, 피곤한 것을 보면 적은 언제나 야습을 오는 법이다. 이것을 막을 준비도 못하는 대장 놈들이 세상 천하에 있단 말이냐? 저놈들의 목을 베어라!"

조조는 노발대발 펄펄 뛰었다.

모든 장수들은 석고대죄를 하고 하후연과 장합의 목숨을 살려 달라 애걸하여 겨우 참형을 모면했다.

다음 날 조조는 친히 선봉이 되어 군사를 거느리고 앞으로 나갔다.

그러나 산은 험악하고 숲은 우거졌다.

고불꼬불한 길은 희미해서 알 길이 없었다.

조조는 겁이 났다. 복병이 있으면 탈이라 생각했다. 곧 군사를 뒤로 물려 돌아왔다.

조조는 허저, 서황 두 장수를 향하여 탄식했다.

"한중漢中 땅이 이렇도록 험할 줄 알았다면 애당초 군사를 거느려 나오지 아니했을 것이다."

스스로 한탄했다.

"군대가 이미 이곳까지 온 것을 어찌합니까? 주공께서는 과히 심려 마십시오."

허저는 조조를 위로했다.

다음 날 조조는 허저와 서황과 함께 장위張衛의 진 친 곳을 멀리 바라보았다.

세 필 말이 산모퉁이를 지날 때, 조조는 채찍으로 장위의 진터를 가리키며 칭찬하였다.

"저렇듯 진을 견고하게 쌓았으니 얼른 항복 받기는 틀렸다!"

조조의 말이 채 떨어지기 전에 등 뒤에서 홀연 함성이 천지를 진동하면서 화살이 비 오듯 쏟아졌다.

조조는 깜짝 놀랐다. 뒤를 돌아보니 장로의 대장 양앙과 양임 두 장수가 두 길로 군사를 거느려 쳐들어오면서 화살을 쏘아 쫓아 드는 것이었다.

조조는 말고삐를 잡고 벌벌 떨었다. 어찌할지 몰랐다.

허저는 큰소리로 서황한테 외쳤다.

"서형은 주공을 잘 보호하십시오. 적병은 내가 맡아 당하리다."

허저는 말을 마치자 칼을 빼어 들고 말을 채쳐 양앙, 양임한테로 덤벼들었다.

두 장수는 허저의 적수가 아니었다. 싸운 지 수합에 허저의 용맹을 당해 낼 도리가 없었다. 급히 말 머리를 돌려 달아났다.

이 틈을 타서 서황은 조조를 보호하여 산마루로 달아날 때, 한 떼 군마가 뒤에서 쫓았다.

잠깐 놀랐다. 가까이 보니 자기편인 하후연과 장합이었다. 세 장수는 힘을 합하여 양앙의 군사를 물리친 후에 조조를 구원하여 본진으로 돌아왔다.

조조는 목숨을 구해 준 네 장수에게 후한 상을 주어 공덕을 치사한 후에 보루를 튼튼히 하여 장로를 대항하고 있었다.

싸우지 아니하고 대치한 지 50일이 지났다.

조조는 돌연 퇴병하는 전령을 내렸다.

"군대를 거두어 돌아가자!"

가후가 나와서 까닭을 물었다.

"적의 형편이 아직도 강한지 약한지 판단을 내릴 수 없는데, 주공께서는 어찌해서 퇴병 명령을 내리십니까?"

조조는 가만히 대답했다.

"다른 게 아닐세. 계교 속으로 퇴병 명령을 내린 것일세. 내가 군사를 물린다면 적은 반드시 마음이 풀릴 것이고 마음이 해이해진다면 준비가 없을 것이니, 이 틈을 타서 급히 공격한다면 반드시 이기고 말 것이다. 계책으로 헛말을 내놓은 것일세."

가후는 손을 비벼 탄복했다.

"승상의 신출귀몰하신 계교는 저희들의 미칠 바가 아닙니다."

조조는 하후연, 장합에게 비밀한 지령을 내려 경기輕騎 3천 명을 거느리고 소로를 취하여 양평관 후면으로 나가게 하고 조조는 대군을 휘동하여 진을 거두어 일어섰다.

한편, 양앙은 조조의 대병이 물러간다는 소문을 듣고 양임을 청하여 의논하였다.

"조조가 물러간다 하니 이 틈을 타서 추격하면 승리를 크게 얻을 듯하오. 장군의 생각은 어떠하오?"

"조조란 원래 속임수가 많은 위인입니다. 진가를 알 수 없으니 추격하지 아니하는 것이 좋겠소이다."

양앙은 양임의 말을 마땅치 않게 생각했다.

"장군이 아니 가신다면 내가 쫓아가겠소."

"조심하셔야 합니다. 그만두시는 것이 좋겠소이다."

양임은 여러 차례 간했으나 듣지 아니했다. 양앙은 다섯 진에 벌여 있는 병마를 일으켜 앞으로 나가려 하고, 다만 수십 명 군사로 진을 지키게 했다.

이날 마침 안개가 크게 끼기 시작했다. 앞길이 보이지 아니했다. 양앙의 군사는 반도 못 가서 더 나갈 수가 없었다.

한편, 하후연은 군사를 거느려 산모퉁이를 지나다가 안개는 첩첩이 끼고 사람과 말 울음소리는 안개 속에 들렸다. 하후연은 복병이 있을까 하여 급히 말을 돌려 나가다가 길을 잘못 들어 양앙의 진 앞에 당도했다.

양앙楊昻의 빈 영문을 지키고 있던 군사는 안개 속에서 말굽 소리와 떠들썩한 군사들의 소음을 듣고 양앙의 대부대가 돌아온 줄 잘못 알았다. 얼른 진문을 열어 주었다.

조조의 군사들은 물밀듯 들어가 보니 영문 속은 텅텅 비어 있었다.

조조의 군사들은 영문마다 불을 질렀다. 안개 자욱한 속에 다섯 군데 영문은 화광이 하늘을 찔러 벌겋게 타 들어갔다.

안개가 약간 걷혔을 때, 양임은 군사를 거느리고 와서 불을 끄려 할 때 하후연과 마주쳤다.

칼을 들어 마주 싸운 지 수합이 못되어 양임의 등 뒤에는 장합이 쫓아들었다. 양임은 한 몸으로 두 장수를 당해 낼 도리가 없었다. 살길을 찾아 남정으로 달아났다.

한편 양앙도 급히 본진을 찾아 돌아오니, 다섯 개 영문은 잿더미가 되어 타 버린 채 하후연과 장합이 점령하고 있었다.

뿐만이 아니었다. 등 뒤에서는 조조의 대군이 고함을 치며 쫓아 들었다. 앞에는 하후연, 장합의 군대요, 뒤에는 조조의 대군이었다. 사면을 둘러보나 달아날 길이 없었다.

양앙은 조조의 에워싼 군대를 뚫고, 한줄기 활로活路를 취하여 달아나려 할 때, 장합이 호통 치며 내달아 가는 길을 막았다.

양앙은 죽을힘을 다하여 싸웠다. 그러나 마침내 장합이 내리치는 한칼에 목이 떨어져 버리고 말았다. 패잔병들은 양평관으로 몰렸다. 장로의 아우 장위張衛한테 패한 사실을 보했다.

장위는 두 장수의 패한 소식을 듣자, 양평관을 버리고 밤을 도와 한중으로 달아났다.

조조는 힘 안 들이고 양평관을 차지하게 되었다.

장위는 한중으로 말을 달리다가 남정南鄭에서 양임을 만났다. 함께 한중으로 돌아가 장로한테 뵈니 장로는 크게 노했다.

"너는 양평관을 지키겠노라 자청해서 호언장담을 한 몸으로 이제 조조한테 뺏겼으니 괘씸하기 짝이 없다. 무슨 낯을 들고 나를 보러 왔느냐?"

장위는 통곡하면서 장로한테 호소하였다.

"양임과 양앙이 양평관을 뺏겨 놨으니 전들 어찌합니까? 다시 더 아뢸 말씀이 없습니다."

장로는 아우의 말을 듣자 양임을 꾸짖었다.

"패군지장敗軍之將이 무슨 낯짝을 들고 나를 보러 왔느냐? 양임의 목을 참하여 군법 시행하라!"

무사들은 좌우 옆에서 양임의 등을 밀어 행형장으로 끌고 나가려 했다.

양임은 울면서 장로한테 호소하였다.

"양평관을 잃은 것은 소장의 탓만이 아니올시다. 양앙이 소장의 말을 듣지 아니한 까닭입니다. 저에게 다시 군사 몇천 명만 주신다면 크게 승리를 거두어 돌아오겠습니다."

장로는 양임이 다시 나가 싸우겠다고 애걸하는 말을 듣자 약간 마음이 풀어졌다.

"그렇다면, 네 능히 군령장을 두고 나갈 테냐?"

"분부대로 군령장을 두고 나가겠습니다."

장로는 양임의 군령장을 받은 후에 2만 명 군사를 주어 나가게 했다.

한편, 조조는 군사를 휘동하여 나오는데 먼저 하후연에게 5천 군마를 주어 남정南鄭으로 향하면서 적병의 행동을 탐지케 했다.

양임의 군대와 하후연의 군사는 결국 대로변에서 마주치게 되었다.

양임은 부장 창기昌奇를 내보내서 하후연을 대항케 했다.

그러나 창기는 하후연의 적수가 아니었다. 싸운 지 3합이 채 못되어 하후연은 한칼로 창기를 찔러 말 아래 떨어뜨렸다.

양임은 분이 터졌다. 스스로 창을 잡고 말을 달려 하후연에게 싸움을 돋우었다.

"네 어찌 나의 아장을 죽였느냐?"

"네 목을 취하려고 먼저 어린 장수를 죽였느니라."

하후연은 유들유들 대답하면서 양임을 맞이해 싸웠다.

칼과 창이 부딪친 지 30여 합에 승부는 나지 아니했다.

하후연은 슬며시 말 머리를 돌렸다.

힘에 부친 듯 거짓 패해 달아났다.

양임은 성미가 급했다. 하후연의 뒤를 따라 소리치며 쫓았다.

"이놈 하후연아, 네 어디로 달아나느냐?"

두 필 말이 뛰닫는 바람에 먼지가 자욱하게 일어났다. 하후연은 한동안 쫓기는 체 달아나다가 돌연 말 머리를 돌렸다. 허리에 찬 장검을 힘껏 던졌다. 서리 같은 칼이 번쩍하는 찰나, 양임은 목을 움츠렸다.

찰나였다. 하후연은 소매 속에서 단검을 꺼내 던졌다.

비수 칼은 살같이 날아 양임의 명치끝에 꽂히면서 양임은 외마디소리를 지르고 말 아래로 떨어졌다.

장수의 죽음을 본 양임의 군사들은 어찌할지 몰랐다. 쫓기는 놈, 항복하는 놈, 죽음을 당하는 놈 전군은 바람에 쓰러지는 갈대풀같이 뭉그러지고 말았다.

조조는 하후연이 양임을 죽였다는 보고를 받자, 급히 대군을 몰아 승전고를 울리며 남정南鄭으로 쳐들어갔다.

장로는 황망했다. 문무백관을 모아 의논하였다.

"조조의 대군이 양임을 죽이고 쳐들어오니 장차 어찌하면 좋겠소?"

염포가 출반하여 말했다.

"제가 한 사람을 천거하겠습니다. 이 사람이면 족히 조조의 수하 장수들을 대적할 만합니다."

염포의 말을 듣자 장로는 귀가 번쩍 열렸다.

"누구요, 그런 사람이 있소?"

"방덕이란 사람이 있습니다. 마초를 따라서 주공한테 왔던 사람이올시다. 그 후에 마초는 서천으로 가서 유현덕의 사람이 되었습니다마는 방덕은 그때 병이 나서 마초와 함께 서천으로 가지 못했던 것입니다. 지금 주공의 은고를 입고 있으니, 이 사람을 기용하시면 그는 사양치 못하오리다."

장로는 크게 기뻤다. 곧 방덕을 불러 후한 상을 내리고 1만 군대를 점고하여 조조의 군사를 대적하게 했다.

방덕은 성 밖 10리허에 진을 치고 조조의 군대와 대치하고 있었다.

방덕은 갑옷을 입고 말 타고 창을 잡은 후에 말을 달려 진문 앞에 나와 싸움을 돋우었다.

"조조야, 서량 방덕을 네 아느냐. 알거든 빨리 나와서 참람한 위국공魏國公의 인뒤웅이를 바치고 납작 엎드려 항복하라. 만약에 불응한다면 너의 삼군을 짓이겨 도륙하리라."

고래고래 호통 치는 방덕의 우렁찬 목청은 마치 범이 날뛰며 호통을 치는 듯했다.

조조는 싸움을 돋우는 장수가 방덕인 것을 알았다. 위교渭橋 싸움 때 그의 높은 수단이 생각났다.

모든 장수를 불러 주의를 주었다.

"방덕이란 사람은 서량의 범 같은 장수다. 원래 마초의 사람이었으나 지금 마지못해서 아직 장로한테 있게 되었다. 나는 이 사람을 얻었으면 한다. 너희들은 조급하게 굴지 말고 천천히 싸워서 그의 힘이 떨어진 후에 산 채로 잡게 하라."

모든 장수들은 조조의 명령을 받들었다.

장합이 먼저 나와 방덕과 싸운 지 수합에 슬며시 말 머리를 돌려 달아났다.

다음에는 하후연이 장합의 뒤를 이어 방덕을 맞이해 싸웠다.

두서너 번 칼을 들어 싸우는 체하다가 또다시 말을 몰아 달아났다.

이번엔 허저가 나왔다.

진짜로 싸웠다. 50여 합까지 싸웠으나 방덕은 끄떡이 없었다. 단 한 사람으로 맹장 장합, 하후연, 서황, 허저 네 장수와 싸웠으나 조금도 피로하고 두려워하는 빛이 없었다.

모든 장수들은 조조한테 방덕의 무예를 칭찬했다.

"과연 방덕은 대단한 인물이올시다."

"어떻게 하면 이 사람을 내 사람으로 만들겠느냐?"

조조는 모든 부하들을 둘러보고 물었다.

가후가 출반하여 말했다.

"장로의 부하에 한 사람의 모사가 있는데 양송楊松이라 합니다. 이 사람은 극히 탐심이 많아서 뇌물을 좋아합니다. 이 사람한테 비밀히 황금과 비단을 보내서 매수한 후에 장로한테 방덕을 참소하라 한다면 단통 일이 될 것입니다."

"그렇다면 남정南鄭에 있는 양송을 어찌하면 만나 볼 수 있겠는가?"

"내일 적병과 교봉交鋒하다가 거짓 패해서 진을 버리고 달아나면 방덕은 분명코 우리 진을 점령할 것입니다. 새벽에 우리가 군사를 거느려 겁채를 한다면 방덕은 군사를 거느리고 남정성 안으로 달아날 것입니다. 이때, 한 사람의 말 잘하는 사람을 골라서 적병의 모습으로 변장시킨 후에 적군과 함께 들어간다면 일은 성공될 것입니다."

조조는 가후의 꾀가 그럴듯하다고 생각했다. 곧 영리하고 똑똑한 군관 한 명을 뽑아서 상금을 후히 내린 후에 황금黃金 엄심갑掩心甲 한 벌을 주어 속에 입히고 겉에는 장로의 군사의 복색을 입혀 길가에 대기시켜 두었다.

이튿날 조조는 하후연, 장합 두 장수한테 영을 내려 양지군마兩枝軍馬를 멀찍이 매복시킨 후에 서황으로 방덕의 진 앞에 나가 싸움을 돋우게 했다.

방덕은 말을 달려 서황을 대거리하니, 서황은 거짓 패해 달아나는 시늉을 했다. 방덕은 조조의 진으로 쫓아 들었다.

진중에는 군기와 양식이 풍성하도록 많이 쌓여 있었다.

방덕은 크게 기뻤다. 한편으로 사람을 장로한테 보내서 양식과 군기 얻은 것을 자랑삼아 보고하고, 한편으로는 잔치를 크게 벌여서 장수와 군사를 호궤했다.

홀연 밤중 이경쯤 되었을 때, 화광이 하늘을 사를 듯 벌겋게 일어나면서 군사는 세 길로 뻗쳐 들어오는데 중앙에는 서황, 허저요, 왼편에는 장합이 짓쳐들어오고, 우편에는 하후연의 군마가 고함을 치며 들어왔다.

방덕은 잔치를 하다가 변을 당했다.

급히 말을 타고 몸을 피하여 남정성을 향해 달아났다.

3로의 군사들은 함성을 지르며 더욱 뒤를 쫓았다. 방덕은 한층 급했다.

숨이 턱에 차서 성문을 두드렸다.

"빨리 성문을 열어라. 방덕 장군이다!"

성문이 활짝 열리면서 방덕은 패한 군사와 함께 성안으로 들어가 문을 잠갔다. 이 틈에 조조의 변장한 군사는 장로의 군사와 함께 섞여 들어갔다.

슬며시 뒤떨어져 양송楊松의 저택을 찾았다.

속에 입은 황금 갑옷을 벗어, 밀서와 함께 양송한테 바쳤다.

양송이 조조가 보낸 황금 갑옷을 받고 밀서를 뜯어보니 사연은 다음과 같았다.

위공 조조는 삼가 양공께 황금 옷을 바치고 충정을 고합니다. 방덕은 뇌물을 좋아하여 우리 편 장수의 뇌물을 받고 일부러 패진했소이다. 양공께서 만약 이 자를 제거시킨다면 조조는 양공의 큰 공덕을 잊지 아니하리다.

양송은 선처한다는 답장을 써서 사자를 돌려보낸 후에 곧 장로를 찾았다.

"방덕이 이번에 패전한 원인을 아십니까?"

"아직 자세한 보고를 받지 못했소. 무슨 까닭이 있었소."

"허허, 큰 굿해 먹을 위인이올시다. 조조한테 뇌물을 많이 받고 일부러 패했다 합니다. 세상에 이런 고약한 자가 있을 수 있습니까?"

장로는 양송의 참소하는 말을 듣고 크게 노했다.

곧 방덕을 잡아 참형에 처하라 했다.

염포는 방덕을 천거한 사람이었다. 목을 놓아 울면서 간하였다.

"양송의 말이 틀립니다. 방덕이 뇌물을 받고 일부러 패할 사람이 아닙니다. 다시 싸워서 패전한 허물을 속죄하라 하십시오."

장로는 비로소 방덕을 불렀다.

"네 만약 내일 싸워서 이기지 못한다면 참하리라."

방덕은 한탄하며 물러갔다.

다음 날 조조의 군사는 성 밖에서 싸움을 돋우었다.

방덕은 군사를 거느리고 도륙해 나갔다.

조조는 허저를 시켜 방덕과 싸우라 했다.

교전 수십 합에 허저는 거짓 패해 달아났다. 방덕은 급히 뒤를 쫓았다.

이때 조조는 말 타고 산 위에 올라 허저를 쫓는 방덕을 향하여 소리쳤다.

"방덕은 어찌해서 항복하지 않는가? 위공 조조가 이곳에 있노라. 빨리 항복하라."

이때 방덕의 머리에는,

'조조를 잡기만 하면 일천 명 장수를 거느리는 상장군上將軍이 될 수 있구나!'

생각이 번개같이 번쩍 스쳤다.

방덕은 말을 채쳐 조조를 잡으러 산상으로 올라갔다.

찰나였다. 뛰닫던 말은 별안간 어흥 소리를 치면서 방덕과 함께 천길 벼랑 속으로 떨어졌다.

뒤미처 함성은 천지를 진동하면서 방덕은 말과 함께 함정 속으로 굴러 떨어졌다.

방덕은 잠깐 정신을 잃고 눈을 감았을 때, 사방에서 쇠갈고리가 내려오면서 방덕을 끌어올렸다.

조조는 말에서 내려 끌어올린 방덕의 손을 잡았다.

"나하고 함께 천하를 평정합시다."

방덕은 불인不仁한 장로를 섬기는 것보다 조조를 섬기는 편이 낫겠다 생각했다.

방덕은 조조를 향하여 넙죽 절을 올렸다.

"하는 수 없소이다. 방덕은 위공께 항복하오."

조조는 친히 방덕을 붙들어 일으킨 후에 말 타고 본진으로 돌아갔다.

조조는 장로가 보라고 일부러 성을 향하여 방덕과 말고삐를 가지런히 해서 나갔다.

장로는 기가 찼다.

양송의 말이 틀림없다고 생각했다.

다음 날 조조는 삼면에 사다리를 높이 세우고 대포를 쏘아 성을 공격했다.

장로 편 형세는 점점 불리하게 되었다.

장로는 아우 장위를 불러 의논하였다.

"어찌하면 좋겠느냐?"

"창고와 부고府庫에 불을 질러 버리고 남산으로 달아나서 파중巴中을 지키는 것이 상책일까 하오."

양송이 옆에 있다가 말했다.

"공연히 애만 쓰고 사람만 상합니다. 성문을 열고 항복하느니만 같지 못합니다."

장로는 결단을 내리지 못했다.

아우 장위가 우겨 댔다.

"남에게 좋은 일 하지 말고 불을 지르고 갑시다."

장로는 아우를 타일렀다.

"나는 본시 나라에 대하여 항복할 뜻이 있었으나 아직껏 뜻을 얻지 못했다. 지금 부득이해서 달아나기는 하지만 창고에 쌓인 곡식은 국가의 소유다. 내 어찌 차마 태워 버릴 수 있느냐?"

장로는 창고 문을 잠근 후에 가속들을 데리고 남문을 열고 달아났다.

조조는 장수들에게 명을 내려 장로를 쫓지 말라 한 후에 대군을 휘동하여 성안으로 들어가 보니, 창고마다 봉고封庫한 채 한 말 곡식도 손실이 없었다.

조조는 장로를 동정하고 싶은 생각이 우연히 일어났다.

사람을 파중으로 보내서 항복하기를 권했다.

장로는 항복하려 했으나 장위가 말을 듣지 아니했다.

양송은 조조한테 밀서를 보냈다.

군대를 진군시키면 자기가 내응이 되겠다 했다.

조조는 양송의 밀서를 받고 친히 군사를 거느려 파중으로 향했다.

장로는 장위에게 군사를 주어 조조를 막으려 했다.

조조 편에서는 허저가 선봉이 되어 앞에 나섰다.

허저는 한칼에 장위의 목을 베어 말 아래 떨어뜨렸다.

장로는 아우의 죽음을 보자 성문을 굳게 닫아 지키려 하니, 양송이 장로를 충동하였다.

"싸우지 아니하고 성을 지키는 일은 앉아서 죽음을 기다리는 것입니다. 성은 제가 지킬 테니 주공께서는 빨리 나가 싸우십시오."

장로는 하는 수 없어 자신이 출전할 것을 결심했다.

장로가 출전하려는 것을 보고 염포가 울면서 간하였다.

"아니 되십니다. 주공께서 나가시면 아니 되십니다."

그러나 장로는 이미 죽음을 결심했다.

군사를 거느려 성 밖으로 나갔다.

그러나 교봉交鋒하기 전에 장로의 후군이 뭉그러져 달아나기 시작했다.

조조의 군사는 물밀듯 뒤를 쫓았다.

장로는 하는 수 없었다. 급히 말 머리를 돌려 성을 향하여 달렸다. 그러나 양송은 문을 닫고 들이지 아니했다.

장로는 달아나려 하나 달아날 곳이 없게 되었다.

조조는 친히 말을 달려 장로의 뒤를 쫓으며 큰소리로 외쳤다.

"장 장군, 왜 얼른 항복하지 아니하오. 항복하면 목숨을 구할 수 있는 것을……."

장로는 조조가 친히 항복을 권하는 것을 보자 풀떡 말에서 내렸다.

"한중 장로는 위공 조 승상께 항복을 합니다."

넙죽 엎드렸다.

조조는 기뻤다. 역시 말에서 내려 장로의 손을 잡아 일으켰다.

"그대는 창고에 불을 지르지 아니하여 나라 곡식을 완전케 했으니 그대의 뜻이 가상하다. 그대에게 진남鎭南 장군將軍의 칭호를 내린다."

장로는 감격했다.

"삼가 승상의 은혜를 한평생 잊지 아니하리다."

한중漢中 땅은 이같이 하여 조조의 평정한 바 되었다.

조조는 고을마다 영을 내려 태수와 도위를 두어 백성을 다스리게 하고 장수와 군사들에게 후한 상을 준 후에, 장로의 모사 염포에게도 후侯의 칭호를 주어 그의 충성을 표창했다.

다만 양송은 주인을 속이고 영화를 탐한 자라 하여 저자에 끌어내어 참형에 처하니 사람마다 상쾌하다고 조조의 처사를 칭송했다.

시인은 시를 지어 양송을 비웃었다.

妨賢賣主逞奇功

積得金銀總是空

家未榮華身受戮

令人千載笑楊松

어진 이를 방해하고 주인 팔아 공 세웠네.

금덩이 은덩이 태산같이 쌓였으나, 모두 다 헛일

집안이 영화롭기 전에 몸 먼저 육시를 당했구려.

천 년이 지나가도 사람들 양송을 웃네.

조조가 동천東川 한중漢中을 평정하니, 주부主簿 벼슬한 사마의司馬懿는 조용히 조조를 뵙자고 청했다.

조조는 사마의를 승상부로 불렀다.

합비 대전

조조는 사마의를 향하여 물었다.

"사마중달司馬仲達은 무슨 좋은 말을 하려 하오?"

중달은 사마의의 자였다.

"삼가 아뢸 말씀이 있습니다. 지금 유비는 간사한 꾀로 유장의 서촉을 뺏어 버렸습니다. 그러나 서촉 사람들은 아직 유비한테 마음을 다 쏟아 놓지 아니합니다. 지금 주공께서 이미 한중漢中을 평정하셨으니, 익주가 진동할 것입니다. 속히 군사를 거느려 정벌하신다면 크게 성공하실 것입니다. 슬기로운 사람은 때를 잘 탄다 합니다. 절호한 이 기회를 놓치지 마십시오."

사마의의 말을 듣자 조조는 문득 고개를 들어 탄식했다.

"기막힌 고생을 하고도 또 욕심이 나서 족한 줄을 모르는 것이 사람의 욕심이로구려. 농隴을 얻어 놓고도 또다시 촉蜀을 바란단 말이지!"

"그렇죠. 사람의 인정이올시다. 득농망촉得隴望蜀을 해야 합니다."

사마의가 웃으며 대답했다. 유엽이 옆에 있다가 조조한테 아뢰었다.

"사마중달의 말씀이 옳습니다. 만약 지체한다면 때가 늦을 것입니다. 치국治國에 밝은 제갈양이 정승이 되고 관우, 장비 등 용맹과 삼군에 뛰어난 사람들이 장수가 되어 민심이 가라앉은 후에는 다시 어찌하는 도리가 없을 것입니다."

유엽의 말을 듣자 조조가 대답했다.

"장수와 군사들이 멀리 싸워서 너무나 수고가 많았소. 앞으로 힘을 길러야 하겠소."

조조는 군마를 움직이지 아니했다.

한편, 서천 백성들은 조조가 동천東川 한중漢中을 평정했다는 말을 듣고 반드시 서천을 취하러 올 것이라 하여 하루에도 두 번 세 번 놀랐다. 현덕은 공명을 청하여 의논하였다.

"조조가 동천을 취한 후에 이곳에 민심이 불안하니 어찌하면 좋겠소?"

"제가 한 계교를 생각했습니다. 조조로 하여금 스스로 물러가도록 하겠습니다."

"어떻게 하면 조조가 스스로 물러나게 되겠소?"

"조조가 군사를 나누어 합비에 둔병을 한 것은 손권이 두렵기 때문입니다. 지금 우리는 강하와 장사와 계양 삼 군을 동오東吳한테 돌려준 후에 말 잘하는 사람을 보내서 손권이 합비를 치도록 한다면 조조는 반드시 군사를 거두어 남으로 향할 것입니다."

"누구를 보내면 좋겠소?"

옆에 있던 이적이 일어나 말했다.

"제가 가겠습니다."

현덕은 곧 편지를 써서 이적에게 준 후에 형주荊州에 들러 관공을 뵙고 가라 했다.

이적은 형주에 들러 관공을 뵌 후에 동오로 들어가 말릉에서 손권을 만났다.

인사가 끝난 후에 손권은 이적한테 물었다.

"무슨 일로 나를 찾아오셨소?"

"지난번에 제갈자유諸葛子瑜께서 장사, 계양, 강하 삼 군을 취하러 오셨으나 때마침 군사軍師께서 계시지 아니하여 교할해 드리지 못했던 것입니다. 어제 우리 주공께서는 군사와 의논하시고 편지를 보내시어 세 고을을 돌려드립니다. 이 밖에 형주, 남군, 영릉도 곧 돌려보내고 싶으나 조조가 지금 동천을 취해서 점령하고 있으니 형주를 내놓으시면 관공께서 가실 곳이 없습니다. 생각은 가득하오나 실천을 못하니, 미안한 생각 간절하다 하십디다. 지금 대세를 논한다면 합비가 공허합니다. 이 틈을 타서 동오에서 합비를 공격한다면 조조는 부득이 동천을 버리고 철병할 것입니다. 이때 우리는 동천을 취한 후에, 곧 형주 전토를 곧 동오에 돌려보낼 생각이라 하십디다."

손권은 이적의 말을 들은 후에,

"잠깐 관사에 나가 기다리시오. 의논한 후에 회보하리다."

하고 이적을 관사로 보냈다.

이적이 물러간 후에 손권은 모든 모사들을 불러 유현덕의 말을 전했다.

장소가 나와 점잖게 말했다.

"이것은 조조가 서천을 마저 취할까 겁나서 유현덕이 계교를 쓰는 것입니다. 그러나 조조가 한중에 있는 틈을 타서 우리가 합비를 취하는 것도 또한 좋은 상책이올시다. 한번 해 보십시다."

손권은 곧 이적을 불러 합비 공격할 것을 승낙해서 돌려보내고 노숙으로 장사, 계양, 강하 세 고을을 접수한 후에 육구陸口에 둔병케 하고, 급히 여몽, 감녕, 능통 등 모든 장수를 소환했다.

하루가 못 되어 여몽, 감녕이 먼저 도착하였다.

여몽이 먼저 대책을 올렸다.

"지금 조조는 여강 태수 주광朱光으로 완성에 둔병하여 크게 전답을 개

간한 후에 곡식을 합비로 보내서 군량미를 충실하게 보장하고 있습니다. 그러하니 먼저 완성을 취한 연후에 합비를 공격하는 것이 가하다 생각합니다."

손권은 무릎을 치면서 여몽의 의견에 찬성했다.

"그 계교가 매우 좋소."

손권은 곧 여몽, 감녕으로 선봉장을 삼고 장흠, 반장으로 후군을 삼고 손권은 스스로 중군이 되어 주태, 진무, 동습, 서성을 거느려 완성으로 향해 나갔다.

이때 정보, 황개, 한당은 각처에서 요새 지대를 지키고 있어서 이번 전쟁에는 참가하지 아니했다.

손권의 군사는 강을 건너 화주和州를 취한 후에 완성으로 육박해 들어가니, 완성 태수 주광은 사람을 합비로 보내서 급히 구원을 청하고, 한편으로 성지城池와 관문關門을 굳게 닫고 나가지 아니했다.

손권이 스스로 성 아래 당도하니, 성 위에서는 화살이 비 오듯 쏟아져 손권의 푸른 일산과 기를 쏘아 맞혔다.

손권은 급히 진으로 돌아와 모든 장수들을 불러 놓고 대책을 의논하였다.

"어떻게 하면 완성을 속히 취할 수 있겠소?"

동습이 나와 말했다.

"군사들로 토산土山을 쌓게 한 후에 이곳에 올라 성중으로 화살을 쏘아 붙이면 승리를 거둘 수 있습니다."

서성이 나와서 말했다.

"구름다리(雲梯)를 세우고 무지개다리(虹橋)를 놓은 후에 성중을 굽어보고 공격한다면 속히 승전을 할 것입니다."

여몽이 나와서 의견을 제출했다.

"다 좋은 말들이올시다. 그러나 하루 이틀에 될 일이 아닙니다. 만약 합비에서 구원병이 온다면 모두가 틀린 일이올시다. 지금 아군我軍은 처음 이곳에 와서 사기士氣가 왕성합니다. 정예한 이 힘을 가지고 분발해서 공격한다면 단번에 성을 깨뜨려 버릴 수 있을 것입니다. 내일 평명平明 때 군사를 내면 오시午時나 미시未時 때는 성이 함락될 것입니다."

손권은 여몽의 말을 들었다.

이튿날 오경 때 밥을 지어 군사들을 배불리 먹게 한 후에, 삼군은 총출동이 되어 완성으로 기어올랐다.

살은 날고 돌은 쏟아졌다. 감녕은 손에 철연鐵練을 잡고 살과 돌을 무릅쓰며 성상으로 기어올랐다.

주광은 궁노수를 동독하여 일제히 감녕을 향하여 쏘아붙였다.

감녕은 철연으로 비 오듯 쏟아지는 화살을 헤치며 주먹으로 주광을 쳐 쓰러뜨렸다.

여몽도 친히 채를 잡고 북을 치며 기어올랐다. 사졸들은 일제히 여몽을 따라 성상으로 올라가면서 난도질을 쳐서 주광을 찍었다.

태수 주광이 죽어 넘어지는 것을 보자, 조조의 군사들은 일제히 항복해 버렸다.

손권이 완성을 평정한 것은 진시辰時였다.

이때 합비에 있던 조조의 장수 장요는 급히 군사를 거느려 완성을 구하러 오는 도중 전초前哨를 맡은 말 탄 군사가 급히 뛰어왔다.

"완성은 벌써 적군의 손으로 돌아갔습니다."

슬픈 보고를 올렸다.

장요는 하는 수 없었다. 군사를 이끌고 합비로 돌아갔다.

손권은 대병을 거느리고 완성에 들어가니 이때, 소년 장군 능통도 군사를 거느리고 성중으로 들어왔다.

손권은 삼군을 크게 호궤하여 술과 고기를 배불리 먹게 한 후에 여몽, 감녕 등 모든 장병에게 후한 상을 내리고 장성들은 다시 연회를 열어 스스로 무운을 자축했다.

여몽은 감녕에게 일등 공신의 자리를 양보해 주면서 그의 용기와 무공을 흠뻑 찬양했다.

술이 반 넘어 거나하게 취했을 때, 능통은 감녕이 전에 자기 아버지를 죽였던 옛 생각을 금할 수 없었다.

이런 중에 여몽이 감녕을 지나치도록 칭찬하는 것을 보자, 눈꼴이 시어서 차마 배겨 낼 수 없었다.

능통은 눈을 부릅떠 한동안 감녕을 노려보다가 홀연 허리 좌우편에 띠고 있던 장검을 뽑아 들고 큰소리로 외쳤다.

"연회 석상이 너무나 적막하오. 여러분은 나의 검무를 구경하시어 흥을 돋우시기 바라오."

이때 감녕은 능통이 자기한테 살기를 가득히 띠고 있는 것을 짐작했다.

감녕도 상을 밀어 놓고, 벌떡 자리에서 일어섰다. 두 손에 양지극兩枝戟을 들고 뚜벅뚜벅 걸어 나오며 말했다.

"연회 석상에서 나는 창을 한번 시험해 보겠소. 나의 창법을 구경해 보시오."

여몽은 두 사람의 얼굴에 가득 살기 띤 것을 보자 한 손으로 방패를 들고, 한 손엔 칼을 뽑아 든 후에 두 사람 사이로 들어가 큰소리로 외쳤다.

"두 분 장군이 아무리 능한 재주를 가졌다 하나 나의 무예를 따라오려면 아직도 창창하게 멀었소."

여몽은 말을 마치자 방패와 칼을 들고 덩실덩실 춤을 추면서 두 사람을 갈라놓았다.

손권의 시자는 급히 말을 달려 손권한테 보했다.

"능통과 감녕 두 장군이 연회장에서 서로 칼과 칼을 빼어 들고 싸우려 합니다."

손권은 황망히 말을 타고 연회장으로 달렸다.

능통, 감녕, 여몽 등 모든 장성들은 손권이 오는 것을 보자 황망히 칼과 창을 거두었다.

손권은 당에 올라 능통과 감녕을 보고 타일렀다.

"내가 항상 말하지 아니했던가? 두 분은 옛 사원私怨을 잊어버리라 했는데, 오늘 어찌 또 이 같은 불호광경不好光景을 벌여 놓는단 말인가?"

능통은 원통한 옛 한을 이길 수 없었다.

손권에게 향하여 절하며 땅에 엎드려 통곡하였다.

손권은 두 번 세 번 능통을 달래고 어루만졌다.

다음 날 손권은 삼군을 휘동하여 합비로 향했다.

한편, 조조의 맹장 장요는 완성을 뺏긴 후에 합비로 돌아가 심중이 불편하여 시름으로 날을 보내고 있을 때, 조조는 설제薛悌를 보내서 나무 궤 짝 한 개를 전했다.

장요가 받아 보니 위에는 조조의 봉인封印이 찍혀 있고 옆에는,

적병이 오거든 뜯어 보라.

또렷하게 적혀 있었다.

때마침 보발이 말을 달려 급히 보했다.

"손권이 십만 대병을 거느리고 합비로 향해 쳐들어옵니다."

장요는 조조가 보낸 나무 궤짝을 얼른 뜯어보았다.

궤 안에 또다시 글발이 적혀 있었다.

손권이 친히 오거든 장 장군과 이 장군이 출전하고, 악 장군은 성을 지키고 있으라.

장요는 이전과 악진을 청해서 상의하였다.

"승상의 의사가 이러하시니 여러분은 어찌하시려오?"

"장군의 생각은 어떠하시오?"

악진이 장요한테 반문하였다.

"주공께서는 멀리 동천에 계시고 강동 오병은 이 틈을 타서 우리를 격파할 결심을 한 듯하니, 우리는 힘껏 싸워서 적의 예봉을 꺾어 논 후라야 합비를 지킬 수 있다 생각하오."

이전은 본시 장요와 사이가 좋지 아니했다.

장요의 말을 듣고 묵연히 대답이 없었다.

악진은 이전의 대답 없는 것을 보고 눈치껏 대답했다.

"적병은 많고 우리 군사는 적으니 적병을 맞이해 싸우기 극히 어렵소이다. 튼튼하게 지키는 것만 못하다 생각하오."

장요는 얼굴빛이 변하며 말했다.

"공들은 모두 다 사사로운 의견이십니다. 승상의 공문서公文書를 생각하지 아니하시는 말씀입니다. 나는 처음부터 결사전을 벌여서 승상의 지시를 받을 생각입니다."

장요는 분연히 말을 마치자 군사를 불렀다.

"나의 갑주 투구와 말을 준비하라."

이전도 헌헌장부였다. 개연히 칼을 집고 일어섰다.

"장군이 이렇듯 하시는데, 내 어찌 사감私感으로 공사를 잊으리까? 원컨대 장군의 명령에 복종하겠습니다."

쾌하게 마음을 돌리는 이전의 행동을 보자 장요는 크게 기뻤다.

"감사하오. 이 장군이 이같이 쾌하게 협조해 주신다면, 이런 좋을 데가 다시없소이다. 그러면 이 장군은 내일 군사를 거느리고 소요진逍遙津 북편에 매복해 있다가 손권의 군사가 오거든 먼저 소사교小師橋 다리를 끊어 버리시오. 나는 악 장군과 함께 적병을 맞이해 싸우리라."

이전은 쾌하게 장요의 지령을 받은 후에 군사를 점고하여 소요진으로 향했다.

한편 동오 손권은 여몽, 감녕으로 선봉대장을 삼고 능통을 거느려 스스로 중군이 된 후에, 모든 장수들은 후군에 배치시켜 호호탕탕 합비로 향하여 진군했다.

여몽, 감녕의 선봉 부대는 합비성 밖에서 악진의 군대와 마주치게 되었다.

감녕은 비 오듯 쏟아지는 화살과 돌을 무릅쓰고 맨 먼저 완성으로 기어올라 한 주먹으로 주광을 때려눕힌 범 같은 장수였다.

그러나 악진 또한 만만치 아니한 조조의 맹장이었다.

두 장수는 서로 싸운 지 10합이 채 못되어 악진은 슬쩍 기운이 부치는 듯 말 머리를 돌려 거짓 패해 달아났다.

감녕은 의기가 양양했다. 여몽을 손짓해 불러 일제히 악진의 뒤를 쫓았다.

손권은 제2진에서 선봉군이 승리했다는 반가운 첩보를 듣고 신명이 났다. 군사를 몰아 소요진逍遙津 북편으로 돌진했다.

홀연 천지가 뒤엎어질 듯한 포성이 요란하게 들리면서 왼편에는 장요가 한 떼 군마를 거느려 쫓아 나오고, 바른편에는 이전이 일지 군마를 거느려 내달았다.

손권은 대경실색했다. 급히 군사를 선봉대장 여몽, 감녕한테 보내서 구원해 주기를 청했다.

그러나 장요의 정예 부대는 벌써 손권의 중군으로 향하여 풍우같이 육박해 들어왔다.

이때 능통의 수하 군사는 겨우 3백여 기밖에 되지 아니했다. 큰 산덩이 모양 뭉그러져 몰러드는 조조의 군사를 당해 낼 수가 없었다.

능통은 큰소리로 손권을 향하여 외쳤다.

"주공께서는 빨리 다리로 건너가십시오."

말이 채 떨어지기 전에 조조의 대장 장요는 2천 병마를 이끌고 쏜살같이 고함치며 쫓아 들었다.

능통은 몸을 번드겨 장요의 군대를 맞이하여 죽을힘을 다하여 싸웠다.

한편, 손권은 말을 달려 다리로 가 보니 다리는 벌써 끊어져서 한 조각 널판조차 보이지 아니했다.

손권은 손발이 떨렸다. 어찌할 줄 몰랐다. 아장 곡리谷利가 큰소리로 외쳤다.

"주공께서는 말을 뒤로 물리셨다가 다시 힘껏 채질을 하시어 앞으로 뛰어나가십시오."

손권은 곡리의 말대로 급히 말을 30보 밖으로 물렸다. 고삐를 바싹 잡고 힘껏 채를 치니, 말은 어흥 소리를 치며 네 굽을 모아 공중으로 솟구쳐 개울을 건너 다리 남편으로 떨어졌다.

시인은 시를 지어 탄식했다.

的盧當日跳檀溪
又見吳候敗合淝
退後着鞭馳駿騎
逍遙津上玉龍飛

적로마 탄, 유현덕 단계를 뛰어넘더니
오늘 또 오후는, 합비에서 패했네.
뒤로 물려 채질해 주마 달리니,
소요진 위엔 옥룡이 끔틀 날랐네.

손권이 소요진을 뛰어넘으니 서성, 동습이 배를 대어 맞이했다.

능통, 곡리는 육지에서 장요를 막아 대고 감녕, 여몽은 군사를 돌려 손권을 보호하러 돌아왔다.

그러나 악진은 회군하는 감녕과 여몽의 뒤를 쫓았다.

뿐만이 아니었다. 이전은 또 한 떼 군마를 거느리고 악진의 군사와 합세하여 여몽, 감녕의 군사를 무찔러 댔다.

오병吳兵은 반 이상이 꺾여 버리고 능통이 거느렸던 3백여 명의 군사들은 한 사람도 산 사람이 없이 다 죽어 버렸다.

군사뿐 아니었다. 능통 자신도 몸에 여러 군데 창상創傷을 당했다. 억지로 목숨을 구하여 다리 앞에 당도해 보니 다리는 이미 끊어져서 건너갈 도리가 없었다.

능통은 하는 수 없어 강물을 끼고 돌아 말을 채질해 달렸다.

손권이 배를 타고 바라보니 능통이 죽을힘을 다하여 쫓아오는 것이었다. 손권은 급히 동습에게 분부를 내렸다.

"저기 오는 사람이 능통 아니냐? 빨리 배를 대서 구해 주어라."

동습은 급히 배를 저어 언덕에 대고 능통을 배 안으로 끌어올렸다.

한편, 여몽과 감녕은 장요한테 쫓기면서 죽도록 싸워서 겨우 목숨을 보존하여 강남으로 달아났다.

강남 사람들은 장요의 이름만 들어도 벌벌 떨었다.

어른뿐만이 아니었다. 어린 젖먹이까지도 무서워했다.

"저기 장요가 온다!"

하기만 하면 어머니의 등에 업혀 울던 아이도 울음을 그쳤다.

패군지장이 된 여러 장성들은 손권을 보호하여 영채로 돌아오니, 손권은 능통과 곡리에게 상을 내리고 군사를 거두어 유수濡須로 돌아가면서 배를 정돈하여 수륙으로 병진할 것을 의논하고, 일변 사람을 강남으로 보내서 다시 군사를 조발시켜 싸움을 돕게 할 방침을 정했다.

이때 장요는 손권이 유수로 가서 권토중래捲土重來할 뜻이 있는 것을 알자, 합비에 군사가 적어 적을 막기 어렵다고 생각했다. 급히 설제薛悌를 한중漢中에 있는 조조한테로 보내서 구원병을 청했다.

조조는 모든 장성과 모사들을 청하여 의논하였다.

"지금 군사를 움직이면 능히 유비의 서천을 취할 수 있겠나?"

유엽이 나와 아뢰었다.

"지금 촉중蜀中은 안정이 되어서 모든 준비를 해 놨을 것입니다. 공격할 수 없습니다. 군사를 거두어 강남으로 내려가서 합비를 구원하는 것이 나을 것입니다."

조조는 유엽의 말을 들었다.

하후연으로 한중漢中 정군산定軍山 애구隘口를 지키게 하고, 장합으로 몽두암등蒙頭巖等 애구隘口를 파수하게 하고, 남은 군병들은 함빡 진을 거두어 유수오濡須塢로 치달리어 조조의 철기鐵騎는 농우隴右를 평정하였다.

그리고 또다시 정기旌期는 강남으로 지향해 나갔다.

백 명의 결사대

한편, 손권은 유수구濡須口에서 군사와 말을 수습하고 있을 때 홀연 파발이 뛰어와 보했다.

"조조가 한중漢中에서 사십만 대병을 거느리고 합비를 구원하러 온다 합니다."

손권은 모사들과 계교를 의논한 후에 먼저 동습, 서성 두 장수를 시켜서 큰 배 50척을 거느리고 유수 어귀에 매복케 하고, 일변 진무를 시켜서 강변을 순찰케 하였다.

장소가 나와 손권한테 아뢰었다.

"지금 조조는 멀리 군사를 거느려 오니, 우리는 먼저 그의 예기를 꺾어 놔야 하겠습니다."

손권은 장하帳下에 있는 장수를 돌아보며 물었다.

"조조의 원정군遠征軍을 누가 한번 대적해서 그의 예봉銳鋒을 꺾을 수 있겠는가?"

소년 장군 능통이 출반하여 아뢰었다.

"소장이 나가겠습니다."

"군사를 몇 명만 주면 족하겠느냐?"

"삼천 명이면 족하겠습니다."

감녕이 뛰어나와 아뢰었다.

"소장은 백 기騎만 가지면 적병을 도륙시키겠습니다. 하필 삼천 명이오 니까?"

감녕과 능통은 살부지수殺父之讐의 좋지 않은 사이였다. 가끔 충돌이 일 어나는 것은 독자도 다 아는 일이다.

감녕이 아뢰는 말을 듣자 능통은 대로했다.

"감녕아, 네 어찌 백 기만 가지면 된다고 주공을 속여서 호언장담을 하 느냐?"

"바지저고리 장수가 아닌 담에야 삼천 병마가 무슨 필요 있느냐?"

능통, 감녕은 눈을 부릅떠 손권의 앞에서 서로 다투었다.

손권이 두 장수를 타일렀다.

"조조의 군세를 가볍게 보아서는 아니 된다. 능통은 삼천 군마를 거느 리고 유수구 어귀에 나가 초탐哨探하고 있다가 조조의 군사를 만나거든 교전케 하라."

능통은 영명領命하고 3천 군마를 거느려 유수구를 떠났다.

말 뛰닫는 먼지가 자욱하게 이는 곳에 능통의 3천 병마는 저편에서 짓 쳐 나오는 장요의 군사와 마주쳤다.

소년 장군 능통은 소리치며 장요한테로 덤벼들었다. 싸운 지 50여 합이 되건만 승부가 나지 아니했다.

손권은 혹여나 능통이 실수가 있을까 하여 여몽에게 영을 내렸다.

"여 장군이 나가서 장요를 맞아 싸우고 능통은 돌려보내 주오."

여몽이 말을 달려 나가고, 능통이 돌아오는 것을 본 감녕은 손권한테 아뢰었다.

"제가 오늘 밤에 아까 아뢴 대로 일백 기만 거느리고 가서 조조의 영문 을 두들겨 부수겠습니다. 만약 한 사람이라도 잃어버린다면 공功으로 계산하지 아니하겠습니다."

손권은 그의 의기를 장하게 여겼다.

1백 명, 정예 마병을 주고 술 50병에 양의 고기 50근을 내려서 군사들을 호궤하라 했다.

감녕은 자기 영문으로 돌아와 1백 명 군사를 뜰 앞에 벌여 앉히고 손권이 내린 양의 고기와 술을 백 명 앞에 내놓았다.

감녕은 은銀 바리에 가득히 술을 부어 스스로 곱빼기 해서 마신 후에 백인百人 앞에서 말했다.

"오늘 밤에 너희들 백 명은 주공의 영을 받들어 조조의 진을 야습해야 한다. 너희들은 힘을 다하여 큰 공을 세우게 하라. 그리고 이 술과 안주는 특별히 주공께서 내리시어 너희들을 격려하시는 음식이다. 너희들은 제 각기 한 잔씩 마시고 흠뻑 용기를 내어라."

모든 사람들은 백 명 군사로 40만 대병인 조조의 진을 야습한다 하니 어이가 없었다.

아무 말도 못하고 서로들 면면이 얼굴만 바라보았다.

감녕은 모든 사람의 얼굴에 난색이 있는 것을 보자, 눈을 부릅뜨고 허리에 찬 긴 칼을 뽑아 들었다.

"나는 상장上將이다. 그러나 목숨을 아끼지 아니하고 야습을 감행하려는데 너희들은 어찌해서 이같이 풀기 없이 지의遲疑하느냐?"

큰소리로 꾸짖었다.

1백 명 군사들은 벌벌 떨었다. 일제히 일어나 절하면서,

"그저 죽을힘을 다하여 싸우겠습니다."

백배사죄를 드렸다.

감녕은 그제야 칼을 다시 칼집에 꽂고 군사들에게 술과 고기를 배불리

먹인 후에 이경 때 흰 거위 깃(白鷺翎) 백 개를 뽑아서 군사들 머리에 쓴 투구에 한 개씩 꽂아 표를 한 후에, 갑옷 입고 말을 몰아 조조의 진으로 달렸다.

백 명의 결사대決死隊는 별안간 고함치면서 울타리를 뽑아 던지고 횃불을 높이 들어 조조의 중군으로 치달렸다.

원래 조조의 중군은 수레로 겹겹이 주위를 차단시켜 놓아 철통같이 방위 태세를 취하고 있었다.

그러나 용맹스런 백 명의 결사대는 목숨을 내놓고 좌충우돌 쳐들어가니 잠자던 조조의 군사들은 크게 놀랐다.

감녕의 결사대가 백 명인지 천 명인지 그 수를 알 수 없었다. 서로들 짓밟고 떠밀고 치고 때리며 지옥 속 같은 수라장이 되어 버렸다.

감녕은 긴 칼을 빼어 들고 종으로 횡으로 무인지경처럼 말을 달리면서 닥치는 대로 조조의 군사들의 목을 베니 흡사 가을바람에 휘날려 떨어지는 낙엽이었다.

횃불은 줄을 지어 휘황한데 조조의 군사들의 호곡해 울부짖는 소리는 처절했다. 이리 몰리고 저리 몰리면서 목숨을 구하여 불나비처럼 날뛰었다.

시살한 후에 남문으로 향해 나오니, 조조의 진에서 감히 누구 한 사람 막아 내는 장수가 없었다.

손권은 감녕의 겁채하는 모습을 멀리 바라보고 기쁨을 이기지 못했다. 주태한테 영을 내렸다.

"너는 빨리 일지一枝 병마兵馬를 거느리고 나가서 감녕을 도와주라."

주태가 나간 후에 감녕의 결사대는 한 사람도 상한 자가 없이 고스란히 유수로 돌아왔다.

조조의 군사들은 감녕의 백 기한테 큰 봉변을 당하고도 매복된 군사가 있을까 하여 감히 뒤를 쫓지 못했다.

감녕은 백 기의 결사대를 거느려 손권의 큰 진에 당도하자 북을 치고 바라를 치면서 승전고를 높이 치며 만세 소리 천지를 진동했다.

손권은 크게 기뻤다. 친히 진문까지 나가 감녕을 맞이하였다.

감녕은 말에서 내려 손권한테 넙죽 절을 했다.

손권은 감녕을 붙들어 일으키며 손을 잡아 말했다.

"장군의 이번 행동은 늙은 도적 조조의 간담을 서늘하게 만들었소이다. 내가 그대를 사지死地에 보낸 것이 아니라, 그대의 담력膽力을 시험해본 것이오!"

손권은 말을 마치자 좌우 시자에게 영을 내렸다.

"비단 천 필疋과 보도寶刀 백 벌을 장군께 내리리라!"

감녕은 백배치사하면서 비단 천 필과 보검 백 벌을 받아서 백 명 결사대한테 나누어 주었다.

손권이 모든 장수들을 돌아보며 말했다.

"조맹덕한테는 장요가 있고, 나한테는 감흥패甘興覇가 있으니 한번 겨뤄 볼 만하구나. 하하하."

자못 의기가 양양했다.

다음 날이 되었다. 장요는 다시 군사를 거느리고 손권의 진 앞에 와서 싸움을 돋우었다.

능통은 감녕이 어젯밤에 백 기를 거느려 조조의 진을 야습한 것을 보자, 마음에 크나큰 충동을 느꼈다. 손권 앞에 분연히 나가 아뢰었다.

"제가 한번 나가서 장요를 대적하여 싸워 보겠습니다."

"좋다!"

손권은 쾌하게 허락했다. 능통은 군사 5천 명을 거느리고 유수에서 떠났다.

손권은 감녕을 거느리고 친히 진 머리에 나서서 두 장수의 싸움을 바라보았다.

이편에서는 능통이 나오고, 저편에서는 장요가 말을 달려 나왔다. 좌편에는 이전이 장요를 도와주고 우편에서는 악진이 또다시 말을 달려 나왔다.

능통이 칼을 빼어 들고 말을 달려 장요를 취하려 하니 장요는 악진에게 영을 내렸다.

"악 장군은 능통과 겨루어 보시오."

악진은,

"네."

하고 대답하면서 능통을 맞이해 싸웠다.

두 장수는 50여 합을 싸웠건만 승부가 나지 아니했다.

조조도 소문을 듣고 말을 채쳐 진문 앞에 친히 나와 섰다.

조조는 능통, 악진 두 장수가 겨루는 무예를 바라보다가 가만히 옆에 있는 조휴한테 분부를 내렸다.

"가만히 화살을 쏘아라!"

조휴는 조조의 밀지를 받아 가만히 장요의 등 뒤로 돌았다.

활을 내려 살을 메기고 능통을 향하여 겨냥을 댔다.

살은 날아 능통이 타고 있는 말 다리를 맞히었다.

말은 놀라 뛰고 능통은 몸을 번드쳐 땅으로 떨어지며 펄썩 주저앉았다.

악진은 좋은 기회라 생각했다.

장창을 잡고 말에 떨어진 능통한테로 덤벼들었다.

단 한 번에 능통의 목숨을 요정 짓자는 생각이었다. 위태롭기 머리털

한 오라기를 격한 듯한 사이였다.

악진의 창끝이 능통의 허구를 찌르려는 찰나였다.

홀연 시위 소리가 공중에서 일어나면서 화살 한 대는 악진의 볼을 보기 좋게 맞히어 버렸다.

악진은 아픈 소리를 지르며 말 아래로 굴러 떨어졌다.

모든 사람들은 어디서 날아온 화살인지 알지 못했다.

조조와 손권 양편 진에서는 징을 쳐서 제각기 능통과 악진을 구하여 돌아갔다.

능통은 큰 진으로 돌아가 손권한테 절하며 사례했다.

"소장이 너무 경적을 해서 큰 공을 세우지 못했으니 죄 태산같이 큽니다."

손권은 빙긋 웃으며 능통을 바라보며 물었다.

"하마터면 큰일 날 뻔했네. 조휴가 숨어서 활을 쏘고 악진이 창을 들고 덤벼들어서 위기일발危機一髮이 되었을 때, 악진의 볼을 활로 쏘아서 그대의 목숨을 구해 준 사람이 누군 줄 아는가?"

"아직 모릅니다."

"감녕일세. 감 장군이 활을 쏘아서 자네 목숨을 구해 주었네."

능통은 뜻밖이었다. 감격한 마음을 금할 수 없었다.

옆에 서 있는 감녕의 앞으로 나가 머리를 조아려 절하였다.

"저의 목숨을 살려 주신 큰 은혜는 백골난망이올시다. 장군께서 오늘날 이같이 저의 생명을 구해 주실 줄은 전혀 꿈 밖이올시다."

감녕은 절하여 사죄하는 능통을 붙들어 일으켰다.

"별말씀을 다 하시는구려. 모든 사사혐의를 다 잊으십시다. 그리고 국가를 위하여 일합시다."

두 장수의 화해하는 수작을 바라보는 손권의 마음도 기뻤다.

"두 분 장군에 대하여 기대하는 바가 크오."

격려하기를 마지아니했다. 이후로부터 감녕과 능통은 다시는 다투지 아니했다.

한편, 조조는 악진을 구하여 큰 진으로 돌아와 살 맞은 상처를 치료케 하고 일변 군사를 다섯 길로 나누어 유수로 향해 나갔다. 조조는 스스로 중군이 되어 나가니 좌편 1로군은 장요요, 2로군은 이전이요, 우편 1로군 은 서황이요, 2로군은 방덕이었다.

조조의 5로군은 매 로군마다 1만 명씩 편성시키니 총수는 5만여 명이 었다. 까맣게 먼지를 일으켜 강변으로 쏟아져 나갔다.

이때 동습과 서성 두 장수는 군사를 거느려 배를 타고 있었다. 군사들 은 5로 군마가 쏟아져 나오는 것을 보자, 얼굴에 제각기 두려운 빛을 띠고 벌벌 떨었다.

서성이 군사를 향하여 꾸짖었다.

"조금도 두려울 것이 없다. 자기의 맡은 바 임무를 다하면 그만이다."

말을 마치자 날랜 군사 수백 명을 뽑아 작은 배에 가득 실은 후에 강을 건너 이전의 진으로 시살해 들어갔다.

동습은 배를 타고 군사와 함께 북 치며 납함하고 있을 때, 홀연 강상에 사나운 바람이 크게 일어나면서 집채 같은 흰 물결은 허공을 박차, 파도 가 흉흉했다. 배는 금방 엎치락뒤치락 파선이 될 지경이었다.

군사들은 수각이 황란했다.

서로들 다투며 배에서 뛰어내려 목숨을 도모하려 했다.

동습은 칼을 짚고 대갈일성, 군사를 꾸짖었다.

"이놈들, 주상의 명을 받아 적을 막는 것이 우리들의 임무다. 만약에 배에서 뛰어내리는 자가 있다면 당장 곧 목을 베리라!"

군사들은 그래도 말을 듣지 아니했다.

서로 떠밀고 뛰어내리는 바람에 배가 엎어지면서 눈 깜짝할 사이 동습은 물에 빠져 죽었다.

다만 서성이 이전의 진중으로 오고 가면서 충돌할 뿐이었다.

한편 진무는 강변에서 소란하게 시살하는 소리를 듣고 일지 군마를 거느려 나오다가 방덕과 만나서 두 편 군사는 혼전을 이루고 있었다.

이때, 손권은 유수에서 조조의 군사가 강변으로 쇄도한다는 소식을 듣자 주태와 함께 군사를 거느려 싸움을 도우러 나왔다.

때마침 서성이 이전의 군중으로 시살하는 것을 보자 군사를 몰아 후원해 주려 하니, 장요와 서황은 두 떼 군마를 거느리고 손권을 공격하여 위급하기 이를 데 없게 되었다.

조조는 산 위에서 손권이 포위당한 것을 보고 나자 급히 허저를 불러 영을 내렸다.

"칼 들고 말 달려 손권이 포위된 속으로 뛰어들어서 그의 앞뒤를 끊어서 서로를 도와주지 못하게 하라."

허저는 조조의 명을 받고 손권의 포위된 곳으로 치달렸다.

이때 주태는 군중에서 강변으로 나가보니 손권이 보이지 아니했다. 말을 돌려 다시 진중으로 뛰어들었다.

군사들한테 물었다.

"주공께서는 어디 계시냐?"

군사들은 손을 들어 가리켰다.

"주상께서는 적진에 포위되어 계십니다. 매우 위급하십니다."

주태는 몸을 날려 손권이 포위된 속으로 뛰어들었다.

주태는 포위 속에 빠진 손권을 발견했다. 큰소리로 고함쳤다.

"주공께서는 저만 따라 나오십시오."

손권은 저승에서 주태를 만난 듯 반가웠다. 칼을 들어 적병을 찍으면서 주태의 뒤를 따라 나왔다.

주태는 앞에 서고 손권은 뒤에 서서 세 겹 네 겹 둘러싼 조조의 군사를 헤치며 달려 나왔다.

그러나 조조의 진은 철옹성이었다. 가도가도 끝이 나지 아니했다.

주태가 죽을힘을 다하여 적진을 뚫고 강변까지 나와 뒤를 돌아보니 기막히지 않은가. 손권의 모습은 또다시 보이지 아니했다.

주태의 간장은 콩알만큼 오그라들었다.

손권은 영락없이 조조 진중에서 죽은 것이 분명했다.

주태는 다시 말 머리를 돌려 조조의 진중으로 뛰어들었다.

죽을힘을 다하여 적진으로 뚫고 들어가니 다행히 손권이 죽지 아니하고 아직 살아 있었다. 주태는 또다시 큰소리로 외쳤다.

"빨리 나오시지 어쩌자고 이러하십니까?"

"화살이 비 오듯 쏟아지니 나갈 수가 없었네. 어찌한단 말인가."

"그러면 이번엔 주공께서 앞에 서십시오. 제가 뒤에서 호위해 드리겠습니다."

손권은 주태의 말대로 앞에 서서 말을 달려 나가고 주태는 좌충우돌하면서 방패와 창으로 손권의 몸을 호위하여 비 오듯 쏟아지는 화살을 무릅쓰며 나갔다.

그러나 주태는 두 군데나 창에 찔리고 10여 대 화살이 갑옷을 꿰뚫었다.

온몸이 후줄근해서 손권을 구하여 강변에 당도하니 여몽이 일지 수군水軍을 거느리고 배를 언덕에 대어 접응했다.

손권은 비로소 배에 올라 길게 한숨을 뿜었다.

"나는 주태가 아니었던들 꼭 죽을 뻔했다. 세 번이나 죽을 땅에 빠진 것을 주태가 살려 주었다. 서성은 어찌 되었는가. 이 사람도 나와 같이 포위를 당했는데 어떻게 빠져나왔으면 좋겠는데……."

손권은 서성의 생각이 간절했다.

"제가 또 한 번 가서 서성을 구해 내겠습니다."

주태는 몸을 번드쳐 배에서 내리자, 강변에 있는 말을 집어 타고 적진 중으로 다시 달렸다.

이때, 주태의 용맹은 과연 볼 만했다.

몸에는 상처를 입고 갑옷에는 화살이 꽂혔건만 몸을 사리지 아니하고 다시 적진 중으로 뛰어들었다.

손권은 가만히 의기義氣 남아男兒라 칭찬했다.

여몽의 군사는 언덕으로 활을 쏘아 적진을 소란케 했다.

이윽고 주태는 서성을 구해 가지고 배에 올랐다. 두 장수는 모두 다 몸에 중한 창상槍傷을 입었다.

한편 손권의 장수 진무는 조조의 장수 방덕과 큰 싸움을 계속하던 중 뒤에 구원병이 없어 방덕한테 밀려서 곡구谷口까지 쫓겼다.

곡구는 수목이 울창하고 수풀이 무성해서 말을 달려 용신하기 어려운 곳이었다.

진무는 방덕한테 밀려서 이곳까지 왔다가 다시 몸을 돌려 방덕과 싸우려 할 때, 공교롭게도 전포 소매가 나뭇가지에 걸렸다.

방덕은 천재일우의 기회라 생각했다. 번뜩, 서리 같은 긴 칼로 진무를 찍어 버렸다.

한편 조조는 손권이 포위망을 뚫고 주태한테 구호되어 달아나는 것을 바라보자 친히 말을 달려 군사를 거느리고 강변까지 쫓았다.

"활로 손권이 탄 배를 쏘아라!"

명령이 한번 내리니 조조의 군사들은 손권의 배로 어지럽게 화살을 쏘아붙였다.

여몽이 거느린 손권의 수군도 지지 않고 언덕을 향하여 조조의 군마한테 화살을 쏘았다.

그러나 여몽의 수군은 조조의 군사를 대항할 만한 화살이 많지 아니했다.

한바탕 쏘고 나니 화살은 얄팍얄팍했다.

여몽 이하 모든 수군들은 당황하여 어찌할지 몰랐다.

홀연 강상에서 수십 척 큰 배가 줄을 지어 바람을 헤치고 쾌하게 나타났다.

여몽이 바라보니 뱃머리 위에 우뚝 서서 창을 잡고 지휘하는 일원 대장은 다른 사람이 아니라 손권의 형님, 손책의 사위 육손이었다.

여몽은 기쁨을 이기지 못하여 하늘을 우러러 합장을 올렸다.

육손이 거느려 나오는 수군은 10만 대병이었다.

육손은 여몽의 수군이 화살이 떨어져 쏘지 못하는 것을 바라보자 북을 쳐 군령을 내렸다.

"조조의 진으로 향하여 화살을 쏘면서 돌진하라!"

명령일하, 육손의 수군은 나는 듯이 살을 쏘며 배를 달렸다.

조조의 군사는 크게 어지러웠다.

큰 배들이 언덕에 닿자 육손은 다시 또 한 번 군령을 내렸다.

"뭍으로 올라, 적진으로 육박하라."

10만 대병은 일제히 적전敵前 상륙上陸을 개시했다.

조조의 군사는 대패해 달아났다. 죽고 상하는 자가 부지기수요, 전마戰
馬를 잃은 수가 수천 필이었다.

손권이 육손의 구원을 받아 승리를 거둔 후에 난군 중에서 진무의 시체
를 발견했다.

손권은 진무가 죽고 동습이 강물에 빠졌다는 말을 듣자, 애통한 마음을
금할 길 없었다.

강물에 들어가 동습의 시체를 건진 후에 진무의 시체와 함께 후하게 장
사 지내 주고, 한편으로 주태가 구원해 준 공을 생각하여 크게 잔치를 열
어 주태를 관대했다.

손권은 친히 술잔을 잡아 주태한테 권하면서 다시 그의 등판을 어루만
져 감사한 말을 보냈다.

"나는 그대가 아니었던들 오늘날 다시 하늘을 바라볼 도리가 없었네."

말을 마치자 눈물은 줄줄 흘러 얼굴에 가득했다.

"황공하여이다."

주태도 주먹으로 눈물을 씻었다.

손권은 다시 말했다.

"그대는 목숨을 내놓고 두 번 세 번 나를 구해 주었네. 뿐만인가, 창에
찔린 곳이 수십 군데 아닌가. 그대의 살은 마치 칼로 새겨 놓은 듯하네그
려. 내 어찌 그대를 골육骨肉의 정으로 대접하지 않겠나. 그대는 나의 기
막힌 공신일세. 그대에게 병마兵馬의 중한 임무를 맡기네. 그대는 나와 함
께 영욕榮辱을 함께하고, 휴척休戚을 같이해야 하네."

손권은 말을 마치자 주태의 옷을 끄르게 했다.

주태가 옷을 벗고 나니 그의 온몸은 창에 찔리고 살에 맞아서 한 군데
성한 곳이 없었다.

벌건 상처는 칼로 도려내고 후벼 파져서 마치 거목의 큰 뿌리가 이리 꿈틀 저리 꿈틀 전신으로 뻗친 듯, 끔찍끔찍하게 혈문血紋을 이루었다.

손권은 손으로 상처를 어루만지며 일일이 물었다.

"이 상처는 창에 찔린 상처로구나. 이것은 살에 맞은 흠이로구려."

손권의 눈에는 다시 눈물이 글썽거렸다.

"예, 그러하외다. 앞에 것은 첫 번째 주공을 모시어 낼 때 찔린 상처고 뒤에 것은 두 번째 다시 들어가서 살에 맞은 흠이올시다."

손권은 상처 하나마다 술 한 잔씩 권했다.

이날 주태는 대취했다.

손권은 그에게 특별히 청라산靑羅傘을 주어 들고 오갈 때마다 일산日傘을 받고 다니게 하니 주태의 영광은 말할 나위 없었다.

손권은 계속해서 유수에서 조조와 대치하고 있었다.

달포가 되어도 큰 승부를 내지 못했다.

장소와 고옹이 손권한테 아뢰었다.

"조조의 군사가 워낙 크고 보니 힘으로 대결하기는 곤란합니다. 오래 싸울수록 손해올시다. 민심을 편하게 하시는 것이 상책일까 합니다."

손권도 그들의 말을 옳게 생각했다. 보질步騭을 사신으로 해서 조영曹營에 보내어 화친을 구했다.

조조 역시 얼른 강남을 평정할 수 없다는 것을 짐작했다.

"정 화친할 의향이 있다면 동오에서 먼저 철병을 하시오. 그리하면 나도 군사를 돌이켜 돌아가리다."

조조는 동오 사신한테 화친할 것을 허락했다.

보질이 돌아와 손권한테 아뢰니 손권은 장흠, 주태 두 장수를 남겨 두어 유수濡須의 출입구를 지키게 하고 모든 군사를 배에 실어 말릉秣陵으로 돌아갔다.

조조도 손권과 약속한 대로 대군을 점고한 후에 조인과 장요 두 사람으로 합비에 둔병하여 영토를 지키게 하고 허창으로 돌아갔다.

조조가 허창에 당도하니 문무백관들은 성 밖까지 나와서 환영이 대단했다.

조조는 황제를 뵌 후에 승상부로 들어가니 문무백관들은 전부터 숙제로 내려오던, 조조에게 왕의 칭호를 바쳐서 위왕을 삼자는 문제가 또다시 일어났다.

상서 벼슬한 최염崔琰이 자리에서 일어나 반대하였다.

"지금 승상은 영예와 권력이 이미 극진한 분입니다. 여기다가 다시 왕의 칭호를 더한다는 것은 오히려 승상을 욕되게 하는 것이니 불가하오. 이것은 승상을 위하는 짓이 아니라 도리어 욕되게 하는 짓들이오. 만 번, 불가하다고 생각하오."

최염의 말을 듣자 모두 다 고개를 숙여 침묵을 지켰다.

좌자가 조조를 놀려 대다

한 사람이 자리에 일어나 최염崔琰을 타일렀다.

"이 사람, 자네 순욱과 순유의 죽는 꼴을 보지 못했나?"

최염은 대로했다. 얼굴을 붉히며 대거리했다.

"맘대로들 해 보라고 그러게. 때가 오면 반드시 까닭이 있을 것일세."

최염은 뱉듯이 큰소리로 대답했다.

최염과 사이가 좋지 아니한 자가 있었다.

이 일을 조조한테 가만히 고자질했다.

조조는 크게 노했다.

최염을 옥에 내려 가둔 후에 옥사를 다스리는 정위廷尉에게 신문하라
했다.

정위는 조조의 명을 받아 갖은 악형으로 최염을 고문했다.

그러나 최염은 조금도 굽히지 아니했다.

눈을 부릅뜨고 수염을 곤두 뻗쳐 조조를 꾸짖었다.

"이놈, 조조란 놈은 임금을 속이는 간사한 도둑놈이다."

꾸짖기를 마지아니했다.

정위는 사실대로 조조한테 고하니, 조조는 최염을 장살杖殺시키라 했
다. 최염은 마침내 매 맞아 죽었다. 당시의 시인은 시를 지어 최염의 의기
를 높게 찬양했다.

清河崔琰天性堅剛
虯髥虎目鐵石心腸
奸邪辟易聲筋顯昻
于於漢主千古名揚

청하의 최염 천성이 견강했다.
용의 수염에, 범의 눈일세.
간사한 자 물리쳐서 명성을 드날렸네.
한실에 충성된 마음 천고에 이름이 있네.

건안 21년 여름 5월에 군신群臣들은 표表를 헌제한테 올렸다.

위공 조조의 공덕은 하늘에 닿고 땅에 가득해서 이윤, 주공도 미치지 못할
만한 큰 공을 세웠습니다. 벼슬을 높여서 왕王으로 올리는 것이 좋습니다.

헌제는 곧, 종요鍾繇에게 명하여 조서를 짓게 하고 조조를 위왕으로 책
봉했다.
조조에게는 기막힌 광영이었다. 그러나 조조는 마음속으로는 흠뻑 기
쁘면서 그래도 체면은 한번 차려 볼 줄 알았다.

상서를 올려 왕 봉하는 조서를 사양했다.
황제는 사양하는 조조의 상소를 봉환했다.
조조는 또 한 번 사양하는 상소를 올렸다.
황제는 두 번째 조조의 사양하는 글을 돌려보냈다.

조조는 세 번 사양하는 상소를 올렸다.

헌제는 다시 조조의 상서를 돌려보냈다.

조조는 비로소 위왕의 벼슬을 절하고 받았다.

조조는 열두 줄 황금 면류관에 여섯 말이 끄는 황금 수레를 타고 천자가 거동할 때 쓰는 복식服飾과 거가車駕며 의장儀仗을 사용하여 위魏의 영토인 업군鄴郡으로 출입하니, 한 세상 사람들의 안목이 현란했다.

그는 업군에 크나큰 궁전을 짓고 세자 책봉할 것을 군신한테 의논하였다.

본시 조조의 큰마누라 정丁 부인夫人은 소생이 없고, 첩 유劉 씨氏는 조앙을 낳았으나 장수를 정벌하러 갔을 때 완성에서 죽은 일은 독자도 기억할 것이다.

다시 첩 변卞 씨氏의 몸에서 소생이 넷인데, 큰아들은 비丕요, 둘째는 창彰이요, 셋째는 식植이요, 넷째는 웅熊이었다.

조조는 정 씨를 내치고 변 씨로 위魏 왕비王妃를 봉했다.

조조의 셋째 아들 식植의 자는 자건子建이었다. 극히 총명 영리할 뿐 아니라 글을 잘했다. 붓을 들면 아름다운 문장을 이루었다. 그야말로 투필投筆 성장成章하는 크나큰 재주를 가졌다.

조조는 조식을 극히 사랑했다. 세자를 봉하여 후사後嗣를 삼으려 했다.

큰아들 조비가 눈치를 챘다.

자기가 후사가 되지 못하면 큰일이라 생각했다.

가만히 계교를 중대부 가후賈詡한테 물었다.

가후는 조비에게 비밀한 계교를 가르쳐 주고 여차여차하라고 일러 주었다.

이후로부터 조조가 밖으로 출정할 때마다 모든 아들은 전송을 나가는데 조식은 화려한 문장으로 아버지의 공덕을 찬양하고, 조비는 다만 눈물을 흘려 절을 하여 아버지를 전송하니, 보는 사람들은 조비의 지극한 효성을 감탄하지 아니할 수 없었다.

이쯤 되니 조조의 마음도 차차 조비한테로 기울어지기 시작했다.

셋째 아들 조식은 재주가 표일해서 글을 잘하나 성실한 점은 도리어 큰 아들 조비가 낫지 아니한가 하고 생각했다.

조비는 다시 돈으로 사람들을 매수했다. 조비의 덕이 높다는 소문을 퍼뜨리게 했다.

조조는 후사를 정하려 했으나 아직도 갈피를 잡지 못했다.

가후를 청하여 물었다.

"고孤는 장차 후사를 세우려 하는데, 어느 아들로 정했으면 좋겠소?"

가후는 잠자코 대답이 없었다.

"왜 대답을 아니하오?"

"생각을 해 보느라고 그리합니다."

"무슨 생각이오?"

가후는 한동안 무엇인지 생각하고 있다가 대답했다.

"원소와 유표 부자의 일을 생각하고 그리합니다."

가후는 얼굴빛을 정색하여 대답했다.

"하하하, 옳은 말이야. 나도 알아듣겠소."

조조는 드높게 껄껄 웃었다.

가후가 원소와 유표의 부자를 들어 말한 것은 적자를 폐하고 차자로 세자를 봉한 때문에 집안싸움이 일어났다는 것을 말한 것이었다.

조조는 가후의 말을 들은 후에, 장자 조비로 왕세자를 삼았다.

10월에 위왕의 대궐이 낙성되었다.

조조는 각처로 사신을 보내서 기화요초琪花瑤草를 구해 들였다.

사신은 오지吳地에 가서 손권을 찾아보고, 위왕의 영지令旨를 전한 후에 온주溫州 명산名産 감자柑子[11]를 구했다.

이때 손권은 위왕의 칭호를 존경하여 사람을 본성本城으로 보내서 황금 같은 대감자大柑子 40여 짐을 실어 가지고 밤을 도와 업군鄴郡으로 보냈다.

길을 가는 도중 짐을 진 짐꾼들은 피곤했다. 산 아래 쉬고 있을 때 한 선생이 나타났다.

눈은 외눈박이요, 한 다리는 절름발이였다. 머리에는 백등관白藤冠을 쓰고, 몸에는 청라의靑蘿衣를 입었다.

괴상한 인물은 짐꾼들한테 인사를 하고 말을 붙였다.

"귤을 가지고 조조한테로 가는구려. 수고가 너무 많으시오. 내가 당신들의 수고를 좀 덜어 드리겠소. 두 짐만 지고 갈 테니 어떠시오?"

여러 짐꾼은 좋아했다.

"미안해서 어찌하오. 그럼 좀 수고를 해 주시오."

짐꾼들은 기쁘게 대답했다.

외눈박이 선생은 번쩍 황감자 짐짝을 둘러메고 거침없이 절뚝거리며 걸어갔다. 다른 짐꾼들이 지고 가는 것보다 허깨비를 메고 가는 듯 가벼워 보였다.

여러 사람은 놀라고 의심했다.

외눈박이 선생은 5리쯤 물건을 옮겨 준 후에 영거해 가는 관리한테 작별 인사를 했다.

"나는 위왕 조조와 동 고향에 사는 좌자左慈란 사람으로, 호를 오각烏角

---

11) 감자 : 홍귤나무의 열매.

선생先生이라 하오. 노형이 업군鄴郡에 당도하거든 조조한테 좌자를 길에서 만났다고 이야기하시오."

외눈박이 선생은 말을 마치자, 소매를 바람에 휘날리면서 표연히 앞으로 향해 나갔다.

감자柑子를 영거해 가는 관리는 업군에 당도하여 감자를 위왕부魏王府에 바쳤다.

조조는 크게 기뻤다. 친히 황금빛 찬란한 감자를 덥석 집어 뻐개 보았다. 그러나 괴상한 일이었다. 껍질을 뻐개니, 안에는 과육果肉이 없었다.

조조는 깜짝 놀랐다. 급히 감자 가지고 온 사람을 불러서 사유를 물었다.

그러나 감자 영거해 온 사람도 연유를 알 까닭이 없었다.

다만 길에서 좌자란 사람을 만나서 5리쯤 귤을 날라다 준 일을 이야기했다.

조조는 반신반의하면서 믿지 않고 있을 때, 홀연 문 지키는 장수가 들어와 고했다.

"한 선생이 자칭 좌자左慈라 하면서 대왕께 뵙기를 청합니다."

"들어오라 일러라."

조금 있으려니 좌자는 수문장한테 인도되어 조조의 앞에 나타났다.

감자를 영거해 가지고 온 사람이 옆에 있다가 보니, 바로 길에서 만나서 5리쯤 감자를 메어다 준 그 사람이 분명했다. 반갑기 한량없었다. 급히 조조한테 아뢰었다.

"바로 이 사람이올시다. 이 사람이 감자를 오 리쯤 메다 준 사람이올시다."

조조는 좌자를 꾸짖었다.

"네 무슨 요술을 부려서 나의 아름다운 과실을 먹어 버렸느냐?"

좌자左慈는 조조를 향하여 껄껄 웃었다.

"위왕! 그럴 리가 있소. 어디 봅시다."

좌자는 황금빛 찬란한 귤 한 개를 광주리 속에서 덥석 집었다. 두 쪽으로 쭉 뻐개 보았다. 아름다운 등한색 연한 과육이 윤을 뿜어 탐스러웠다.

좌자는 입에 넣고 움찔움찔 씹어 보았다. 달디단 과실 물이 뚝뚝 입술 사이로 흘렀다.

"거참 달고도 향기롭소이다."

조조의 입 안에서는 군침이 돌았다.

급히 한 개를 집어 뻐개 보았다. 여전히 허탕이었다. 빈 껍질이었다. 겉은 화려한 과실이었으나 알맹이는 없었다. 조조는 더욱 놀랐다.

비로소 좌자가 보통 인물이 아닌 줄 알았다.

의자를 내어 앉으라 권한 후에 옷깃을 바로잡고, 공경하여 물었다.

"선생은 무슨 가르칠 것이 있어서 나를 찾아 주셨소?"

좌자는 거만하게 대답했다.

"술과 고기를 내오라 하오. 내가 매우 시장하오. 먼저 먹은 후에 말하리다."

좌자는 술을 토색했다.

조조는 좌우에 명하여 술 닷 말과 양 한 마리를 삶아 내왔다.

좌자는 연해 술을 마시고 고기를 씹었다.

단숨에 닷 말 술을 다 마시고 안주로 양 한 마리의 고기를 다 먹었다. 그러나 취하지도 아니했다. 양에 차지도 않는 모양이었다.

조조는 천천히 다시 물었다.

"선생은 어찌해서 나를 찾으셨소?"

"찾은 이유를 말하기 전에 잠깐 나의 내력을 들어 보시오."

좌자는 비로소 입을 열어 자기의 신성을 이야기했다.

"나는 서천西川 가릉嘉陵 아미산峨嵋山 중中에서 삼십 년 동안 도를 닦고 있었소. 하루는 석벽 바위틈에서 내 이름을 부르는 소리가 있기에 이상하게 생각해서 두루 찾아보았으나 아무것도 보이지 아니합디다. 이러기를 몇 날 동안 하는 동안 하루는 별안간 뇌성벽력이 천지를 진동하면서 벼락 불덩이가 와지끈 떨어지면서 석벽은 좌우편으로 쭉 갈라지고 말았소. 이상하지 아니하오? 나는 이곳에서 천서天書 세 권을 얻었구려. 기쁨을 이기지 못하여 얼른 책을 펼쳐 보니, 바로 『둔갑천서遁甲天書』라는 책이구려. 다시 자세히 보니 첫째 권은 『천둔편天遁篇』이고, 둘째 권은 『지둔편地遁篇』이요, 셋째 권은 『인둔편人遁篇』입니다."

조조는 좌자의 말을 듣자 취한 듯 어린 듯했다. 묵묵히 미소를 지어 바싹 다가앉았다.

"『천둔편』 공부를 잘하면 능히 구름을 타고 바람을 어거하면서 대허大虛로 날아다닐 수 있고, 『지둔편』을 잘 읽으면 능히 산을 뚫고 돌을 헤칠 수 있고, 『인둔편』을 공부하면 구름을 타고 사해四海에 놀면서 형상을 감추고 비수 칼을 날리게 하고, 장검을 던져서 사람의 수급首級을 맘대로 취할 수 있는 법입니다."

좌자는 말을 마치자 빙긋이 웃으며 조조를 바라보았다.

조조는 좌자의 말에 도취되었다. 천서를 한번 보았으면 하는 표정이 역력히 얼굴에 드러났다.

좌자는 다시 말을 계속했다.

"지금 대왕의 지위와 권력은 인신人臣의 영화에 극極해 있소이다. 더 바랄 것이 없지 아니합니까? 잠깐 뒤로 물러나서 빈도貧道와 함께 아미산에 들어가 공부를 하시는 것이 어떠하겠습니까? 그리하시면 세 권의 천서天書

를 당신께 드리겠습니다."

조조는 손바닥을 어루만지며 미소하여 대답했다.

"나도 어지러운 세상에 환해풍파宦海風波가 싫어서 용퇴勇退하고 싶은 생각이 간절하오마는 조정에 사람이 없으니 어찌하오?"

좌자는 일부러 미소를 지어 말했다.

"어찌 사람이 없겠소? 익주의 유현덕은 황실의 종친일 뿐 아니라 당세의 영웅이외다. 어찌해서 이 사람한테 나랏일을 맡기지 아니하시오? 만약 당신이 이행하지 아니하면, 나는 당신의 목을 베어 죽이겠소."

목을 베어 죽이겠다는 좌자의 말을 듣자, 조조는 크게 노했다.

"몰랐더니 너는 유비의 염탐꾼 놈이로구나! 저놈을 잡아 내려라."

조조는 한편으로 좌자를 꾸짖고 한편으로 시자를 불러 청 아래로 끌어 내렸다.

좌자는 끌려가면서도 큰소리를 내어 껄껄 웃었다.

조조는 수십 명 옥졸을 불러서 좌자를 형틀에 달아매고 항쇄項鎖, 족쇄 足鎖를 목과 다리에 걸어 꼼짝달싹을 못하게 한 후에, 주장 곤장으로 사정 없이 때리고 온갖 악형을 다했다.

옥졸들은 한참 때리다가 들여다보니 좌자는 코를 드렁드렁 골면서 자고 있었다. 조금도 아파하는 기색이 없었다.

조조는 하는 수 없었다.

"그놈의 몸을 철사로 꼭꼭 묶어서 옥에 가두게 하라!"

군노 사령들은 좌자를 결박 지어 철정鐵釘으로 철쇄鐵鎖에 못 박은 후에 옥에 내려 가두어 버렸다.

그러나 좌자가 옥에 들어간 후에 옥사정獄司丁이 바라보니 항쇄, 족쇄의 철사와 철정은 어느 결에 다 풀어져 있었다.

뿐만이 아니었다. 좌자는 태연히 누워 있는데 아무런 상한 곳도 없었다.

조조는 한 이레(七日) 동안이나 좌자를 옥에 가두었다. 굶기고 일절 음식을 주지 아니했다.

그러나 좌자는 얼굴에 불그레 화색을 띠고 단정히 앉아서 명상 속에 빠져 있었다.

옥졸들은 이 사실을 조조한테 보했다.

조조는 다시 좌자를 끌어내어 물었다.

"너는 무슨 방법을 쓰기에 한 이레 동안이나 굶어도 죽지 아니하느냐?"

좌자는 호걸스럽게 껄껄 웃으며 대답했다.

"나는 수십 년 동안을 먹지 아니해도 관계치 아니하고, 하루에 천 마리 양의 고기를 먹으라 해도 다 먹을 수가 있소!"

조조는 어찌하는 수가 없었다. 기가 막힐 뿐이었다.

이날 왕궁에는 큰 연회가 열렸다.

조조를 위시하여 만조백관들이 술을 돌리기 시작하는데 홀연 좌자가 나타났다.

모든 사람들이 바라보니 좌자는 발에 나막신(木履)을 신고 자리 앞에 우뚝 섰다.

사람들은 깜짝 놀랐다.

좌자는 조조를 향하여 말했다.

"오늘 수륙진미水陸珍味가 가득한 큰 잔치에 사방에서 들어온 갖은 음식이 많겠습니다마는 그중에, 혹여나 빠진 음식이 있다면 내가 비록 재주가 없으나 한번 구해다 드리오리다."

조조는 좌자의 재주를 다시 시험해 보려 하여 일부러 구하기 어려운 물건을 청했다.

"나는 용의 간肝으로 국을 끓여 먹었으면 하오. 그대가 능히 구해 오겠는가?"

"그것, 어려울 것 없소이다."

좌자는 말을 마치자 붓에 먹을 덥석 찍어 흰 벽에 묵룡墨龍을 그렸다.

굼틀 하늘을 향하여 나는 듯했다.

좌자는 옷소매를 번쩍 들어 묵룡을 후려치니 용의 배가 저절로 갈라지면서 붉은 간이 드러났다.

좌자는 손으로 용간龍肝 한 벌을 꺼내 들었다. 붉은 피가 흘러 줄줄 떨어졌다.

만좌는 깜짝 놀랐다.

조조는 반신반의했다.

"네가, 먼저 소매 속에 숨겨 가지고 왔다가 협잡하는 것이 아니냐?"

큰소리로 좌자를 꾸짖었다. 좌자는 대답 않고 또다시 물었다.

"지금은 날이 찬 겨울이올시다. 나무와 풀이 모두 다 얼어붙었습니다. 대왕께서는 무슨 화초가 좋으십니까? 좋은 꽃을 보고 싶다면 말씀해 보십시오."

조조는 응하지 아니할 수 없었다.

"모란꽃을 보고 싶소!"

"어렵지 아니합니다."

좌자는 큰 화분을 자리 앞에 놓게 한 후에 입으로 물을 머금어 뿜으니 단번에 모란 한 그루에는 쌍모란雙牡丹이 활짝 피었다. 여러 사람들은 또한 번 깜짝 놀랐다.

모두 다 좌자를 청해 들여서 함께 술을 마시며 음식을 같이했다.

조금 있으려니 숙설청熟設廳에서는 생선회(魚膾)를 받들어 들여왔다.

좌자는 어회를 바라보며 말했다.

"생선회는 반드시 송강松江에서 나는 농어鱸魚로 회를 쳐 먹어야만 맛이 있지. 송강 농어는 그야말로 천하 진미거든!"

조조가 옆에 있다가 반박했다.

"송강은 천 리 밖인데, 천 리 밖에 있는 농어를 어찌 갖다 먹는단 말인가?"

"그거, 무어 어려울 것 없소이다. 맛을 좀 보시렵니까?"

좌자는 낚싯대 한 벌을 가져오라 해서 전각 아래 있는 못가에 앉아 낚싯대를 잡고 앉았다.

얼마 아니 가서 펄펄 뛰는 큰 농어가 꼬리를 이어 잡혀졌다. 10여 마리가 넘었다.

"원래 이것은 내 연못 속에 있는 농어일세."

조조는 송강 농어가 아니고 자기 연못 속에 있던 것이라고 주장했다.

좌자는 깔깔 웃으며 큰소리로 말했다.

"대왕께서는 너무나 거짓 말씀을 하십니다. 원래 보통 농어는 아가미가 둘이지마는 송강 농어만은 아가미가 넷이올시다. 이것이 진짜 송강 농어의 증거올시다. 자아, 보십시오. 내가 잡은 농어는 아가미가 넷이올시다."

모든 사람들이 보니 과연 아가미가 넷이었다.

조조는 대답할 말이 없어 코가 맥맥했다.

좌자는 다시 말을 계속했다.

"송강 농어로 회를 쳐 먹는다면 반드시 붉은 싹이 난 자아강紫芽薑을 얻어야만 그 맛이 비상하오."

좌자는 다시 생선회 먹는 풍류비방風流秘方을 말했다.

"자아강도 당신이 한번 취해 올 수 있겠소?"

조조가 좌자한테 물었다.

"그것 어려운 일 아니지요."

좌자는 대답한 후에 황금분黃金盆 하나를 엎어 놓고 옷을 벗어 덮어 놓은 후에 조금 있다가 헤쳐 보니, 황금분 안에는 자아강 붉은 생강이 가득 담겨 있었다.

좌자는 황금분을 받들어 조조 앞에 놓았다.

조조가 붉은 생강 한 개를 집어 들려 할 때, 돌연 보니 분 안에는 책이 한 권 들어 있었다.

자세히 보니 제목에 『맹덕신서孟德新書』라 씌어 있었다.

조조는 깜짝 놀랐다. 들고 보니 한 자도 틀리지 아니하는 바로 자기의 저서였다.

조조는 크게 의심하고 있을 때, 좌자는 식탁 위에서 옥 술잔을 들고 호박 빛 좋은 술을 가득 부어 조조한테 권했다.

"대왕께서 이 술 한 잔을 잡수시면 천년 수를 보존하시리다."

"노형이 먼저 자시어 보시오."

조조는 술을 피했다.

좌자는 관冠에 꽂은 옥잠을 뽑아 들고 잔 안의 술을 짝 가르니 술은 양편으로 갈라지면서 반분이 되었다.

좌자는 갈라진 반분 술을 스스로 마신 후에 나머지 반분 술을 조조한테 권했다.

"자, 반분을 잡수십시오."

"무례한 자로구나!"

조조는 화를 내서 좌자를 꾸짖었다.

좌자는 잔을 번쩍 들어 공중에 던졌다.

술잔은 한 마리 흰 비둘기가 되어 전각 안으로 펄펄 돌면서 날았다.

모든 사람들은 고개를 들어 신기하게 바라보고 있을 때 좌자는 온데간데없었다.

조조는 좌자를 찾으라는 영을 내렸다. 모두들 찾느라고 야단법석이 났다. 수문장이 아뢰었다.

"좌자는 아까 벌써 궁문 밖으로 나갔습니다."

조조는 급히 군령을 내렸다.

"이 같은 요망한 사람은 없애 버려야 한다. 그대로 둔다면 장차 큰 해가 있을 것이다. 허저는 삼백 철갑군鐵甲軍을 거느리고 급히 나가 사로잡으라!"

허저는 청령하고 3백 철기를 몰아 성문을 향해 나가니 좌자는 나막신을 신고 뚜벅뚜벅 걸어가고 있는 것이었다. 허저는 급히 말을 달려 쫓았다.

그러나 나막신을 신고 천천히 걸어가는 좌자의 걸음을 말 탄 허저는 도저히 따라갈 수가 없었다.

급히 뒤를 밟아 산골 속으로 들어갔다.

때마침 산에서는 목동이 양 떼를 몰고 내려오는 것이었다.

좌자는 홀연 몸을 양 떼 속으로 감추어 버렸다.

허저는 급히 어깨에 멘 활을 꺼내서 좌자를 향해서 쏘았다.

그러나 지금까지 있던 좌자의 모습은 보이지 아니했다.

허저는 양을 모조리 죽이고 돌아갔다.

양치기 어린 동자는 대성통곡을 했다.

동자는 한참 울다가 앞을 바라보니 목 떨어진 양 대가리에서 사람의 목소리가 났다.

"동자야 울지 말고 떨어진 양의 머리를 몸에 붙여 보아라."

동자는 깜짝 놀랐다. 기급초풍이 되어 달아났다.

홀연 등 뒤에서 사람의 목소리가 또 들렸다.

"동자야 놀라지 마라. 네가 기르던 양을 살려 주리라!"

동자는 머리를 돌려 바라보니 나막신을 신은 애꾸가 목 떨어진 양 떼를 모조리 살려서 몰고 오는 것이었다.

동자는 신기하고 고마웠다. 치사하는 말을 보내려 할 때 나막신 신은 애꾸는 절뚝절뚝 절면서 소매를 떨쳐 가는데, 병신이건만 빠르게 나는 새와 같았다. 잠깐 동안에 어디로 갔는지 행방을 알 수 없었다.

동자는 양을 몰고 집으로 내려가서 주인한테 일장 설파를 했다.

주인도 놀랍고 신기하게 생각했다. 그러나 사실을 숨길 수는 없었다. 곧 조조한테 보했다.

조조는 급히 좌자의 얼굴 모습을 화공畵工더러 그리라 하여 각처에 높이 붙이고 빨리 잡아들이라는 엄한 영을 내렸다.

방이 붙은 지 불과 3일에 성중과 성 밖에는 백등관白藤冠에 청라의靑蘿衣 입고 나막신 신은 외눈박이 절름발이가 한꺼번에 3백~4백 명씩이나 나타나서 거리마다 소란했다.

조조는 모든 장수들에게 급히 영을 내렸다. 4백~5백 명 되는 똑같은 모습을 차린 좌자를 비웃 두름 엮듯 해서 돼지와 양의 피를 뿌리면서 성 남편 교련장으로 끌어가게 하고 조조는 친히 5백 갑병을 인솔한 후에 4백~5백 명 되는 좌자의 목을 잘라 죽였다.

목이 잘라진 수백 명 좌자의 몸에서는 제각기 푸른 기운을 한줄기씩 뿜어 하늘로 올라가다가 이내 한 사람, 좌자의 모습으로 변했다.

좌자는 허공에서 백학白鶴 한 마리를 손짓해 불러 타고 크게 웃으며 조조를 꾸짖었다.

"토서土鼠가 금범(金虎)을 따라가니 간웅은 정월 아침에 죽는구나!"

자년子年 정월엔 조조가 죽는다는 예언이었다.

조조는 좌자의 말을 짐작했다. 불쾌하기 짝이 없었다.

모든 장수들한테 영을 내렸다.

"일제히 활을 들어 요망한 저 좌자를 쏘아 죽여라!"

조조의 명령이 한번 떨어지니 장수들은 일제히 학을 타고 가는 좌자에게 활을 높이 들어 살을 쏘았다.

홀연 광풍이 크게 일면서 돌은 뛰고 모래는 날았다. 목 떨어진 좌자의 귀신들은 일제히 연무청演武廳으로 뛰어올랐다. 피 흐르는 머리로 조조를 두들겨 패 줬다.

문무백관들은 깜짝 놀라 간담이 떨어졌다. 혼비백산이 되어 얼굴을 가리고 달아났다.

조조도 크게 놀랐다. 시커먼 바람이 불면서 모래가 날고 돌이 뛰닫는 속에, 수백 명 목 떨어진 좌자의 귀신들이 피 흐르는 머리를 들고 자기를 두들겨 주니 아무리 강철 같은 조조라 하나 배겨 날 도리가 없었다.

으흑, 외마디소리를 치면서 기절이 되어 쓰러졌다.

관로의 신복

　좌우의 시자들은 급히 조조를 부축하여 궁으로 돌아갔다.

　그러나 조조는 크게 놀라서 병이 골수에 들었다. 백 가지 약을 써도 효험이 없었다. 모두들 근심 속에 빠졌다.

　때마침, 태사승 허지許芝가 허창에서 와서 조조를 찾았다.

　조조는 허지에게 청했다.

　"태사승은 점을 잘 칠 줄 아니 내 병세가 어떠할지 점을 좀 쳐 주오."

　"저의 점은 그다지 신통치 못합니다. 저보다 열 곱절 난 사람이 있습니다. 대왕께서도 신복神卜의 명성이 높은 관로管輅를 짐작하실 것입니다."

　"그 이름은 익히 들었으나 아직 시험해 본 일은 없소. 어떠한 사람이오. 자세히 말을 해 주오."

　"관로의 자는 공명公明이라 부르는데, 평원 사람입니다. 얼굴이 추루한 중에 술을 좋아하고 성격이 소방합니다. 그의 아버지가 일찍 낭야군琅琊郡 구장丘長으로 있을 때 관로는 항상 천문 보기를 좋아해서 밤만 되면 성신星辰을 우러러보면서 자지 아니했습니다. 부모는 건강에 좋지 않다고 항상 만류했으나 금할 수 없었다 합니다. 그는 항상 말하기를 닭도 울어서 시를 알려 주는데 황차 사람이 세상에 나서 처세하려면 천문과 지리를 알지 못하고 어찌 살아갈 수 있겠소, 하고 동네 젊은이와 함께 천문분포天文分布며, 일월성신日月星辰을 땅에 그려 놓고 열심히 공부했다 합니다. 그 후에 점점 학문에 열을 띠어서 『주역周易』 공부를 많이 했고 수학數學이며 바람 부는 풍각風角과 상 보는 술법도 능통했다 합니다. 당시 낭야 태수 단자춘單子春이란 사람이 있는데 관로의 소문을 듣고 청해서 보는데, 자춘의 집에는 손으로 있는 사람의 수가 백여 명이나 되었다 합니다. 모두 다 지식 있고 말 잘하는 선비들이었습니다. 관로는 태수한테 청했습니다. 저는 나이 아직 연소하여 담이 굳지 못했습니다. 먼저 술 서 되를 마신 후라야 말씀을 하겠습니다. 이같이 말하니 태수는 쾌히 허락하고 그에게 술 서 되를 주었더랍니다. 관로는 술을 마시고 나자 태수에게 물었습니다. 지금 저와 『주역周易』 학리學理를 토론할 사람들이 부군府君과 사좌四座에 계신 선비들이십니까, 하고 당돌하게 묻더랍니다. 태수는 미연히 웃으며, 내가 과히 무식하지 아니하니 그대와 역리易理를 담론코자 한다 했더랍니다. 두 사람은 비로소 주역 이치를 토론하기 시작하는데 관로는 청산유수 같이 대답해서 학문이 깊고 역리에 밝아서 막힐 데가 없는 중 새벽부터 시작한 강의는 온종일 음식도 아니 먹고 밤중까지 계속하니, 태수와 모든 선비들은 탄복하지 아니하는 사람이 없었다 합니다. 이후로부터 관로는 신동神童의 이름이 천하에 자자했던 것입니다. 낭야 고을에 곽은郭恩이란 삼 형제가 사는데 중간에 모두가 절름발이 병신이 되었습니다. 형제는 관로를 청하여 점을 쳐 보았습니다. 관로는 한동안 점을 친 후에 '당신 집에 여귀가 있어서 장난을 쳐서 삼 형제가 다 병신이 되었소.' 하고 대답하더랍니다. 곽가 형제는 깜짝 놀라 물었습니다. 어떠한 여귀냐고?"

허지는 잠깐 말을 끊었다. 조조는 귀를 기울려 자세히 들었다.

"어서 말을 계속하오."

조조는 허지한테 이야기를 계속하라고 재촉했다.

"관로는 곽가 형제한테 말하기를 '당신 집 여귀는 백모가 아니면 숙모

뺄이 되는 귀신이오.' 하고 대답하면서 지나간 흉년 때 먹을 것이 없으므로 당신 형제들이 숙모를 우물에 떠밀어 죽게 한 후에 큰 돌로 지질러서 다시는 나오지 못하게 하므로, 결국 죽어서 여귀가 되어 외로운 혼이 밤마다 옥황상제께 호소한 까닭에 그대 집 형제가 모두 다 벌을 받아서 병신이 되었다고 일러 주었습니다. 이 말을 듣자, 곽가는 통곡을 하면서 전에 그런 일이 있었던 것을 복죄伏罪했다 합니다. 또 다른 일이 있었습니다. 안평安平 태수太守 왕기王基란 사람도 관로의 점이 용하다는 말을 듣고 관로를 청한 일이 있었습니다. 그의 부인은 항상 두풍을 앓고 그의 아들은 가슴앓이 병이 있었습니다. 관로는 점을 쳐 본 후에 이같이 말했습니다. 이 집 서편에 죽은 사람의 송장들이 있는데, 한 송장은 창을 가지고 있고 한 송장은 활을 가지고 있는데, 머리는 벽 안에 두고 다리는 벽 밖에 둔 까닭에 창을 가진 송장이 머리를 찌르는 고로 항상 두통이 나고 활을 가진 송장은 배와 가슴을 찌르는 까닭에 항상 가슴앓이를 앓는다 했다 합니다. 주인은 깜짝 놀라 땅을 파 보니 과연 관棺 두 개가 나오는데, 한 군데서는 송장과 함께 창이 나왔고, 한 군데서는 송장과 함께 각궁角弓과 화살이 나왔다 합니다. 태수가 시체를 다른 곳으로 옮긴 후에 비로소 아내와 아들의 병은 나았다 합니다.

또 한 가지 신통한 이야기가 있습니다. 관도령館陶令 제갈원諸葛原이란 사람이 신흥 태수로 있을 때 일입니다. 관로의 점 잘 친다는 걸 믿지 아니했습니다. 한번 시험해 보기 위해서 제비 알(燕卵)과 벌집(蜂窩)과 거미(蜘蛛) 세 가지 동물을 각기 합에다 담은 후에 관로 보고 점을 쳐 보라 했습니다. 관로는 괘卦를 잡은 후에 합마다 점괘를 풀어 글을 썼습니다. 함기수변含氣須變 의호우당依乎宇堂 자웅이형雌雄以形 우익서장羽翼舒張, 이것은 제비 알이 분명하고 가실도현家室倒懸 문호중다門戶衆多 장정육독藏精育毒 득

추내화得秋乃化, 이것은 벌의 집이 분명하고 곡속장족穀鰊長足 토사성라吐絲星羅 심망구식尋網求食 이재혼야利在昏夜, 이것은 거미가 분명하오, 하고 풀이를 하니 귀신같이 알아맞히는 관로의 점에 만좌한 사람들은 깜짝 놀라 혀를 돌렸다 합니다.

또 한 가지 재미있는 이야기가 있습니다. 고을 안에 늙은 아낙네가 소를 잃고 관로한테 점을 쳐 달라 했습니다. 관로는 판단을 내렸습니다. 북편 시냇가에서 지금 일곱 사람이 둘러앉아서 소를 잡아먹고 있으니 빨리 가 보라. 급히 가면 소는 죽었으나 고기와 껍질을 찾을 것이라 했습니다. 노파는 급히 쫓아가 보니 과연 시냇가 모사茅舍 뒤에서 일곱 사람이 소를 도살해 놓고 막 먹으려는 판이었습니다. 노파는 고기와 가죽을 찾아 놓고 관가에 고했더랍니다. 본군本郡 태수太守 유분劉邠은 소도둑 일곱을 잡아다가 치죄한 후에 노파에게 물었습니다. 어떻게 알았느냐고. 노파는 관로의 영한 점을 말하니 유분은 곧이듣지 아니했습니다. 관로를 한번 시험해 보려 했습니다."

허지는 잠깐 이야기를 중단하고 숨을 돌렸다.

"유분은 태수의 인印뒤웅이와 산닭(山鷄) 털을 합盒에 담아 놓고 관로를 불러서 점을 쳐 보라 했습니다. 관로는 합을 놓고 점을 친 후에 괘를 풀어 글을 지었습니다.

첫째 합은 내방외원內方外圓 오색성문五色成文 함보수신含寶受信 출칙유장出則有章이란 괘가 나오니 이것은 도장주머니가 분명하고, 둘째 합은 암암유조嚴嚴有鳥 금체주의金體朱衣 우익현황羽翼玄黃 명불실신鳴不失晨의 괘가 나오니, 이것은 산닭 털이 분명하오. 거침없이 대답하니 유분은 깜짝 놀라 관로를 상빈으로 대접했다 합니다.

하루는 관로가 한가한 틈을 타서 교외로 나갔는데, 들판에 한 소년이

밭을 갈고 있었습니다. 관로는 한동안 밭 가는 소년을 바라보다가 그의 나이와 성명을 물었습니다. 소년은 성명은 조안趙顏이요, 나이는 열아홉 살이라 대답했습니다. 관로는 소년을 향하여, 네 얼굴을 보니 양미간에 사기死氣가 있다. 닷새(五日) 안에 죽을 테니 잘생긴 네 얼굴이 아깝구나, 하고 탄식했더랍니다. 조안은 급히 집으로 돌아가서 그 아버지한테 이야기를 했습니다. 조안의 아버지는 깜짝 놀라 급히 관로한테로 달려가서 땅에 엎드려 울면서 아들의 목숨을 구해 달라 애걸했습니다. 관로는 천명을 어찌할 도리가 없다고 딱 잡아뗐습니다. 그러나 조 씨 부자는 통곡하면서 애걸하기를 마지아니했습니다. 하도 정리가 가긍하니, 관로는 비로소 마음이 움직였습니다. 비방을 가르쳐 주는데 깨끗한 술 한 병과, 녹포와 대추를 안주로 해 가지고 남산으로 가라 했습니다. 남산으로 가면 정자나무 밑 반석 위에 남향해 앉은 백포白袍 노인老人과 북향해 앉은 홍의紅衣 도인道人이 바둑을 두고 있을 테니, 옆에서 슬며시 술을 따라 올리고 녹포와 대추를 안주로 바친 후에 누구냐고 묻거든 덮어놓고 울면서 수壽를 늘려 달라고 애걸을 하라고 일러 주었습니다. 조안의 아버지는 기쁨을 이기지 못했습니다. 관로를 청하여 집에 묵게 한 후에 다음 날, 조 소년은 정한 술과 녹포 안주며 대추를 가지고 남산으로 향했습니다. 한 오리쯤 가니 과연 큰 느티나무가 있고, 나무 아래 반석 위에 백의 노인과 홍의 도인이 바둑을 두고 있더랍니다. 조 소년은 슬며시 옆으로 가서 바둑에 골몰하는 두 사람에게 술과 안주를 틈틈이 따라 올렸더랍니다. 두 사람은 주는 대로 받아 마시고 유쾌하게 바둑을 두었습니다. 얼마 후에 바둑판을 쓸려 할 때, 조 소년은 엎드려 울면서 살려 달라고 애걸해 빌었습니다. 백의 노인과 홍의 도인은 깜짝 놀라 서로 얼굴들만 바라보고 있다가 홍의 도인은 이것은 꼭 관로의 짓이로군, 하고 탄식한 후에 백의 노인을 보고 말하기를, 우리가 남의 음식을 먹어 놨으니 아니 보아줄 수 없습니다. 생사부生死簿를 좀 살펴보시오, 하더랍니다. 이때 백의 노인은 도포 속에서 문서책을 꺼냈습니다.

　백의 도인은 문서책을 꺼내 든 후에 조 소년을 향하여 성명과 나이를 묻고 한동안 책장을 넘기다가 얼굴빛이 변했습니다. 과연 열아홉 살에 꼭 죽을 수였습니다. 한동안 생각하다가 백의 도인은 붓을 들었습니다. 에라 십구 세 위에 '아홉 구九' 자 한 자를 더 써 주어라! 백의 도인은 붓을 들어 구九자를 집어넣으니 구십구 세가 되어 버렸습니다. 십구 세에 죽을 소년은 구십구 세를 살게 되었습니다. 노인은 쓰기를 다하자 소년을 향하여 말했습니다. 돌아가거든 관로보고 일러두어라. 다시 천기天機를 누설하는 일이 있으면 천벌을 받으리라고. 말을 마치자 일진一陣 향풍香風이 일어나면서 두 도인은 청학青鶴과 백학白鶴이 되어 구름을 헤치고 날아가더랍니다. 소년은 집으로 돌아가 아버지와 관로한테 지난 일을 일장설파하니 아버지는 기뻐서 춤을 추고 관로는 소년한테 말했습니다. 붉은옷을 입은 이는 남두성南斗星이고, 흰옷을 입은 이는 북두성北斗星이다. 소년은 관로한테 물었습니다. 듣자오니 북두는 칠성七星이라 하는데, 어찌해서 도인이 하나입니까? 관로는 껄껄 웃으며 대답했습니다. 흩어지면 일곱이 되고, 합하면 하나가 되는 법이다. 북두는 사람의 죽음을 맡고 남두는 사람을 생산하는 책임을 맡았느니라. 이제 너는 아흔아홉 살까지 살 테니 아무 근심 걱정이 없다. 조안의 부자는 백배 치사했습니다. 이후로부터 관로는 다시 천기를 누설치 아니해서 여간해서는 남을 위하여 점을 쳐 주지 아니한답니다. 이 사람이 지금은 평원 땅에 있다 합니다. 대왕께서 길흉을 판단하시려면 한번 관로를 청하여 물어보십시오."

　조조는 바짝 마음이 움직였다.

곧 평원 땅으로 사신을 보내서 관로를 청했다.

관로는 사신과 함께 조조의 궁전으로 찾아와 뵈니, 조조는 곧 좌자左慈한테 놀란 신병에 대하여 점을 쳐 달라고 부탁했다.

관로는 태연히 말했다.

"그까짓 것은 환술幻術로 된 병이올시다. 조금도 근심하실 것이 없습니다."

조조는 마음에 기뻤다.

"그렇다면 천하대사天下大事는 어찌 되겠소?"

관로는 단시를 쳐 보고 말했다.

"삼팔종횡三八縱橫에 황저우호黃猪遇虎하고 정군지남定軍之南에 상절일고 傷折一股라 하였으니, 명장 한 명을 잃으시는 격이올시다."

조조는 다시 물었다.

"나의 운수와 복이 어떠하겠소?"

"점괘에 사자궁중獅子宮中 이안신위以安神位인데 왕도王道 정신자손鼎新 子孫 극귀極貴라 하였으니 사자궁 안에 신위가 평안하고 왕도가 솥발같이 새로 일어나는 중에 자손이 극히 귀하게 된다는 뜻입니다."

조조는 좀더 자세한 말을 듣고 싶었다.

"더 좀 상세하게 설명해 주구려."

"아득한 하늘 수를 어찌 사람이 미리 알겠습니까? 지내 보면 자연히 아시게 됩니다."

관로는 입을 봉하고 더 말을 아니했다.

조조는 관로에게 태사太史 벼슬을 주니 관로는 받지 아니하고 사양했다.

조조는 관로의 재주를 사랑했다. 두 번 세 번 벼슬을 받으라 권했다.

관로는 다시 사양했다.

"명命이 박하고, 상相이 궁해서 벼슬을 할 자격이 없습니다."

"무슨 말인가. 어찌해 그렇단 말인가?"

"저의 관상이 이마에는 주골主骨이 없고, 눈에는 안정眼睛이 또렷하지 못하고, 코는 대가 서지 못했고, 다리(脚)에는 천근天根이 바로 서지 못했고, 등에는 삼갑三甲이 없고, 배에는 삼임三壬이 없으니 태산泰山에서 귀신은 다스릴 수 있지만 세상에서 사람은 다스릴 수 없습니다."

조조는 빙긋이 웃고 물었다.

"나의 상은 어떠한가?"

"대왕께서는 위位가 인신人臣에 극極하셨는데, 또다시 무슨 상을 보려고 하십니까?"

"그래도 좀 봐주게나."

관로는 웃을 뿐 대답이 없었다.

조조는 관로를 데리고 정전正殿으로 나갔다. 문무백관들이 모여 있었다.

"이 사람들의 관상을 좀 보아주게."

관로는 둘러본 후에 대답했다.

"모두 다 훌륭한 치세지신治世之臣이올시다."

"저 사람들의 운수는 어떠한가? 길흉을 판단해 달라는 말일세."

"다 좋습니다."

관로는 이쯤 대답하고 더 말을 하지 아니했다.

시인은 시를 지어 관로의 재주를 예찬했다.

平原神卜管公明

能等南辰北斗星

八卦幽微通鬼竅

六爻玄奧究天庭
預知相法應無壽
自覺心源極有靈
可惜當年奇異術
後人無復授遺經

평원 땅에 점치는 관공명,
남두칠성 북두칠성을 알아보았네.
팔괘의 그윽한 점 귀신을 통했고,
육효의 현오함은 하늘까지 닿았다.
미리 상을 보아 수 못할 것을 알았고,
스스로 마음에 깨달아 지극히 신령하고나.
아깝다, 당시의 기이한 술법
뒷사람이 다시 받아 전하질 못했네.

조조는 다시 동오와 서촉 두 곳 일을 관로에게 점쳐 보라 했다.

관로는 간략히 점을 쳐 대답했다.

"동오에서는 대장이 한 사람 죽을 것이요, 서촉에서는 군대가 이미 국경을 범하고 있습니다."

조조는 반신반의하여 믿지 않고 있을 때, 홀연 합비에서 급한 보고가 들어왔다.

"동오의 육구陸□를 지키고 있던 노숙이 신고身故가 있다 합니다."

조조는 깜짝 놀랐다. 급히 사람을 한중으로 보내서 소식을 탐지하라 했다.

이 일이 있은 지 며칠이 아니 되어 한중에 갔던 사람은 파발마를 달려 나는 듯이 돌아와 보했다.

"유현덕이 장비와 마초를 보내서 관을 넘어 쳐들어옵니다."

의거를 일으킨 한조 오신

관로의 점괘는 여합부절 들어맞았다.

조조는 대로했다. 친히 대군을 휘동하여 다시 한중漢中으로 쳐들어가려 하여 관로를 불러 점을 치라 했다.

관로는 한동안 점을 쳐 보다가 대답했다.

"대왕께서 망동하시면 아니 됩니다. 오는 봄에 허도에는 큰 화재가 날 것입니다."

조조는 관로의 점을 여러 차례 시험해 보았다. 쉿소리가 나도록 잘 맞는 것을 알고 있었다.

자기는 스스로 업군鄴郡에 머물러 있고, 조홍에게 군사 5만 명을 주어 하후연, 장합과 함께 동천東川을 지키라 하고, 하후돈에게는 군사 3만을 거느려 허도로 왕래하면서 불우지변不虞之變을 막게 하고 장사長史 왕필王必은 어림군마御林軍馬를 총독總督하라 했다.

주부 사마의가 간하였다.

"왕필은 술을 좋아하고 성정이 너무나 너그러운 사람이올시다. 어림군을 총독할 인물이 아니올시다."

"왕필은 나와 함께 갖은 고생을 다해 가면서 서로 버리지 아니했던 사람이오. 충성하고 부지런할 뿐 아니라 마음이 철석같이 굳소. 어림군을 총독할 만한 적임자라 생각하오."

조조는 사마의 말을 듣지 아니하고 왕필에게 총독의 벼슬을 주어 허창 동화문東華門 밖에 진을 치고 있게 했다.

이때 낙양에 본적을 둔 경기耿紀라는 사람이 있는데 자는 계행季行이라 불렀다.

전에 승상부연丞相府椽으로 있다가 뒤에 시중侍中 소부少府로 옮겨서 사직司直 위황韋晃과 매우 가까운 사이가 되었다.

그들은 조조가 스스로 위왕魏王이 되어 왕작王爵을 봉하고, 출입할 때마다 천자의 화려한 수레와 복색을 쓰는 것을 보고 마음속으로 크게 불평했다.

건안 23년 춘 정월正月에 경기는 위황과 함께 밀의密議하기 시작했다.

"조적曹賊의 간악한 행동은 나날이 심해 가니 장래엔 반드시 역적질도 사양치 아니할 위인일세. 우리들 한신漢臣은 어찌 차마 이 자와 행동을 같이할 수 있겠나? 일을 바로잡아야 하겠네."

"옳은 말일세. 나의 심복이 한 사람 있는데 성명은 금위金禕라 하네. 정승을 지낸 금일제金日磾의 후예로서 항상 조조를 토벌할 생각을 가졌으나, 때를 얻지 못해 애를 쓰는 사람일세. 그리고 지금 조조가 어림군 총독으로 임명한 왕필이하고는 무척 친한 사이일세. 함께 일을 하면 어떠하겠나?"

"저 사람이 왕필하고 가깝다면 조조를 치는 우리 일에 공모할 리가 있나?"

"가 보면 알 것 아닌가? 눈치를 보러 한 번 가 보세그려."

두 사람은 금위를 찾아갔다.

금위金禕는 경기耿紀와 위황韋晃을 반갑게 후당으로 맞아들였다.

인사를 마친 후에 위황이 먼저 말을 꺼냈다.

"자네는 왕王 장사長史하고 매우 친하다 하데그려. 이 소문을 듣고 우리들은 자네를 찾아왔네. 청을 좀 할 일이 있는데 들어주겠나?"

"무슨 청인가?"

"소문 들으니 멀지 아니해서 위왕 조조는 천자의 선위禪位를 받아서 장차 대위에 오른다 하는데, 자네나 왕 장사는 반드시 크게 등용될 것일세. 그때 가서 우리를 버리지 말고 등용해 준다면 감사하기 이를 데 없네."

금위는 얼굴빛을 바로잡고 소매를 떨쳐 일어났다.

때마침 시동侍童이 차를 들고 나왔다. 금위는 차종을 번쩍 들어 다수를 땅에 끼얹어 버렸다.

위황은 거짓 놀라는 체 물었다.

"자네, 친구를 너무 박정하게 대접하네그려."

"그래, 내가 박정한 사람인가? 내가 자네들하고 교분이 두텁게 지내 온 것은 자네들은 한조漢朝 재상의 후손인 때문일세. 그래 국권을 회복할 생각은 못하나마 반적 조조한테 붙어서 벼슬을 얻어 하겠다고 나한테 청을 한단 말인가? 나는 단연코 자네들하고 절교를 하겠네."

금위의 분개하는 말을 듣자 이번엔 경기가 한마디 했다.

"어찌하오? 천명天命인 것을 사람의 힘으로 어찌하오. 아니할 수 없는 일이지오."

"너희들이 사람이냐!"

금위는 눈을 부릅떠 크게 호통을 쳤다.

금위의 세 번 노하는 것을 보자, 두 사람은 금위의 마음을 알았다. 비로소 실정을 털어 말했다.

"우리들이 오늘 형을 찾아온 것은 실상인즉 어떻게 하면 조적을 토벌할까 해서 의논하러 온 길이외다. 아까 벼슬을 청한다는 말은 일부러 한

번 형을 시험해 보기 위하여 한 말이니 넓게 용서해 주시기 바라오."

금위는 비로소 두 사람이 찾아온 뜻을 알았다. 개연히 팔을 걷고 말했다.

"내 본시 누세에 전해 오는 한신漢臣으로 어찌 조적을 좇아 일을 하겠소. 공들이 만약 한실漢室을 광복시킬 의사가 있다면 계획하는 생각이 있을 테니 말씀을 해보시오."

"보국報國할 마음은 간절하건만 아직 대책을 세우지 못했네."

위황이 대답했다.

금위가 두 사람을 바라보며 말을 꺼냈다.

"나는 이번에 어림군 총독이 된 왕필과 가까우니 이 자를 죽인 후에 병권을 잡아 황제를 보호하고 다시 황숙 유비의 외원外援을 얻는다면, 조적을 가히 멸할 수 있으리라 생각하오."

"좋소이다."

두 사람은 손바닥을 어루만지며 금위의 말에 찬성을 했다.

금위가 다시 말을 꺼냈다.

"나한테 가장 심복으로 허락하는 두 사람이 있소이다. 조적과 살부지수殺父之讎가 된 사람인데, 현재 성 밖에 살고 있소이다. 이 사람을 청해서우익羽翼을 삼는 것이 좋겠소이다."

금위의 말을 듣자 경기耿紀가 물었다.

"어떤 사람입니까?"

"태의太醫로 있던 길평吉平의 큰아들 길막吉邈과 둘째 아들 길목吉穆입니다. 전에 동승의 의대조 사건이 일어났을 때, 조조는 태의 길평이 공모했다 해서 참혹하게 그를 죽였던 것입니다. 두 아들은 먼 시골로 도망을 가서 겨우 목숨을 보전해 가지고 요사이 허도로 돌아와 숨어 살고 있습니다. 우리가 함께 일을 하자면 모두 다 쾌하게 승낙할 것입니다."

경기와 위황은 크게 기뻐했다.

금위는 곧 사람을 보내서 가만히 길 씨 형제를 청했다.

얼마 아니해서 두 사람은 당도했다.

금위는 모든 일을 감추지 아니하고 털어 말하니 길 씨 형제는 감격하고 흥분해서 의기는 하늘도 찌를 듯했다.

"맹세코 국적을 죽이리다!"

눈물을 흘리며 소리쳐 울었다.

금위가 먼저 대책을 말했다.

"소문 들으니 정월 대보름날 밤에 백성들은 성중 안에서 거리거리 등불을 달고 원소절元宵節을 축하하려 한다 합니다. 이 틈을 타서 경耿 소부少府와 위韋 사직司直 두 분은 각기 가동家僮[12]들을 거느리고 영문 앞에 불이 일어나는 것을 군호로 하여 어림군御林軍으로 쳐들어가서 왕필을 죽여버리고, 나를 따라 대궐로 들어가서 천자를 오봉루五鳳樓에 오르시게 한 후에, 백관을 불러 친히 조적 치는 일을 면유面諭하시도록 하십시다. 그리고 길 형 두 분은 성 밖에서 불이 일어나는 것을 군호로 하여 각처에 불을 지르고 살인을 한 후에 국적 조조를 죽인다고 외치면서 백성들을 규합하십시오. 그리한 후에 천자의 조서를 받들고 업군鄴郡으로 나가서 조조를 산 채로 잡는다면 모든 일은 쾌하게 성공될 것입니다. 우리는 결코 동승처럼 스스로 화를 취해서는 아니 됩니다."

모든 사람들은 금위의 말에 일제히 찬성하는 뜻을 표했다.

다섯 사람은 피를 찍어 하늘에 맹세한 후에 제각기 집으로 돌아가, 무기와 군사를 정돈하여 때가 되기를 기다리고 있었다.

---

12) 가동 : 집안 심부름을 맡아 하는 사내아이 종.

이때 경기, 위황 두 사람 각각 가동家僮 3백∼4백 명을 거느렸고, 길막형제도 역시 3백여 명의 의사를 모았다. 겉으로 사냥하는 체하면서 금위는 왕필을 찾았다.

"지금 천하는 차차 안정이 되어 가고, 위왕魏王께서는 위엄이 사해에 진동하시는 중, 이제 정월 대보름 원소절元宵節을 맞이했으니, 불가불 방등放燈을 하여 태평 기상을 경축해야 하겠소이다. 장군께서는 크게 후원해주셔야 하겠소이다."

"과연, 좋은 생각을 하셨소."

왕필은 크게 찬성했다.

곧 성안에 사는 온 백성들에게 유시諭示를 내렸다. 가가호호마다 등불을 달고, 채색으로 부계를 매어 아름다운 계절을 경축하라 했다.

때는 되었다. 정월 대보름날 밤, 하늘은 맑게 개고 달빛은 교교하게 밝았다.

여섯 거리(六街) 세 저자(三市)는 다투어 꽃등과 채색 부계를 매어 만호장안은 불야성不夜城을 이루어 휘황찬란했다.

남녀노소 사람들은 달빛, 불빛 속에 밤 가는 줄을 모르고 거리로 거리로 메어 나왔다. 폭죽은 터지고 풍악은 자지러졌다.

오늘 밤만은 순라도 없었다. 밤이 길건만 지나가는 사람을 검색하지도 아니했다. 완전히 자유스런 천지가 되었다.

어림御林 장군將軍 왕필王必은 아장亞將들과 함께 영문에서 크게 연회를 차리고 호쾌하게 술을 마시고 있었다.

이경二更 때쯤 되었을 때, 별안간 영문 속에서 떠드는 소리가 소란하게 들리면서 군사가 급히 달려와 보했다.

"영문 뒤에 불이 일어났습니다."

대장 왕필이 황망히 장帳을 걷고 나가보니, 화광이 충천하면서 납함 소리가 천지를 진동했다.

왕필은 불이 일어난 것을 비로소 알았다.

급히 말 타고 남문으로 달려 나갔다.

이때 경기耿紀는 군사를 거느려 남문에 매복해 있다가 가만히 활시위에 살을 메겨 왕필을 쏘았다.

살은 날아 보기 좋게 왕필의 어깨판을 쏘아 맞히었다.

왕필은 하마터면 말에서 떨어질 뻔했다.

아픔을 무릅쓰고 살을 뽑아 던진 후에 서문으로 향해 달아났다.

그러나 달아나는 왕필을 그대로 두지 아니했다. 뒤에는 쫓는 군사들의 함성이 왕필의 간담을 서늘케 했다.

왕필은 하는 수 없었다. 말에서 뛰어내려 백성들의 틈에 끼였다. 가깝게 있는 친구 금위金褘의 집을 찾았다. 급히 문을 두드렸다.

이때 금위는 경기와 함께 영문에 불을 지르고 한편으로 가동家僮을 지휘하여 경기를 돕고 있었다.

집에는 단지 아내와 아이들이 있을 뿐이었다. 금위의 아내는 어림 장군 왕필의 문 두드리는 소리를 듣고 자기 남편이 돌아온 줄 알았다.

문을 채 열기 전에,

"벌써 돌아오시우. 그래 왕필이 놈은 죽여 버리셨소?"

왕필은 깜짝 놀랐다. 금위의 아내가 대문 빗장을 뽑기 전에 급히 몸을 피했다.

비로소 오늘 밤 난리의 장본인이 금위인 것을 짐작해 알았다.

급히 조휴의 집으로 달려가 변란이 일어난 사실을 고했다.

조휴는 깜짝 놀랐다. 급히 말에 올라 천여 명의 군사를 동원하여 금위와 경기의 군사를 막아 냈다.

그러나 온 성중은 화광이 충천했다. 맹렬한 불길은 대궐까지 휩쌌다. 오봉루五鳳樓에 불이 붙었다.

황제는 급히 몸을 심궁深宮으로 피했다.

허창은 화광과 납함 소리로 물 끓듯 소용돌이쳤다.

"조조를 죽여라!"

"역적 조조를 죽이고 나라의 국권을 회복하자!"

이때 하후돈은 조조의 명을 받들어 3만 군대를 거느리고 허창성 5리 밖에 진을 치고 있었다.

멀리 성중을 바라보니 화광이 충천하고 함성 소리가 바람결에 드높게 들렸다.

변이 일어난 것이 분명했다. 하후돈은 대군을 휘동하여 허창을 포위한 후에 일지 군마를 성중으로 몰아 조휴의 군사를 도와주면서, 새벽녘까지 격렬한 혼전을 했다.

날이 밝았다. 격전을 치르고 있는 경기耿紀와 위황韋晃은 도와주는 사람이 없었다. 여기다가 구슬픈 비보가 들렸다.

"금위金褘 장군과 길막 장군 형제분이 다 한꺼번에 전사戰死하였습니다."

경기와 위황 두 사람은 낙담이 되었다. 다시 더 대항할 힘이 떨어졌다.

길을 앗아 성문 밖으로 달아났다. 그러나 하후돈의 대군은 두 사람을 산 채로 잡고 그들의 부하 백여 명을 죽여 버렸다.

국권을 바로잡으려 하던 의로운 행동은 한줌 물거품이 되어 스러져 버리고 말았다.

하후돈은 대군을 휘동하여 성으로 들어가 불을 잡고 치안을 회복한 후에 경기, 위황, 금위와 태의 길평의 아들 길막, 길목 형제의 대소 가족을 모조리 잡아 가둔 후에 나는 듯이 사람을 조조한테 보내서 변란 일어난 일을 보고했다.

조조는 경기, 위황, 금위, 길막, 길목 등 다섯 사람들의 늙고 젊은 가족들을 모조리 끌어내어 저자에서 목을 자르라 하고, 조정에 벼슬하는 대소 관원들은 함빡 업군鄴郡으로 와서 처분을 기다리라 했다.

하후돈은 경기, 위황을 저자로 끌어내었다.

경기는 큰소리로 꾸짖었다.

"이놈, 역적 조조야, 내가 살아서 너를 죽여 가지고 간을 씹지 못하는 것이 한이다. 죽어도 눈을 감지 못하겠다. 나는 귀신이 되어 너를 꼭 죽이리라!"

하후돈은 발을 동동 구르며 경기를 꾸짖었다.

"이놈, 입을 닥치지 못하겠느냐. 저놈의 주둥이를 갈겨라!"

붉은옷 입은 망나니는, 서리 같은 긴 칼을 둘러 경기의 입을 갈겼다.

선지鮮脂 붉은 피가 댓줄기같이 뻗치면서 모래땅에 진건하게 흘렀다.

경기는 마침내 망나니 칼에 목이 잘려 세상을 떠나고, 위황은 머리와 뺨으로 땅을 받았다.

"원통하고 한스럽구나. 조조를 죽이지 못하고 내가 먼저 죽는단 말이냐!"

이를 부드득, 간 후에 다시 머리로 땅을 쳐 죽었다. 의로운 기백은 보는 사람의 마음을 아프게 흔들어 놓았다.

당시의 시인은 시를 지어 경기와 위황의 의기를 찬양했다.

耿紀精忠韋晃賢
各持空手欲扶天
誰知漢祚相將盡

恨滿心胸喪九泉

경기는 충성하고 위황은 어진 사람.
적수공권 빈주먹으로 회천대업 이루려 했네.
나라 망할 줄 누가 알았으리.
가슴 가득, 한을 품고 황천길을 밟았구나.

하후돈은 경기와 위황과 금위, 길막, 길목 형제 등 다섯 집 가족을 몰살
시킨 후에 조조의 명령대로 조정에 벼슬하는 만조백관들을 거느리고 조
조가 있는 업군鄴郡으로 향했다.

만조백관들은 벌벌 떨면서 하후돈을 따라갔다.

만조백관들이 업군에 당도하니, 조조는 영을 내렸다.

"교련장에 홍기紅旗와 백기白旗를 세우는데 붉은 기는 왼편에 세우고,
흰 기는 바른편에 세워 두라. 그리고 만조백관들을 교련장으로 나오게
하라."

조조의 명령이 한번 떨어지니 모든 장수들은 교련장에 홍백기를 세우
고 만조백관들을 교련장으로 모이게 했다.

이윽고 조조는 친히 교련장에 나타나 장대 위에 서서 영을 내렸다.

"경기와 위황이 반란을 일으켜 허도에 불을 질렀을 때 너희들 중에는
불을 끄러 나온 사람도 있을 것이고, 겁이 나서 집 속에 들어박혀 있던 사
람도 있었을 것이다. 불을 끄러 밖으로 나왔던 사람은 붉은 기 아래 서고,
집에 있던 사람은 흰 기 밑으로 서게 하라."

만조백관들은 가만히 생각해 보니 불을 끄러 나왔다 해야, 죄를 주지
않을 것같이 생각되었다.

모두 다 홍기 아래로 달려갔다.

다만 진솔한 진국 몇 사람만이 백기 아래 서 있었다. 극히 수가 적었다.

조조는 붉은 기 아래 서 있는 백관들을 큰소리로 꾸짖었다.

"네, 저 붉은 기 아래 서 있는 놈들을 모조리 결박 지어 묶어라!"

군사들은 일시에 붉은 기 아래로 달려들어, 수백 명 관원들을 비웃 두름 엮듯 꼭꼭 묶었다.

관원들은 뜻밖이었다. 모두들 소리쳐 울며 애걸해 빌었다.

"저희들은 아무 죄도 없습니다. 불을 끄러 밖으로 나온 죄밖에 없습니다."

조조는 크게 호통 쳤다.

"이놈들! 너희들은 반란군에 가담하여 한몫 보려고 거리로 뛰어나온 놈들이다. 천백번 변명해도 소용이 없다. 너희들의 창자 속을 유리 붙인 듯 환하게 들여다보고 있다! 저놈들을 함빡 장하漳河 강변으로 끌어내어 목을 자르라!"

조조는 다시 흰 기 아래 서 있는 사람들을 향하여 타일렀다.

"너희들은 불과 사오 명밖에 아니 되는 못난 자들이다. 겁이 나서 나가지 못한 것도 사실일 것이다. 그러나 죄가 없는 것은 명백하다. 상을 주리라."

조조는 흰 기 아래 서 있는 사람에게 상을 주어 허도로 돌려보내고 홍기 아래 서 있는 사람을 모조리 강변에서 참하니 이때 죽은 사람이 3백 명이 넘었다.

한편, 어림 총독 왕평은 경기한테 맞은 화살이 어깨를 뚫어 창독瘡毒을 일으켜 죽었다.

조조는 후하게 장사 지내 주고 조휴로 어림 총독을 삼고, 종요로 상국相國을 삼고, 화흠으로 어사御史 대부大夫를 삼았다.

다시 후작侯爵 6등六等 18급十八級을 제정하니 관서關西 후작侯爵 17급十七級은 모두 다 금인자수金印紫綬요, 관내후關內侯 16급十六級은 은인구조묵수銀印龜組墨綬요, 오대부五大夫 15급十五級은 동인환조수銅印鐶組綬를 차게 했다.

조조는 이같이 작위를 정하고, 조정을 경신하기 위하여 인사 교류를 단행하였다.

(7권에서 계속)